Miss Hastings abenteuerliche Fahrt nach London

(*Beherzte Bräute*, Buch 4)

Der reiche Bankier Adam Birmingham, von seiner Mätresse abgewiesen, bietet Miss Emma Hastings, einer Waise aus der Kleinstadt, an, sie zu heiraten, als sie nach London kommt und ihren Onkel - seinen Nachbarn - tot vorfindet.

„Cheryl Bolens charmante Liebesgeschichten schaffen es immer, mich zu bezaubern. Ich kann mich darauf verlassen, dass sie eine Geschichte voller Humor und Romantik mit einem *sehr* glücklichen Ende bieten." - Shana Galen

„Ich wünschte, ich könnte dem Buch mehr als fünf Sterne geben. Cheryl Bolen ist eine Klasse für sich ... die Königin der Regency-Liebesgeschichten." - *Buried Under Romance*

Bücher von Cheryl Bolen

Regency-Liebesromane:

Beherzte Bräute
Die falsche Gräfin
Sein goldener Ring
Hochzeitsnacht mit Hindernissen
Miss Hastings abenteuerliche Fahrt nach London

Das Haus Haverstock
Zufällig eine Lady
Herzogin aus Versehen
Irrtümlich Gräfin
Ex-Spinster by Christmas

Die Bräute von Bath
Die Braut in Blau
Mit seinem Ring
Das Geheimnis der Braut
To Take This Lord
Love In The Library
A Christmas in Bath

The Regent Mysteries Series
With His Lady's Assistance
A Most Discreet Inquiry
The Theft Before Christmas
An Egyptian Affair

Pride and Prejudice Sequels
  Miss Darcy's New Companion
  Miss Darcy's Secret Love
  The Liberation of Miss de Bourgh

The Earl's Bargain
My Lord Wicked
His Lordship's Vow
Christmas Brides (Three Regency Novellas)
A Duke Deceived

Romantic Suspense:

Falling For Frederick

Texas Heroines in Peril Series

  Protecting Britannia
  Murder at Veranda House
  A Cry In The Night
  Capitol Offense

World War II Romance:

It Had to Be You (Previously titled *Nisei*)

American Historical Romance:

A Summer To Remember (3 American Romances)

Miss Hastings abenteuerliche Fahrt nach London

(*Beherzte Bräute*, Buch 4)

Cheryl Bolen

Übersetzung von Susanne Döring

Kapitel 1

Eine Dame betritt kein Gasthaus. Wenn Tante Harriett ihre Nichte jetzt hätte sehen können, hätte sie sicher der Schlag getroffen. Denn Miss Emma Hastings war nicht nur die einzige Dame - eigentlich auch das einzige weibliche Wesen - im Gasthaus ‚The George Inn‘, sondern sie hatte auch aufs denkbar Übelste den grundlegenden Anstand verletzt. Sie hatte keine Anstandsdame.

Emma war für diese beschämenden Untaten jedoch nicht zu tadeln. Es war nicht *ihre* Schuld, dass ihr Onkel sie nicht bei der Ankunft der Postkutsche erwartet hatte, die sie von Upper Barrington nach London gebracht hatte.

Als sie aus dem Gefährt ausgestiegen war und ihre eigene Reisetasche in Empfang genommen hatte, war sie zu begeistert gewesen, um sich darüber aufzuregen, dass Onkel Simon nicht da war, um sie zu begrüßen. Eine solche Kakophonie von Geräuschen hatte sie nie zuvor gehört. Fahrzeuge aller Art, von hoch mit Rüben beladenen Ponykarren bis zu großen Reisekutschen, die von vier gleichen Kastanienbraunen gezogen wurden, ratterten und holperten die breite Straße entlang. Das Lachen zerlumpter Kinder, das Knurren der Mietkutscher, die Rufe der schlecht gekleideten Blumenverkäuferinnen, das alles faszinierte sie. Die Nebelhörner auf der Themse ließen die junge Dame aufhorchen, die nie weiter im Süden gewesen war als in Nottingham. Dies war tausendmal spannender als der Maimarkt in Upper Barrington.

Sie blieb neben ihrer Reisetasche im Hof des Gasthofs stehen, während sie auf Onkel Simon wartete. Eine Stunde verging. Hatte er ihren letzten Brief, mit dem sie ihm ihre Ankunftszeit ankündigte, nicht erhalten? Vielleicht hatte er sich in der Zeit geirrt. Vielleicht hatte er ihre gekritzelte drei für eine fünf gehalten. Schließlich war ihre Handschrift ziemlich kläglich. Das musste es sein. Onkel Simon würde sie um fünf abholen.

Aber es wurde fünf Uhr und später und noch war Onkel Simon nicht gekommen. Jedenfalls nicht, dass sie ihn erkannt hätte. Sie hatte ihn tatsächlich nie gesehen. Daher schaute sie jeden Mann, der etwa so alt war wie Onkel Simon, also fünfundfünfzig, genau an. Aber die einsame junge Frau, die zurückhaltend in ein geblümtes Musselinkleid und einen handgestrickten roten Schal gekleidet war und neben einer großen Reisetasche stand, wurde von keinem von ihnen weiter beachtet.

Erst, als der Regen zu fallen begann, schleppte sie ihre Habseligkeiten hinter sich her und suchte im Gasthof Schutz. Sie hatte sich einen Stuhl neben einem kleinen, runden Tisch am Fenster genommen, weit von der Theke entfernt, in der Hoffnung, dass keiner dieser fremden Männer von ihr Notiz nehmen würde. *Traue niemals einem Mann. Alles, was sie interessiert, sind ihre abscheulichen Bedürfnisse.* Das hatte Tante Harriett ihr versichert - nicht, dass Emma wirklich verstand, was diese abscheulichen Bedürfnisse waren. Trotzdem wollte Emma das aufbrausende Temperament ihrer Tante nicht reizen, indem sie auch nur einen Blick mit einem dieser Männer tauschte.

Sie schaute weiter aus dem Fenster und hoffte, einen Mann mittleren Alters zu erspähen, der ihr Onkel sein könnte.

Obwohl Miss Emma Hastings Welterfahrung ausgesprochen begrenzt war, erkannte sie nach ein paar Minuten im ‚The George' an den Stimmen, dass diese Männer nicht zu ihrer Klasse gehörten. Nicht, dass sie nur annährend so hochmütig gewesen wäre wie Tante Harriett, aber Tünchen *hatte* sie dazu erzogen, sich ihrer engen Verwandtschaft mit Sir Arthur Lippencott bewusst zu sein. Sie musste sich immer im Rahmen des Anstands bewegen - und nicht zu vertraut mit angetrunkenen Männern wie denen sein, die jetzt im gleichen Raum mit ihr saßen.

Als die Dunkelheit aufzog, wurde sie von Panik überfallen. *Er kommt nicht.* Es musste ein fürchterliches Missverständnis gegeben haben. Was sollte sie tun? Sie hatte nicht genug Geld, um eine Unterkunft für eine Nacht zu bezahlen. Oder auch nur, um mit einer Mietkutsche zu Onkel Simons Wohnung in Curzon Street 302 zu fahren. Sie hatte nie Geld gebraucht. Der Onkel war ein wohlhabender Mann.

Mit klopfendem Herzen beobachtete sie durch das frostbedeckte Fenster, wie die Lampen entlang des Randes des Innenhofes entzündet wurden. Sie wusste genug über die Welt, um sich darüber klar zu sein, dass London die größte Stadt Englands war. Tausende und Abertausende von Menschen lebten hier. Wie sollte sie ihren Onkel finden?

Sie wusste, dass er im Westend lebte und

kannte seine Adresse auswendig. Vielleicht konnte sie zu Fuß zu seinem Haus gehen, obwohl es schwierig sein würde, die Reisetasche hinter sich herzuschleppen.

Sie holte tief Atem, um sich Mut zu machen, stand dann auf und näherte sich langsam der langen Theke. Der Mann auf der anderen Seite sprach und lachte mit den Gästen, hielt aber inne, als er sie herankommen sah. Er wandte sich ihr zu, eher ehrerbietig. Ihr fielen die weißen Haare auf, die seine buschigen, schwarzen Augenbrauen durchsetzten. „Kann ich Ihnen helfen, Madam?"

„Das können Sie allerdings. Können Sie mir sagen, ob wir im West End sind?"

Alle Männer, die an der Theke standen, brachen in schallendes Gelächter aus.

Er nicht. Er schüttelte nur ernst den Kopf. „Nein, Ma'am. Sind wir nicht."

„Wie lange werde ich brauchen, um ins West End zu laufen?", fragte sie.

Seine Augen weiteten sich. „Eine Dame kann nicht nachts alleine herumlaufen."

„Sie haben meine Frage nicht beantwortet, Sir."

Er holte tief Luft. „Ich denke, jemand könnte in ungefähr einer Stunde bis zum West End laufen."

„Und in welche Richtung müsste jemand gehen?", fragte sie.

Er streckte seinen Arm aus. „In diese Richtung, aber wir sind südliche von der Themse. Wenn jemand ins richtige West End will, muss er erst den Fluss überqueren, und dann in diese Richtung nach Westen gehen. Nördlich des Flusses ist es vielleicht im Dunkeln angenehmer zu gehen."

Emma zog in Betracht, ihre Reisetasche zur

Aufbewahrung im Gasthaus zu lassen, aber da sie all ihre weltliche Habe enthielt, konnte sie nicht riskieren, dass sie gestohlen würde. Sie würde sie selbst schleppen müssen - auch wenn das hieße, deshalb langsamer zu gehen.

Ebenso entschlossen, wie Miss Emma Hastings war, das Haus ihres Onkels Simon zu finden, war sie entschlossen, dass Tante Harriett niemals von dem nächtlichen Streifzug ihrer Nichte in der verruchten Landeshauptstadt erfahren dürfte.

Zumindest hatte der Regen nachgelassen, machte sie sich selbst Mut, als sie ‚The George' verließ. Sie ging die kurze Strecke bis zum Fluss und stand ein paar Minuten am Kai, beobachtete die Schiffe und Lastkähne, die die belebte Themse hinabschwammen. Ihr ganzes Leben lang hatte sie das erleben wollen. Nebel stieg aus dem Wasser auf und verdeckte ihre Sicht auf die andere Seite der Wasserstraße.

Trotz aller Ängste, die in ihr tobten, was sie glücklich, in London zu sein. *Ich will nie wieder nach Upper Barrington zurück.* Es war nicht so, dass sie Tante Harriett nicht liebte oder ihr nicht dankbar dafür gewesen wäre, dass sie ihre verwaiste Großnichte großgezogen hatte. Aber nach zwanzig Jahren des Lebens mit einer strengen, älteren Frau, die wesentlich älter war als die Großmütter ihrer Freundinnen, war Emma bereit für ein Abenteuer.

Sie überquerte die Brücke und fand sich bald in einem Teil von London wieder, der noch lebhafter war als die Gegend, die sie gerade im Süden hinter sich gelassen hatte. Das hier war anders als alles, was sie sich hätte vorstellen können. Obwohl es Nacht war, waren alle Geschäfte entlang dieser geschäftigen Straße geöffnet und hell erleuchtet. Auf den Straßen waren so viele Fahrzeuge, die sich im Weg waren, und von mehr als einem Kutscher waren Worte zu hören, die Tante Harriett auf die Suche nach ihrem Riechsalz geschickt hätten.

Es war unmöglich, diese Straßen entlang zu gehen und sich nicht an Tante Harrietts Geschichten über Frauen zu erinnern, die von den Verrückten, die in der Hauptstadt lebten, ermordet worden waren. „Ihre erdrosselten Körper wurden aus der Themse und der Serpentine im Hyde Park gefischt", hatte ihre Tante gewarnt.

Emmas Herz schlug schneller. Wenn sie sehr schnell ginge, würde sicher keiner der Verrückten versuchen, sie auf sich aufmerksam zu machen. Aber wie ging man schnell, wenn man durch das Tragen der Reisetasche so behindert wurde?

Ihre Arme schmerzten bis auf die Knochen und sie ertappte sich dabei, wie sie nach Atem rang und kaum Luft bekam. Sie musste beinahe nach jedem Dutzend Schritte anhalten, um die Tasche in die andere Hand zu wechseln - und Atem zu schöpfen. Obwohl sie Handschuhe trug, merkte sie, dass der Griff die Haut ihrer Hände aufgescheuert hatte.

Als der Regen wieder anfing, hätte sie weinen können. Jedes Kleidungsstück auf ihrem Körper wurde durchnässt und in den fallenden Temperaturen zitterte sie so, dass ihre Zähne klapperten.

Die Wahrscheinlichkeit zu erfrieren war viel größer als durch die Hand eines Verrückten zu sterben.

Es ging nur langsam vorwärts.

Sie hatte mindestens eine Meile, vielleicht sogar zwei, zurückgelegt, als sie aufschaute, um die

Westminster Abbey zu bestaunen. Sie überquerte eine Straße und kam vor dem hoch aufragenden gotischen Gebäude zum Stehen. Hier, vor diesem beeindruckenden Gebäude, wo Könige gekrönt und Dichter beerdigt wurden, überkam sei ein Gefühl der Ruhe. Nach mehr als einer Woche unterwegs - wobei sie einige Zeit bei entfernten Cousins verbracht hatte, um die Kosten für eine Übernachtung in einem Postgasthof zu sparen - hatte Miss Emma Hastings das Gefühl, als hätte sie ihr Zuhause gefunden. Sie stand für ein paar Minuten dort. Irgendwie wusste sie, dass sie das West End erreicht hatte. Ihre Zuflucht.

* * *

Adam Birmingham stellte sein leeres Weinbrandglas ab und schaute mit leicht zusammengekniffenen Augen auf, als sein Bruder bei White's hereinkam. Aus dem Ausdruck von Nicks Gesicht konnte er klar erkennen, dass Nick auf ihn ebenso schlecht zu sprechen war, wie Adam auf ihn. Der ältere Bruder stürmte auf Adams Tisch zu und sprach mit kaum unterdrücktem Zorn. „Ich dachte, du wärest gestorben."

„Zu schade, dass ein Mann nicht an gebrochenem Herzen sterben kann", nuschelte Adam. „Ich bin dazu gezwungen weiter zu atmen, obwohl ich die einzige Frau verloren habe, die ich je lieben könnte."

Nick ließ seine lange Gestalt auf einem Sessel gegenüber von Adam nieder. „Ich habe nicht eine Minute lang gedacht, dass du an gebrochenem Herzen gestorben sein könntest, aber ich war besorgt, als du heute nicht in der Bank aufgetaucht bist. In mehr als zehn Jahren hast du nicht einen einzigen Tag dort versäumt. Dein

Personal war auch erschrocken, sie haben mich benachrichtigt."

„Ich habe mich gestern Abend bis zur Besinnungslosigkeit betrunken", sagte Adam schulterzuckend. „Wachte heute Nachmittag ziemlich spät in einem fremden Bett auf."

Nick beäugte das leere Weinbrandglas.

Adam nickte dem Kellner zu, der herbeieilte, um es aufzufüllen. „Lassen Sie die ganze Flasche da."

Nick schüttelte den Kopf. „Ich bleibe nicht hier."

„Das war keine Einladung. Ich habe vor, das ganze verdammte Ding auszutrinken. Ich will trinken, bis ich mich nicht mehr an den Namen Maria erinnern kann."

„Du schadest nur dir selbst. Das bringt sie nicht zurück."

„Sie war die erste Frau, der ich je ein Haus geschenkt habe, und schau dir an, was ich dafür bekommen habe!"

„Ist die nicht eingefallen, dass es andere Dinge als dein Geld gibt, das eine Frau sich wünscht?"

Adam zog ein finsteres Gesicht. „Ich hätte ihr anbieten sollen, sie zu heiraten, wie der italienische Kerl, der sie mir abspenstig gemacht hat."

„Sie wollte offensichtlich heiraten, aber ich sage nicht, dass du ihr einen Antrag hättest machen sollen. Wäre sie die Richtige, hättest du sie zu deiner Frau machen *wollen*. Ich weiß, es ist für dich schwer zu glauben - jetzt, wo der Schmerz über ihren Verlust noch so frisch ist - aber du *wirst* dich wieder verlieben. Du wirst eine Frau finden, die du mehr lieben wirst, als du Maria je geliebt hast."

„Unmöglich. Maria war die Perfektion in Person. So wunderschön. So talentiert. So ... so liebevoll."

„Ihre liebevolle Natur ist vermutlich der Grund, warum du ihr nicht die Ehe angeboten hast. Sie war mit vielen Männern zusammen, und das ist nicht das, was du von deiner Frau wünschst."

Adams schwarze Augen glühten. „Wie kanns' du es wagen, die Frau su beleidigen, die ich liebe! Wenn du nich' mein Brudder wärest, würde ich dich su einem Duell 'rausfordern."

„Du hast zu viel getrunken. Komm, lass mich dich nach Hause bringen. Warum ist dein Kutscher nicht in der Nähe?"

„Hab' ihn weggeschickt. Will trinken, bis White's keinen Schnaps mehr hat."

„Besser, du trinkst in der Curzon Street weiter. Du möchtest nicht Agar blamieren, nachdem er hier bei White's den Sponsor für uns gespielt hat."

„Isch bleiwwe hier."

Nick stand auf. „Ich kann dich nicht überreden?"

Adam schüttelte den Kopf heftig von einer Seite zur anderen, mit dem Schwung eines trotzigen Jungen.

* * *

Viele Stunden später holte er seinen Umhang, Hut und Spazierstock, verließ das Haus in der St. James Street und machte sich zu Fuß auf den Heimweg.

Dann spürte er das Prasseln des Regens. Was für ein Narr er gewesen war, den Kutscher heimzuschicken. Es war widerlich kalt - und fürchterlich neblig. Aber selbst in seinem betrunkenen Zustand, dessen er sich bewusst war, konnte er seinen Weg nach Hause leicht in etwas mehr als fünf Minuten finden. Besser, sich zu beeilen, als in diesem Wetter auf eine Mietkutsche zu warten.

Nicht einmal der dicke, silbrige Nebel konnte ihn verwirren. Er war diesen Weg schon zu oft gegangen. Natürlich, sonst schaute er sich die Strecke nur aus der Bequemlichkeit seiner luxuriösen Kutsche an, während sein Kutscher sie nach Hause lenkte.

Die größte Bedrohung für ihn könnten Wegelagerer sein. Schließlich war er ein Birmingham. Sie waren weit und breit als die reichsten Männer des Königreichs bekannt. Glücklicherweise waren in einer so scheußlichen Nacht wie dieser nicht viele Menschen unterwegs.

Nachdem er an Piccadilly vorbei war, hörte er in kurzer Entfernung hinter sich ein schleifendes Geräusch, das die Haare in seinem Nacken sich aufstellen ließ. Er drehte sich ruckartig um, konnte aber in dem suppenartigen Nebel nichts sehen. Er umklammerte seinen Spazierstock, den er als Waffe verwenden konnte, als er auf dem Pflaster stand, alle Sinne angespannt.

Dann tauchte aus dem Nebel heraus ein Mädchen auf. Oder war es eine junge Frau? Sie sah furchtbar jung aus - vielleicht gerade alt genug, um eben das Schulzimmer verlassen zu haben. Er hätte nicht einmal sagen können, welche Farbe ihre Haare hatten, da sie eher so aussah wie ein nasses Hündchen, das eine gute Mahlzeit brauchte.

Als ihre Augen sich trafen, lächelte sie. „Sie sehen aus wie ein Gentleman. Ich wollte nicht mit einem Mann sprechen, der kein Gentleman ist."

Also war sie kein leichtes Mädchen. Ihre Aussprache klang gebildet. Er verbeugte sich leicht. „Ihr Diener." Da bemerkte er, dass sie eine

Reisetasche hinter sich herschleppte. Was zur Hölle, verdammt?

„Könnten Sie mir den Weg zur Curzon Street zeigen?", fragte sie.

Er mochte angetrunken sein, aber das war ein zu großer Zufall. War dies ein Plan, um ihn auszurauben? Einen Moment zögerte er zu antworten. Der Regen rann sanft über sein Gesicht, als er dastand und die junge Frau ansah. Es war etwas unglaublich Verletzliches an ihrer Erscheinung. Sie war von kleiner Gestalt und ihrem Kleid und dem Mangel an Eleganz nach zu urteilen, vom Lande. Als sie dort stand, vor Kälte zitternd, mit einem fragenden Ausdruck auf ihrem Gesicht, wusste er, dass sie aufrichtig war. Ein unschuldigeres Gesicht hatte er noch nie gesehen. „Wie der Zufall es will, ist das auch mein Ziel. Ich werde Sie dorthin begleiten." Er musterte ihre Reisetasche. „Bitte erlauben Sie mir, Ihnen mit der Tasche zu helfen."

Ihr Gesicht hellte sich auf. „Kennen Sie meinen Onkel, Simon Hastings?"

„Bei dem Namen klingelt es bei mir, aber ich wage zu behaupten, dass es niemand ist, den ich gut kenne." Wenn er nicht so betrunken wäre, könnte er sich vielleicht besser erinnern. Er begann, die verfluchte Reisetasche hinter sich herzuschleppen, überlegte, was darin sein mochte, wollte aber nicht fragen.

Die junge Frau kam an seine Seite. „Ich möchte nicht, dass Sie mich für eine Dirne oder etwas ähnlich Schreckliches halten."

Lieber Gott, er hatte nie gehört, dass eine wohlerzogene Frau dieses Wort aussprach. Er wusste nicht, was er antworten sollte. Er konnte ihr kaum sagen, dass er aufgrund seiner großen

Erfahrung mit Dirnen sicher war, dass sie nicht zu dieser Sorte gehörte. Stattdessen sagte er nur: „Jeder kann erkennen, dass Sie eine Dame sind."

„Danke. Obwohl ich meinen Onkel noch nie gesehen habe, hat er mich eingeladen, nach London zu kommen und bei ihm zu leben. Ich bin erst heute aus Upper Barrington angekommen, aber mein Onkel hat es versäumt, mich von der Kutsche abzuholen."

Das erklärte, warum die junge Dame dieses schreckliche Ding schleppte. „Hätten sie keine Mietkutsche nehmen können, um sich in die Curzon Street bringen zu lassen?"

Sie hob die Schultern. „Ich habe nur sehr wenig Geld und keine Ahnung, wie viel ein Mietkutscher für seine Dienste verlangen würde."

Er hielt an und drehte sich schnell zu ihr, zwischen seinen Brauen entstand eine Falte. „Es ist das erste Mal, dass Sie in London sind? Ihr erster Tag ... äh, ich meine, ihr erster Abend?"

„Ja."

„Ist Ihnen nicht klar, wie gefährlich es für eine junge Dame ist, hier alleine im Dunklen herumzulaufen?"

„Oh ja. Meine Tante Harriet hat mich vor den verrückten Männern in London gewarnt, die Frauen auflauern. Seit ich den Postgasthof verlassen habe, bin ich so schnell gelaufen, wie ich konnte. Und ich habe die ganze Zeit gebetet, dass der Allmächtige mich beschützen möge."

Er warf ihr einen Blick zu. Wie wirklich tugendhaft sie sein musste. „Und dumm."

„Wie bitte? Sagen Sie, dass ich dumm sei?"

Er hatte es gedacht, aber nicht aussprechen wollen. „Verzeihen Sie mir. Ich bin sicher, dass Sie nicht dumm sind, aber es ist *höchst* unwahrscheinlich, dass der Allmächtige in diese Großstadt herabsteigen würde, um eine junge Dame aus Upper Barrister zu beschützen."

Ihre Haltung wurde steif. „Barrington", korrigiert sie. „Upper Barrington, und Sie, Sir, müssen ein Heide sein."

Er nickte. „Ihre Tante Henrietta wäre über meine heidnische Art sicher äußerst empört."

„Harriett", korrigiert sie.

Er verzog sein (zugegebenermaßen gutaussehendes) Gesicht und betrachtete sie eindringlich. „Sind Sie zufällig Gouvernante?"

„Nein. Ich soll demnächst lernen, wie ich den Vorsitz bei der Ceylon-Tee-Gesellschaft übernehme, die meinem Onkel gehört."

„Ach, der Mann, der im Haus neben mir lebt, ist einer der Eigentümer der Ceylon-Tee-Gesellschaft."

„Dann, Sir, müssen Sie direkt neben meinem Onkel leben, der in der Curzon Street 302 wohnt."

„Denke, das stimmt."

Sie gingen eine ganze Weile schweigend weiter, bis er die großen Laternen sah, die Nicks Haus erleuchteten. Er murmelte einen Fluch. „Wir sind verdammt zu weit gegangen." Der Nebel und die Ablenkung durch das Mädchen - seine Behinderung durch seinen branntweinumnachteten Geist nicht zu erwähnen - hatten ihn die Abzweigung in die Halfmoon Street verpassen lassen.

Sie beachtete ihn nicht und ging zu den eiseneren Gittertoren, anscheinend völlig vom Haus seines Bruders bezaubert. Zusätzlich zu den reichlich vorhandenen Laternen wurde der Hof durch Reihen riesiger, palatinischer Fenster beleuchtet, durch die großzügig das Kerzenlicht drang. „Ich habe noch nie etwas so Großartiges gesehen! Lebt der Prinzregent hier?"

„Nein." Obwohl es hieß, dass dies das schönste Haus von London wäre. „Mein Bruder lebt in diesem luxuriösen Steinhaufen."

Sie wirbelte zu ihm herum, die Augen weit aufgerissen. „Scherzen Sie?"

„Über das Haus oder über meinen Bruder?"

„Beides."

„Weder - noch. Möchten Sie das Haus ansehen?"

„Oh, das geht nicht. Nicht so, wie ich im Moment aussehe." Sie beäugte ihn weiter misstrauisch. Dachte sie, er würde lügen, wenn er sagte, dass es das Haus seines Bruders war? Schließlich sprach sie. *Luxuriöser Steinhaufen* ist kein vernünftiger Ausdruck. Tatsächlich, Sir, haben Sie starke Getränke zu sich genommen?"

„Kann ich verklären. Ich versuche, ein gebrochenes Herz zu ertränken."

Sie legte den Kopf zur Seite, schaute zu ihm auf und fragte: „Ist es Ihnen gelungen?"

Er schüttelte reuevoll seinen Kopf. „Erinnere mich immer noch an den Namen der Verräterin."

„Ich verstehe. Sie wollten so lange trinken, bis sie sich nicht mehr an ihren Namen erinnern würden?"

„Hatte ich vor."

„Und wie ist der Name der Verräterin?"

„Maria."

Nach einem Moment des Nachdenkens sagte sie: „Also gehen wir zurück?"

„In der Tat."

„Also ... der Bruder, dem das prachtvolle Haus gehört ... ich nehme an, er ist der Erstgeborene."

„Ja."

Sie seufzte. „Ich nehme an, dass Sie wünschen, selbst der Erstgeborene zu sein, um all die Vorteile zu haben, die damit verbunden sind."

Es war sinnlos, ihr zu erklären, dass ihr Vater, da sie keine adlige Familie waren, den Nachlass zu gleichen Teilen seinen Söhnen vererbt, dazu noch eine beträchtliche Mitgift für seine Tochter und ein mehr als ansehnliches Einkommen für seine Witwe festgesetzt hatte. „Das einzige Mal, als ich mir wünschte, der älteste zu sein, war, als Nick größer war als ich, und ich ihn bei einem unserer häufigen Kämpfe schlagen wollte."

„Kommen Sie jetzt gut miteinander aus?"

„Großartig." *Außer heute Abend.*

Ein paar Minuten gingen sie schweigend weiter. Sie hielt ihn vermutlich für einen betrunkenen Atheisten.

Als sie in der Curzon Street ankamen, schien sie beeindruckt zu sein. „Diese Häuser sind sehr prächtig."

„Denke, sie sind größer als die, die Sie in Upper Barriston sehen."

„Barrington."

Er kam vor dem Haus ihres Onkels zum Stehen. Es war völlig dunkel, obwohl es noch nicht so spät war. Die Häuser in der Nachbarschaft waren alle noch erleuchtet. „Dies ist das Haus Ihres Onkels. Bin selbst noch nie drin gewesen."

Zwischen ihren Brauen entstand eine Falte. „Scheint es Ihnen nicht merkwürdig, dass es das einzige Haus ist, in dem keine Kerze brennt? Ist das bei meinem Onkel so üblich?"

„Nein. Er ist nicht als übermäßig sparsam bekannt."

„Was könnte passiert sein, dass mein Onkel

nicht kam, um mich von der Kutsche abzuholen? Dass nicht einmal seine Diener hier sind?"

„Ich bin sicher, dass da Diener sein müssen - selbst wenn Ihr Onkel Sie vergessen hat." Nicht die beste Wahl der Worte. „Äh ... ich meine natürlich nicht, dass Ihr Onkel Sie wirklich vergessen hat."

„Das werde ich herausfinden." Sie stieg die zwei Stufen zu der glänzend schwarzen Tür hinauf und betätigte den ebenso glänzenden Messingklopfer.

Eine Minute verging. Sie klopfte wieder. Eine weitere Minute verstrich, während sie wartete.

Er ließ den Riemen der Reisetasche los. „Hier, lassen Sie es mich versuchen." Er kam und stand neben ihr, benutzte den Messingklopfer, hämmerte dann mit aller Kraft gegen die dicke Holztür. Seine Bemühungen waren nicht erfolgreicher als ihre.

„Ach du meine Güte, was soll ich tun?", fragte sie, ihre Stimme klang noch verlorener, als sie es in der davorliegenden halben Stunde ihrer Bekanntschaft getan hatte.

Er erstarrte. Ein Funken der Erleuchtung erhellte seinen benebelten Geist wie ein Vergrößerungsglas eine verschwommene Welt. Er erinnerte sich plötzlich daran, warum das Haus dunkel war, warum kein Onkel auf die Kutsche gewartet hatte, warum der Name Simon Hastings ihm bekannt vorgekommen war.

Der Mann war vor drei oder vier Tagen gestorben. Adams Kammerdiener hatte ihm erzählt, dass alle Dienstboten gezwungen gewesen waren, sich neue Stellungen zu suchen.

Aber Adam konnte eine so traurige Nachricht kaum diesem Mädchen mitteilen. Nicht nach der Tortur, die sie in den letzten paar Stunden durchgemacht hatte. Wie verängstigt sie gewesen sein musste, als niemand kam, um sie abzuholen. Noch schrecklicher war die Vorstellung, wie sie ihre Habe quer durch die große, fremde Stadt schleppte. In der Nacht. In fast eisigem Regen.

Er wandte sich zu ihr und lächelte. „Keine Bange. Wir bringen Sie heute Nacht in meinem Haus unter."

Kapitel 2

Das Haus dieses Gentlemans mochte nicht so
opulent sein wie das seines Bruders, aber es war
das großartigste Haus, das Emma je gesehen
hatte. Es war nicht größer als Tante Harrietts,
aber wo Tantchens Haus mit dunklen, schweren
Tudormöbeln mit verblassten Polstern eingerichtet
war, ließ jedes elegante Teil der schwer
vergoldeten Einrichtung hier seine französische
Herkunft ahnen. Ihr Auge wurde von einem
massiven Kristall-Kronleuchter angezogen, der die
Marmortreppe in der Eingangshalle beleuchtete.

Er mochte ein zweiter Sohn sein, aber dieser
Mann musste außerordentlich wohlhabend sein -
zweiter Sohn oder nicht. Plötzlich wurde sie in
seiner Gegenwart schüchtern.

Nachdem der Butler seinen Herrn begrüßt
hatte, verschloss er leise die massive Eingangstür
hinter ihnen und griff nach dem langstieligen
Kerzenlöscher, zweifellos, um das Haus
abzudunkeln, nachdem sein Eigentümer nun
heimgekehrt war.

„Sagen Sie, Studewood", fragte der Gentleman
den Butler, „in welchem Zimmer sollten wir diese
Dame am besten unterbringen?"

Studewoods Haltung änderte sich kein
bisschen, als er ruhig sagte: „Das gelbe Zimmer,
würde ich sagen, Mr. Birmingham. Da die
anderen Diener bereits zu Bett gegangen sind,
werde ich gleich nach oben gehen und zusehen,

dass im Zimmer für die junge Dame ein Feuer brennt." Der Butler legte den langstieligen Kerzenlöscher beiseite, nahm den Riemen ihrer Reisetasche und begann, die Treppe hinaufzusteigen.

Wenigstens kannte sie jetzt den Namen des Mannes. *Mr. Birmingham.* Das hörte sich solide an. Wenn er nicht ein so verruchter Mensch gewesen wäre ... wäre er schrecklich attraktiv. Kein Mann in Upper Barrington könnte sich mit dem guten Aussehen dieses Mannes messen. In der Tat kleidete sich auch kein Mann in Upper Barrington so fein, nicht einmal ihr verehrter Verwandter, Sir Arthur Lippincott, der eigentlich in Lower Barrington lebte. Welcher Schneider würde nicht nur zu gerne einen Mann mit so langen Gliedern und schmaler Taille und breiten Schultern einkleiden, wie Mr. Birmingham sie hatte. Er würde jedem Anzug, den er trug, Ehre machen.

„Erlauben Sie mir, Sie zu Ihrem Zimmer zu begleiten", sagte Mr. Birmingham zu ihr.

Ihre Blicken kreuzten sich kurz. Seine Augen waren dunkel und durchdringend. Sie nickte und senkte dann ihre Wimpern, als sie begann, die Treppe hinaufzusteigen.

Als sie zur Hälfte oben waren, hielt er auf einer Stufe an und schwankte, als er sich zu ihr umdrehte. „Isch denge, ich sollde Ihren Namen wissen."

Voll Angst, dass er die Treppe hinabfallen könnte, kam sie an seine Seite. „Ich bin Miss Emma Hastings. Geben Sie mir doch Ihren Arm, um mich daran festzuhalten, Mr. Birmingham." Sie konnte ihm kaum sagen, dass *er* es war, der sich bei ihr festhalten sollte.

„Nanu, woher kennen sie meinen Namen?" Er bot ihr seinen Arm.

„Ihr Butler redete Sie so an."

„Ach scho."

Sie kamen in die erste Etage, wo die Gesellschaftsräume sich befanden und gingen die Treppe weiter zum nächsten Stock hinauf. Bevor sie den nächsten Stock erreichten, versuchte sie, so viel wie möglich von dem geschmackvollen Salon mit seinen reich gemusterten Teppichen, seidenen Vorhängen und dünnbeinigen Möbeln zu sehen. Es fiel ihr auf, dass an den Wänden von Mr. Birminghams Treppenhaus, anders als bei Sir Arthur, keine Ahnenportraits hingen. Das musste bedeuten, dass der Reichtum der Birminghams neu war.

Ein Teil von ihr war erfreut, dass sie in diesem schönen Heim bleiben konnte, auch wenn es nur für eine Nacht war, vor allem, da es keine Alternative gab. Sie kannte keine Seele in dieser Riesenstadt. Aber ein anderer Teil von ihr - der, der unter Tante Harrietts Einfluss stand - warnte sie ständig, wie gefährlich es war, bei einem fremden Mann zu übernachten. Was sollte sie tun, wenn er versuchte, sich Freiheiten bei ihr herauszunehmen? Er war so groß und sie war so klein.

Ihre engste Freundin in Upper Barrington, Anne Forester, hatte Emma an den Ratschlägen ihrer sechs älteren Brüder teilhaben lassen, wie man unerwünschte Annährungsversuche ablehnte. Sie hatten Anne beigebracht, den Mann, der sie angreifen wollte, in diesen unaussprechlichen Teil seiner Anatomie zu treten oder mit dem Knie zu stoßen. Emma entschied, dass sie nicht zögern würde, das bei Mr.

Birmingham zu tun, wenn er ihr diese Art von Aufmerksamkeiten aufdrängen wollte.

„Schaun wir mal", sagte Mr. Birmingham, als sie das obere Stockwerk erreicht hatten, „welches dieser verdammten Zimmer ist das gelbe?" Er blieb stehen und schaute auf sie hinab. Sie hatte immer noch ihren Arm in seinen gelegt und versuchte, nicht zu zeigen, wie erstaunt sie war, dass Mr. Birmingham nicht jedes Zimmer seines eigenen Hauses kannte.

„Studewood sagte, das gelbe Zimmer, nicht wahr?", fragte er.

Sie nickte.

Seine Augen blinzelten die Tür des zweiten Zimmers an. „Das könnte es sein." Er öffnete die Tür zu einem rosenfarbenen Schlafzimmer und schüttelte dann den Kopf. „Nicht gelb. Vielleicht auf der anderen Seite vom Flur." Auf wackeligen Beinen ging er zur anderen Seite des Ganges und öffnete die Tür gegenüber des rosenfarbenen Zimmers. „Ah! Hier ist es."

Nicht ohne Beklommenheit rauschte sie hinter ihm her in das Zimmer hinein. Sie war von dessen Schönheit fast überwältigt. Das Bett war völlig in blassgelbe Seide gehüllt. Ein Brokat derselben Farbe bedeckte die Wände und mehr der feinen gelben Seide hing vor den beiden hohen Flügelfenstern des Raums. Der Kamin, wo Studewood dabei war, ein Feuer zu entzünden, wurde von einem Kaminaufsatz aus cremefarbenem Marmor eingerahmt, der mit einer türkisenen Porzellanuhr geschmückt war. Nahe dem Kamin stand ein eleganter Sessel mit einem Bezug aus apfelgrüner Seide und daneben ihre Reisetasche. Was für ein Heim das war! Wie glücklich Mr. Birmingham sein musste.

Studewoods Anwesenheit besänftigte ihre Ängste. Sicher würde kein Mann die Tugend einer jungen Frau vor seinem Diener kompromittieren. Dann erinnerte sie sich daran, mit welcher Seelenruhe Studewood die Nachricht aufgenommen hatte, dass sie heute Nacht hier zu Gast sein würde. War es üblich, dass sein Herr fremde Frauen mit nach Hause brachte? Ihr Herzschlag beschleunigte sich, als sie verstohlen zu Mr. Birmingham blickte, während sie anscheinend den Schreibtisch, einen kleinen vergoldeten Tisch im französischen Stil, zu untersuchen schien. Er schien überhaupt nicht an ihr interessiert.

Gott sei Dank!

Als die Kohlen zu brennen begannen, kam Studewood auf die Beine und sprach sie an. „Dies sollte Sie die ganze Nacht lang warmhalten, Miss." Mit einem Nicken verließ er das Zimmer.

Sie wollte gerade ihren Gastgeber bitten, ihr Schlafzimmer zu verlassen, als etwas Seltsames geschah. Er gähnte ausgiebig, musterte ihr Sofa und sank darauf zusammen.

Einen schrecklichen Moment lang dachte sie, dass er tot wäre. Mit laut klopfendem Herzen eilte sie zu dem Sofa und beugte sich über Mr. Birmingham.

Da begann er zu schnarchen!

Sie erinnerte sich daran, dass der rustikale Jeb Hickman von Upper Barrington die Neigung hatte - nach einem übermäßigen Genuss von Alkohol, was bei ihm beklagenswert häufig der Fall war - an den ungewöhnlichsten Orten in einen tiefen Schlaf zu versinken. Einmal im Trog von Squire Peterfund, ein anderes Mal im Ponywagen der Witwe Pennington, und mehr als einmal in einem

Kirchenstuhl von St. Stephens!

Was sollte sie tun? Sie legte eine Hand um Mr. Birminghams Arm und schüttelte ihn. Er schnarche weiter. Das nächste Mal schüttelte sie ihn fester. Er schnarchte lauter. *Oh je.* Es sah nicht so aus, als würde sie ihn aufwecken können.

Sie konnte kaum im gleichen Zimmer schlafen wie ein Mann. Vielleicht könnte sie den Flur überqueren und in dem rosa Zimmer schlafen. So enttäuscht sie war, dass sie dieses Zimmer verlassen musste - besonders jetzt, wo das Feuer es erwärmte - ging sie in das rosa Zimmer. Obwohl es noch schöner war als das gelbe Zimmer, fühlte es sich an, als stünde sie auf einem gefrorenen Moor. Ein Diener musste das Fenster offengelassen haben. Sie ging durch den Raum und schloss die Fensterflügel. Sie schlang ihre Arme um sich und verließ den Raum, da sie erkannte, dass sie hier nicht würde schlafen können.

Von dem Moment an, als sie ihre Reisetasche in dem gelben Zimmer gesehen hatte, war ihr Eindruck gewesen, dass sie dorthin gehörte. Die Art, wie es nach ihr verlangte, schien wie eine göttliche Vorsehung zu sein.

Wer war schon dort, der herausfinden würde, dass sie (in aller Unschuld) ihr Schlafzimmer mit einem Mann geteilt hatte? Solange nur Tante Harriett nicht die Wahrheit entdeckte. Als sie vor dem Feuer stand, Mr. Birmingham im Hintergrund schnarchend, konnte sie Tantchen fast sagen hören: „Wenn der gute Ruf einer Dame erst einmal verloren ist, kann er nie wieder hergestellt werden."

Damit hatte Tantchen vermutlich recht. *Welche*

Sorte Mann würde einer entehrten Frau die Ehe anbieten? Emma wollte nicht ihre Aussichten, eines Tages die Ehefrau eines Mannes zu sein, verderben. Sie wollte so gerne heiraten. Vor der Einladung ihres Onkels nach London hatte die Tante Emma ermutigt zu heiraten. Es war auch sehr selbstlos von ihr gewesen, denn wie Emma wusste, wollte Tante Harriett nicht, dass Emma sie verließ.

Aber Tantchen dachte praktisch genug, dass sie erkannte, dass sie sich dem Ende ihres Lebens näherte. „Wenn ich einmal nicht mehr bin", sagte sie oft, „wird alles, was ich habe, wieder in den Besitz des rechtmäßigen Erben meines Vaters fallen. Dann wirst du alleine sein. Und mittellos."

Aus diesen Gründen war die Tante erfreut gewesen, als Emma die Gelegenheit bekam, London zu ihrem Heim zu machen.

Konnte sie darauf vertrauen, dass Mr. Birmingham wirklich ein Gentleman war? Konnte sie darauf vertrauen, dass er niemandem sagen würde, dass er das Schlafzimmer mit Miss Emma Hastings geteilt hatte? Ihr Blick fiel auf das wunderschöne Bett. Wie sie sich danach sehnte, hineinzuklettern und ihre müden Glieder auszuruhen. Sie war so erschöpft, dass sie verstand, wie Mr. Birmingham einfach auf dem Sofa hatte zusammensinken können. Sie hätte auch einfach auf die Matratze und in einen tiefen Schlaf fallen mögen.

In Anbetracht ihres Mangels an Alternativen würde sie auch genau das tun.

Aber sie konnte sich nicht vor Mr. Birmingham ausziehen, selbst wenn sein Erwachen ungefähr so wahrscheinlich war, wie dass Onkel Simon an die Tür ihres Schlafzimmers klopfen würde. Sie ging auf Zehenspitzen zu ihrer Reisetasche und öffnete sie leise, um ihr Nachtzeug herauszunehmen. Dann schlich sie ebenso zum Bett und kletterte hinein. Sie zog die völlig gefütterten Bettvorhänge um das ganze Bett zu, um sich in ihrem Schutz all ihre nassen Reisekleider auszuziehen, die sie seit zwei Tagen getragen hatte. Nachdem sie ihr leinenes Nachthemd angezogen hatte, vergrub sie sich unter den Decken und schlief gleich ein.

* * *

Er war sich gar nicht sicher, dass er seinen Kopf heben könnte. Er fühlte sich an, als ob er einen Schlag mit einem Cricket-Schläger abbekommen hätte. Mehrmals. Er öffnete ein Auge. Dann das andere. Er hatte natürlich erwartet, die vertrauten blauen Bettdecken seines Schlafzimmers zu sehen, aber die waren nicht da. Gute Güte, wachte er wieder in einem fremden Schlafzimmer auf? Ein leichter Rosenduft trug zu seiner Verwirrung bei. Nachdem er jetzt darüber nachdachte, wurde ihm jedoch klar, dass er nicht wirklich auf einem Bett lag. Sein Blick schweifte herum. Das erste, was er sah, war eine türkisfarbene Uhr. Das verdammte Ding hatte er selbst gekauft. Hieß das etwa ... dass er in seinem eigenen Haus war?

Er fuhr hoch.

Und begegnete dem Blick einer jungen Frau, die nach Rosen duftete. Sie befand sich nicht weiter als einen Fuß von ihm entfernt. Sie saß in einem Sessel, der dem Sofa, auf dem er geschlafen hatte, gegenüberstand. Er wollte ihr gerade ein paar Münzen in die Hand drücken und sie wegschicken, als er es sich anders überlegte.

Er warf ihr einen langen Blick zu. Als er sie das

letzte Mal gesehen hatte, konnte er sich jetzt erinnern, waren ihre Haare nass gewesen. Jetzt, wo sie trocken waren, konnte er sehen, dass sie einen warmen Braunton, wie Baumrinde, hatten. Eine eher gewöhnliche Farbe. In der Tat war alles an dieser jungen Dame gewöhnlich. Sie war keine große Schönheit, so wie Maria es gewesen war. Trotzdem waren ihre Gesichtszüge sehr angenehm. Ebenso wie ihr Duft nach Rosen.

Was ihr Alter anging, hätte er sie irgendwo zwischen achtzehn und zwanzig geschätzt, obwohl sie nicht viel größer war als ein zwölfjähriges Mädchen.

Sie lächelte ihn an. Ihre Zähne waren weiß und ebenmäßig und wenn sie lächelte, war sie hübsch - in einer stillen Art.

Bevor er reagieren konnte, erinnerte er sich an etwas anderes über sie. Sie war *kein* Flittchen. Obwohl er noch völlig benommen war, wusste er, dass er die Lage dieses Mädchens nicht ausgenutzt hatte.

Was *seine* Anwesenheit in *ihrem* Schlafzimmer umso verwerflicher machte. Wie tief war er gesunken? Wie abgestoßen sie sich von seinem betrunkenen Benehmen gefühlt haben musste. Wie peinlich, dass dieses junge Mädchen dem widerwärtigen Geräusch seines Schnarchens ausgesetzt gewesen war!

Er stand auf und verbeugte sich. „Erlauben Sie mir, für mein unverzeihliches Verhalten um Verzeihung zu bitten."

Sie schaute ihn steif an, ziemlich in der Art, wie seine Mutter ihn angesehen hatte, wenn er ein ungezogener Junge gewesen war. „Es ist Ihr Haus, Mr. Birmingham. Auch wenn Sie ein gottloser Hedonist sind, bin ich dankbar, dass ich ein warmes Bett hatte, in dem ich schlafen konnte, und ich wäre noch viel dankbarer, wenn Sie nie, niemals, erwähnen würden, dass Sie und ich ein Schlafzimmer geteilt haben."

„Auf mein Wort, ich bin ein Gentleman, selbst wenn Ihnen das derzeit völlig unvorstellbar scheint. Ich bin nicht immer betrunken. Und ich hatte einen sehr guten Grund dafür."

„Maria", sagte sie mit einem Nicken.

Er verzog das Gesicht. „Das habe ich Ihnen erzählt?"

Sie nickte bedauernd und wechselte dann schnell das Thema. „Es war tatsächlich schrecklich nett von Ihnen, mir zu erlauben, hier zu übernachten. Ich muss zugeben, dass ich ratlos war, als niemand im Haus meines Onkels war." Sie stand auf. „Sicher wird er heute Morgen dort sein. Es regnet nicht länger. Ich werde einfach hinübergehen. Einer von Onkel Simons Dienern kann meine Reisetasche später abholen." Sie ging auf die Zimmertür zu und drehte sich dann um. „Bitte täuschen Sie ihre Diener, damit sie annehmen, dass Sie letzte Nacht in Ihrem eigenen Zimmer geschlafen hätten."

Als die Erinnerung in ihm auftauchte, wer ihr Onkel war, schlug er sich vor die Stirn. Er musste ihr die Wahrheit sagen. Aber er hätte lieber seinen Stiefel verspeist, als das zu tun. „Gehen Sie nicht."

Sie hob eine feingezeichnete Braue und schaute ihn mit ihren haselnussbraunen Augen an. Vielleicht waren sie etwas hübscher als nur gewöhnlich.

Er konnte nicht mit einem jungen Mädchen in einem Schlafzimmer bleiben. „Bitte, kommen Sie mit mir in die Bibliothek. Da ist etwas, das ich mit

Ihnen besprechen muss."

Sie folgte ihm aus dem Zimmer. Als sie die Stufen hinabzusteigen begannen, schlug die Uhr zehn. In der Bibliothek im Erdgeschoss angekommen, war er froh, dass seine Diener ein Feuer entzündet hatten. Der moosgrün dekorierte Raum war mollig warm. Er wies auf ein Paar Sofas, die sich vor dem Kamin gegenüberstanden, damit sie sich dort hinsetzen sollte.

Als sie saßen, versuchte er, seinen Mut zusammenzunehmen, um ihr die traurige Nachricht beizubringen, als sie ihren Brauen zusammenzog und fragte: „Warum haben sie *müssen* gesagt?"

Er räusperte sich. „Weil ich Ihnen etwas sagen *muss*, bevor Sie einfach zur Wohnung Ihres Onkels hinüberlaufen."

Sie warf ihm einen fragenden Blick zu.

„Ich fürchte, im Haus ihres Onkels ist niemand."

„Ich dachte, Sie hätten gesagt, dass Sie meinen Onkel nicht wirklich kennen."

„Das stimmt." Wie zum Teufel soll ich das aussprechen?

„Wann werden sie zurückkommen?"

Er ertappte sich dabei, dass er die Antwort so lange hinauszögerte, wie er konnte. War das nicht besser - ihr zu erlauben, sich die furchtbare Erklärung einen verwirrenden Schritt nach dem anderen anzuhören? „Mit *sie*, meinen Sie die Diener? Oder Ihren Onkel? Oder beide?" Er war ziemlich sicher, dass er das Ganze ziemlich kläglich verpatzte.

„Ich denke, beide."

Er holte tief Luft. „Nun, die Wahrheit ist, dass keiner von ihnen zurückkommen wird."

„Sie wollen mir sagen, dass mein Onkel umgezogen ist?"

„In gewisser Weise."

„Sir, entweder ist er umgezogen oder nicht."

Sie mochte jung aussehen, aber sie zeigte deutliche Reife. Er hegte den Verdacht, dass dieses jugendliche Äußere eine gewisse Intelligenz verbarg. Er musste direkt sein. Er schaute sie ernst an und sprach mit noch ernsterer Stimme. „Ihr Onkel ist gestorben."

Ihre Augen wurden groß, aber sie gab nicht den geringsten Laut von sich. Tränen begannen, ihre schönen Wangen hinabzurinnen. Nach einer beträchtlichen Zeit fragte sie: „Wann?"

Er zuckte mit den Schultern. „Ich denke, vor drei oder vier Tagen."

„Und kein Diener ist zurückgeblieben?"

„Meine Diener erzählten mir, dass die Dienerschaft sich anderweitig Stellungen gesucht hätte."

„Was ist mit dem Begräbnis meines Onkels?"

„Das weiß ich ehrlich nicht, aber ich stehe zu Ihrer Verfügung, um das herauszufinden."

So schnell, wie eine Flamme erlischt, brach sie in Tränen aus. Diesmal waren es keine leisen Schluchzer mit einem Schnüffeln zwischendurch. Diesmal war es ein lautes Jammern. Jede Zelle ihres Körpers war an dem Weinkrampf beteiligt, der wie ein Vulkan ausbrach.

Er reichte ihr ein Taschentuch. Er hatte sich noch nie so absolut ohnmächtig gefühlt wie jetzt, als er ihr gegenübersaß. Sie weinte und weinte. Sie jammerte und jammerte. Sie schluchzte, als hätte sie den Tod ihres eigenen Kindes mit ansehen müssen. Sein Taschentuch war völlig durchnässt von ihren Tränen. Er begann sich zu fragen, wie ein so kleiner Körper eine solche Menge von Tränen hergeben konnte. Hörten sie denn gar nicht auf?

Nach unglaublich langer Zeit schlug die Uhr elf. Lieber Gott, hatte sie schon seit fast einer Stunde geheult? Wie lange sollte das weitergehen? Schließlich nahm er seinen Mut zusammen, um zu fragen: „Aber Miss Hastings, es ist doch Miss Hastings, nicht wahr?"

Sie hob ihr tränenbedecktes Gesicht und nickte.

„Ich meine mich zu erinnern, dass Sie mir sagten, Sie wären Ihrem Onkel nie begegnet."

Sie nickte. „Das ist richtig."

Warum zum Teufel war sie dann so verzweifelt? „Verzeihen Sie mir meine Direktheit, aber dann scheint Ihre Reaktion auf seinen Tod in Anbetracht Ihres Verhältnisses zu ihm etwas übertrieben."

Sie schnüffelte. „Was mich sehr egoistisch aussehen lässt." Schnüffel. Schnüffel. „Ich weine wegen mir selbst. Wegen meiner Zukunft." Lautes Jammern. Jammern. „Oder w-w-weil ich keine Zukunft habe." Langgezogenes Jammern.

„Ich würde sagen, dass eine junge Frau wie Sie eine schöne Zukunft hat."

Sie putzte sich die Nase und versuchte, mit dem Weinen aufzuhören. „Da ich die einzige lebende Verwandte meines Onkels war, wollte er mich alles über sein Geschäft lehren. Er hatte vor, es mir zu hinterlassen."

„Aber wenn Sie seine Erbin sind, wird es Ihnen ja doch zufallen."

„Das wird mir in Upper Barrington sehr helfen. Weil ich eine unverheiratete Frau bin, wird Tante Harriet mir nie erlauben, in London zu leben und

...“ Sie begann wieder zu heulen. „Ich möchte lieber sterben, als nach Upper Barrington zurückzugehen.“

Ihre Tante musste ein ziemlicher Drache sein. „Dann sind Sie noch nicht volljährig?“ Wäre sie volljährig, könnte sie ohne Weiteres ihr Erbe antreten, eine Gesellschafterin einstellen und ihr eigenes Heim fern von Upper Barrington einrichten.

„Noch sieben Monate nicht.“

„Dann müssen wir über dieses Problem nachdenken, aber zuerst müssen wir feststellen, wer der Anwalt Ihres Onkels ist.“ Eine hilflose junge Frau wie sie war auf ein derart weltliches Unterfangen zweifellos schlecht vorbereitet. Er würde ihr helfen müssen.

* * *

Vielleicht war Mr. Birmingham nicht immer so dumm. Jedenfalls war er *überaus* hilfreich. Es war sehr einfallsreich von ihm, einen seiner geschicktesten Diener zu Onkel Simons Haus zu schicken, um das Schloss zu knacken.

Zuerst war sie entsetzt gewesen, sich an einer so unehrlichen Tätigkeit zu beteiligen, aber er versicherte ihr, dass es ja jetzt eigentlich ihr Haus wäre, nachdem Onkel Simon fort und sie seine einzige Blutsverwandte wäre.

Jetzt waren sie und Mr. Birmingham in der Bibliothek ihres Onkels - die längst nicht so schön war wie Mr. Birminghams - und suchten nach seinen privaten Unterlagen. Sie hatte ein wenig herumgeschaut, um sich ein wenig ein Bild davon zu machen, was für ein Mensch Onkel Simon war, nach den Dingen, die er angesammelt und den Büchern, die er gelesen hatte, zu urteilen.

Anders als Mr. Birminghams Bücher, die alle

Klassiker in schönen Ledereinbänden waren, bestanden die ihres Onkels aus einer Ansammlung verschiedenster Themen und durcheinandergewürfelter Umschläge, aber alle sahen oft gelesen aus. Anders als Mr. Birminghams.

Onkel Simon las offensichtlich keine Gedichte, hatte aber eine große Vorliebe für Reiseberichte. Wie schade, dass er sein Verlangen, die Welt zu sehen, unterdrückt und stattdessen sich seinen Geschäften in London gewidmet hatte. War das der Grund, warum er gewollte hatte, dass sie käme? Hatte er geplant, dass sie sich um das Geschäft kümmern könnte, während er die letzten Jahre seines Lebens damit verbrachte, all die Orte zu sehen, über die er sein Leben lang nur gelesen hatte?

Während Mr. Birminghams Heim gut gepflegt aussah, war das ihres Onkels nicht nur unordentlich, sondern nicht einmal sauber. Oder vielleicht war den Dienern der Zutritt zur Bibliothek auch verboten. Hatte er seinen Dienern verboten, dieses Zimmer abzustauben und aufzuräumen? Es war offensichtlich, dass er viel Zeit in diesem Raum verbrachte. Der Sitz des Polsterstuhls, der dem Feuer am nächsten stand, war zu einem Halbmond abgenutzt, und der Arbeitstisch daneben trug kreisrunde Flecken an den Stellen, wo Gläser gestanden hatten.

Ihr Blick huschte zur anderen Seite des Kamins. Dort mussten die Gäste ihres Onkels gesessen haben. In der Tat, direkt neben dem Stuhl dort - einem Stuhl, der nicht viel benutzt wirkte - stand ein leeres Weinglas.

Sie fragte sich, ob der Mann, der aus dem Glas getrunken hatte, der letzte gewesen sein mochte, der ihren Onkel lebend gesehen hatte. Sie schüttelte den Kopf. Was für eine lebhafte Fantasie sie hatte! Nach allem, was sie wusste, hätte Onkel Simon auch in seinem Geschäft tot umgefallen sein können.

Sie musste mehr erfahren. Als seine einzige Verwandte musste sie erfahren, wie und wo er gestorben war. Sie wollte wissen, woran er gestorben war.

Wie schade, dass keine Diener mehr da waren, um ihre Fragen zu beantworten. Wenn sie nur ein paar Tage früher gekommen wäre. Wenn sie nur die Gelegenheit gehabt hätte, ihren Onkel kennenzulernen.

Mehr als alles andere war sie neugierig, welche Art von Mensch er gewesen war. Wie schade, dass sie ihn gerade verlieren musste, als ihrer beider Leben sich vereinen sollten. Etwas in ihr schmerzte durch den Verlust.

„Aha!", sagte Mr. Birmingham, nachdem er den Inhalt einer der Schreibtischschubladen ihres Onkels durchsucht hatte.

Sie hatte gezögert, diese Suche selbst durchzuführen. Es schien so respektlos gegenüber dem Toten. „Der Name seines Anwalts ist Wycliff. IIugh Wycliff in High Holborn. Hmm. Nicht weit von meinem eigenen Anwalt entfernt. Kommen Sie, Miss Hastings, lassen Sie uns gehen."

Kapitel 3

Wieder einmal fühlte Miss Emma Hastings sich sehr schüchtern, als sie sich mit Mr. Birmingham in seiner prächtigen Kutsche wiederfand. Ihr Luxus überstieg bei Weitem alles, was sie je gesehen hatte. Die prächtigen Sitze aus blassgrünem Samt waren mit dunkelgoldenen Zöpfen geschmückt, die genauso aussahen wie die Quasten an den Fenstervorhängen. Sie überlegte, ob die Fäden aus echtem Gold wären. Mr. Birmingham mochte ein zweiter Sohn sein, aber er war fraglos reich.

Es war wirklich überraschend, wirklich, wie freundlich er zu ihr war - einer völlig Fremden. Wäre es nicht einfacher gewesen, ihr nur seine Kutsche anzubieten und sie nach High Holborn zu schicken? Es war, als ob er - unzweifelhaft ein Dummkopf - Mitgefühl für sie hatte. Wie konnte ein so privilegierter Mann die Schwierigkeiten, denen sich eine einsame, junge Frau in einer Stadt, die vieltausendmal größer war als alles, was sie bisher gesehen hatte, gegenübersah, so gut verstehen?

Vielleicht beruhte seine Freundlichkeit auf dem Grund, dass er sich eine andere Sitzung mit ihrer tränenreichen Hysterie ersparen wollte. Sie musste geklungen haben wie ein Zigeunerklageweib. Es beschämte sie immer noch, dass sie sich vor ihm so aufgeführt hatte.

Aber um die Wahrheit zu sagen, hätte sie leicht

wieder zu schluchzen beginnen können, wenn sie nur daran dachte, nach Upper Barrington zurückkehren zu müssen.

Sie hätte ihm gerne ihren Dank ausgesprochen, aber es war, als hätte sie die Sprache verloren. Sie fühlte sich so unzureichend, wie ein Huhn vom Hof neben einem prachtvollen Pfau. Mr. Birmingham musste an die Gesellschaft von schönen Frauen gewöhnt sein, die elegante, gut gekleidete und kluge Angehörige der *guten Gesellschaft* waren.

Was musste er von ihr denken? Sie schaute auf ihr Kleid aus geblümtem Musselin hinab, das sie mit ihren eigenen ungeschickten Händen genäht hatte. Tante Harriett hatte darauf bestanden, dass alle ihre Kleider aus diesem mädchenhaften, bescheidenen Stoff gemacht wurden. Ihr Mangel an Eleganz wurde durch ihren handgestrickten roten Schal noch deutlicher. Von dem, was sie auf den Seiten von *Ackermanns Journal* hatte von der *eleganten* Mode sehen können, wusste sie, dass die jungen Damen in London Pelissen aus feiner Merinowolle oder Samt über ihren Tageskleidern trugen.

Als sie mit ihren Gedanken an diesem Punkt angelangt war, fiel ihr endlich etwas ein, was sie zu ihm sagen konnte. „Ich nehme an, dass Maria sehr schön war."

Er schwieg einen Moment, bevor er mit trauriger Stimme antwortete. „Die schönste Frau, die ich je gesehen habe. Ich habe mich in sie verliebt, als ich sie das erste Mal auf der Bühne gesehen habe." Er drehte sich zu Emma um und sagte, fast großspurig: „Sie ist eine italienische Opernsängerin."

„Sie haben sie in Italien kennengelernt?"

Er schüttelte den Kopf. „Ich war noch nie in Italien. Sie kam zu einer exklusiven Aufführung nach London. Sie war der Stolz von Neapel."

Obwohl Emma Maria nie gesehen hatte, hätte sie schwören können, dass jeder Mann im Publikum sich in die schöne Opernsängerin verliebt haben musste. Welcher Mann würde sich nicht geehrt fühlen, die Zuneigung einer solchen Frau zu gewinnen?

Aber in Emmas Gedanken war es Maria, die die Glückliche gewesen war, weil sie Mr. Birminghams Zuneigung gewonnen hatte - selbst, wenn er erschreckend der Flasche zugeneigt war. Er war ein sehr gutaussehender Mann. Und überaus freundlich. Und enorm reich. „Wann haben Sie sie kennengelernt?"

„Vor drei Jahren."

Emma mochte vom Land sein, aber sie wusste genug über die Welt, um zu wissen, dass Männer Frauen wie Maria nicht heirateten. Sie hielten sie als Mätressen. (Viel von Emmas Bildung stammte aus der Lektüre der Gesellschaftskolumnen in den Londoner Zeitungen, die Tante Harriett abonniert hatte.) Ein Mann mit Mr. Birminghams Reichtum hätte der italienischen Frau alles bieten können, was er sich durch sein Vermögen leisten konnte.

„Sie war Ihre Geliebte?"

Er wich ihrem Blick aus und sprach ungehalten, in seinen Schoß schauend. „Das ist kein passendes Thema für die Ohren einer jungen Dame."

Was war ihr nur eingefallen? Emma wusste es besser, als eine so persönliche Frage zu stellen. „Verzeihen Sie meine Frechheit."

„Ich wage zu behaupten, dass Sie nicht an Gesellschaft gewöhnt sind."

Nachdem sie an der Adresse von Mr. Wycliffs Kanzlei angekommen waren, öffnete Mr. Birminghams Kutscher die Tür und klappte die Stufen für sie heraus.

Mr. Birmingham war so freundlich, ihr seine Hand zu reichen, als sie ausstieg. Wie interessant es für sie war, echte Anwälte zu beobachten, wie sie in ihren langen, weißen Perücken mit den fest gerollten Locken und in fließenden schwarzen Roben über das Pflaster eilten.

Jeder neue Anblick und jedes Geräusch in der Hauptstadt begeisterte sie. Die Lebendigkeit dieser Stadt ließ nie nach, Tag oder Nacht. So viele verschiedene Menschen und Tätigkeiten hatte sie nie zu sehen gedacht. Upper Barrington war im Vergleich zu London wie Brotkrumen zu einem königlichen Festmahl.

Es gab noch so viel mehr, was sie sehen wollte. Wenn sie nur nicht nach Upper Barrington zurückgehen müsste. Sie wusste, wenn sie zurückginge, würde sie nie wieder wegkommen. Sie würde dort wie ihre Tante als alte Jungfer sterben. Es gab dort keinen Mann, der sich als ihr Lebensgefährte geeignet hätte.

Ebenso schrecklich, wenn Tante Harriett sterben würde, bliebe Emma nicht einmal ein Heim in Upper Barrington. Deshalb war sie umso dankbarer gewesen, als ihr Onkel ihr angeboten hatte, das, was er besaß, mit ihr zu teilen.

Mr. Birmingham bot ihr seinen Arm und sie betraten das dreistöckige Gebäude, in dem sich die Kanzlei Mr. Hugh Wycliffs befand.

Sie fanden Mr. Wycliffs Geschäftsräume im zweiten Stock. Der Schreiber des Anwalts, ein bebrillter Mann, der nicht viel älter schien als Emma, schaute vom Lesen eines der vielen prall gefüllten Ordner auf, die sich auf seinem Schreibtisch stapelten. „Kann ich Ihnen behilflich sein?"

Mr. Birmingham sprach. „Miss Hastings möchte Mr. Wycliff in Sachen ihres Onkels, des verstorbenen Mr. Simon Hastings, sprechen."

Der Schreiber nickte, stand von seinem Schreibtisch auf und ging in das angrenzende Zimmer. Sekunden später kam er wieder heraus. „Bitte hier entlang, Miss Hastings. Mr. Wycliff kann Sie jetzt empfangen."

In Mr. Wycliffs Büro fanden sich keine Papierstapel wie die, die das Vorzimmer füllten. Sein Eckzimmer wurde von acht hohen Fenstern erhellt und von einem Kamin aus rotem Backstein beheizt.

Der weißhaarige, wohlgenährte Gentleman stand auf, als sie eintrat, sein Gesichtsausdruck angemessen düster, in Anbetracht der traurigen Natur ihres Besuchs. „Ich möchte Ihnen mein aufrichtiges Beileid aussprechen, Miss Hastings."

Sie nickte ernst, während er ihr und Mr. Birmingham Stühle anbot, die auf der anderen Seite seines Schreibtischs standen. Selbst nachdem er sein Beileid ausgesprochen hatte, blieb sein Gesicht ernst und er wich ihrem Blick aus. Einige Sekunden vergingen. Er machte keine Anstalten, ein Gespräch zu beginnen.

Schließlich ergriff Mr. Birmingham das Wort. „Miss Hastings kam letzte Nacht auf Einladung ihres Onkels in London an, nur, um von Mr. Hastings Tod zu erfahren."

„Sehr bedauerlich", sagte Mr. Wycliff und schüttelte betrübt seinen Kopf. „Und in der Blüte seines Lebens."

Wenn auch fünfundfünfzig sich für Emma

recht alt anhörte, war ihr doch klar, dass für einen Mann im fortgeschrittenen Alter wie den Anwalt fünfundfünfzig jung erscheinen mochte. „Ich würde gerne wissen, wann mein Onkel starb."

Mr. Wycliff zählte an seinen Fingern und murmelte in sich hinein. „Vor vier Tagen."

„Er wurde schon begraben?"

„Seinen Wünschen gemäß. Er wurde Dienstag zur letzten Ruhe gebettet."

„Wo?" Die Trauer in ihrer eigenen Stimme überraschte sie.

„Auf dem Friedhof von St. Mary Magdalene."

Sie sah Mr. Birmingham an. „Wissen Sie, wo das ist?"

Er nickte ernst.

Ihr Blick kehrte wieder zu Mr. Wycliff zurück. „Ich wüsste gerne mehr über den Tod meines Onkels. War er krank?"

„Meines Wissens nicht. Er war gesund und kräftig. Er schien jünger als seine Jahre und ließ nie einen Tag vergehen, ohne zu seinem Geschäft in Southwark zu gehen."

Zwischen ihren Brauen bildete sich eine Falte. „Woran ist er dann gestorben?"

Er zuckte mit den Schultern. „Wir wissen es nicht. Ein Magenproblem. Seine Haushälterin sagte, er müsse plötzlich erkrankt sein. Alle Diener hatten am Sonntag frei und als sie Montagmorgen in die Bibliothek ging, fand sie seine Leiche. Er hatte ... verzeihen Sie meine groben Worte, Miss Hastings, aber es gab Beweise, dass er ... den Löffel abgegeben hatte, sozusagen."

Tränen stiegen ihr in die Augen, aber diesmal - zu ihrer Erleichterung - schaffte sie es, den anwesenden Gentlemen ihr peinlich lautes Weinen zu ersparen. Die viel stärkeren Tränen

früher   hatten   ihren   eigenen,   verlorenen
Hoffnungen gegolten. Diese waren jetzt für ihren
Onkel. „Wie traurig, dass er alleine starb."

Mr. Wycliff neigte seinen Kopf. „In der Tat."

„Miss Hastings würde gerne das Haus in der
Curzon Street in Besitz nehmen", sagte Mr.
Birmingham. „Haben Sie die Schlüssel?" Dass er
so schnell von dem traurigen Gesprächsthema
ablenkte, überzeugte sie davon, dass er fürchtete,
sie könnte einen anderen Weinkrampf erleiden.

Mr. Wycliff nickte. „Die Haushälterin Ihres
Onkels - sie war diejenige, die zuerst kam, um mir
von seinem Tod zu berichten - gab ihn mir
gestern, nachdem alle Diener fort waren."

„Wissen Sie, wo ich sie erreichen könnte?",
fragte Emma. Sie hätte Onkel Simons oberste
Angestellte gerne über ihn ausgefragt. Ihre Augen
wurden wieder feucht. Jetzt würde sie ihn nie
mehr kennenlernen.

„Lassen Sie mich nachsehen", sagte der Anwalt
und öffnete eine Schublade seines Schreibtischs.
„Ich habe ihre Anschrift irgendwo hier. Ich
wusste, dass ich mich mit ihr wegen ihres
Vermächtnisses im Testament ihres Onkels in
Verbindung setzen muss. Mr. Hastings hat für
seine Diener vorgesorgt." Er nahm ein Stück
Papier heraus. „Oh, ja. Mrs. Thornton hat eine
Stelle in 151 Camden angetreten."

Er schrieb es auf ein anderes Stück Papier ab
und übergab dies Emma.

Mr. Birmingham stand auf. „Dann übernehmen
wir einfach noch die Schlüssel und machen uns
wieder auf den Weg."

Der Anwalt antwortete nicht. Er erwiderte auch
keinen Blick der beiden, sondern saß für einen
Moment wie erstarrt in seinem Stuhl. Schließlich

musterte er Mr. Birmingham. „Ich fürchte, das darf ich nicht."

„Warum?", fragte Mr. Birmingham.

„Weil das Haus nicht Miss Hastings gehört."

Kapitel 4

„Was meinen Sie damit?", fragte Adam. „Ist Miss Hastings nicht die nächste Verwandte des Mannes?"

„Das ist sie tatsächlich. Soweit der Verstorbene feststellen konnte, ist Miss Hastings wirklich die *einzige* lebende Verwandte."

Adams harter Blick hielt den des Anwalts fest. „Sagt nicht das Gesetz, dass der nächste Verwandte berechtigt ist, das Eigentum des Verstorbenen zu erben?

„Wenn der Verstorbene ohne Testament verstirbt, ja", ergänzte Mr. Wycliff.

„Miss Hastings wurde zu der Annahme veranlasst - von Simon Hastings selbst - dass sie seinen Besitz erben würde, wenn er stürbe." Adam wandte sich an Miss Hastings. „Nicht wahr?"

Sie nickte mit bedrücktem Gesicht.

Der Anwalt räusperte sich. „Das war auch der Fall. Bis letzte Woche."

„Was geschah letzte Woche?", verlangte Adam zu wissen.

„Mr. Simon schickte mir ein neues Testament."

Adam warf einen Blick auf Miss Hastings, deren Brauen über ihren weit aufgerissenen Augen hochgezogen waren. Er hoffte bei Gott, dass sie nicht wieder losjammern würde. Er drehte seinen Kopf schnell wieder zu Wycliff und sagte barsch: „Er hat Ihnen das Testament *geschickt*? Ist das nicht unüblich? Sagt ein Klient

Ihnen nicht normalerweise, was er will und Sie haben das dann mit den richtigen juristischen Ausdrücken niederzulegen?"

„Das ist korrekt. Aber wie Miss Hastings sicher weiß, ist … *war* ihr Onkel ein sehr beschäftigter Mann. Ceylon-Tee war sein Leben und als Miteigentümer der Firma wurde seine Aufmerksamkeit von vielen Dingen in Anspruch genommen."

„Deshalb bat er mich zu kommen", sagte sie; ihre Stimme war fast nur noch ein Wimmern. „Er brauchte jemanden, dem er beibringen konnte, viele seiner Pflichten zu übernehmen." Ihre Stimme überschlug sich. „In der Tat sagte er, dass die Hälfte des Geschäfts auf mich übergehen würde, wenn …" Sie hielt inne und holte stockend Atem. „Wenn er stürbe."

Adam trat dichter an den Anwalt heran, seine Hände zu Fäusten geballt. „Geht das Geschäft immer noch in Miss Hastings Hände über?"

Mr. Wycliff schüttelte betrübt den Kopf.

„Ich denke, Miss Hastings hat das Recht, dieses neue Testament zu sehen."

Ihr trauriger Blick wandte sich von ihm ab zu dem Anwalt.

Wycliff läutete eine Glocke und sein Schreiber betrat das Zimmer. „Sei ein guter Junge und hole das Testament von Hastings."

Einen Moment später kehrte der Schreiber mit einem großen Paket zurück und legte es auf den Schreibtisch seines Dienstherrn. Als sich die Tür wieder geschlossen hatte, räusperte sich Wycliff erneut und leerte den Inhalt des Pakets auf seinen Tisch. Er übergab Miss Hastings ein handgeschriebenes Dokument.

Obwohl es nicht seine Sache war, trat Adam so

nahe an sie heran, dass er den letzten Willen und Testament ihres Onkels lesen konnte. Es begann mit den üblichen Floskeln, dass er geistig gesunde wäre, und kam dann recht schnell auf den Punkt. „Ich hinterlasse meinen Anteil an der Ceylon-Tee-Gesellschaft meinem vertrauten Mitarbeiter, einem fähigen Mann, der das Geschäft fast so gut kennt wie ich. Es wird in gute Hände kommen. In Anerkennung seiner treuen Dienste für mich hinterlasse ich ihm all meine irdische Habe, mit Ausnahme von Vermächtnissen für meine Haushälterin, Mrs. Thornton, und meinem Butler, Boddington, die eine Annuität von fünfundsiebzig Pfund für den Rest ihres Lebens ausgesetzt erhalten. Außerdem vermache ich meiner Nichte, Miss Emma Hastings, zweihundert Pfund jährlich."

Adam war fassungslos. Warum zum Teufel würde der Kerl seine Nichte bitten, nach London zu ziehen, damit er ihr alles über Ceylon-Tee beibringen könnte, und während das arme Mädchen unterwegs war, eine komplette Kehrtwendung machen? Irgendetwas stimmte hier absolut nicht.

Grässliche Angelegenheit. Die arme Miss Hastings musste einen Schock erlitten haben. Er betete nur, dass sie sich nicht wieder in Tränen auflösen würde.

„Sagen Sie mir, Miss Hastings", fragte Adam, „haben Sie mit ihrem Onkel genug Briefe gewechselt, dass Sie seine Handschrift erkennen würden?"

Sie nickte. „Ich habe seine letzten Briefe sogar mit mir nach London gebracht. Sie sind in meiner Reisetasche."

„Sieht dies so aus, als wäre es von seiner Hand

geschrieben worden?", fragte Adam.

„Oh, ja. Sehen Sie diese ungewöhnliche Schleife beim großen H? Das ist ganz markant bei Onkel Simons Handschrift."

Es war eine überaus ordentliche Handschrift, in der diese Urkunde verfasst war - das stand ganz im Gegensatz zu dem Chaos in Hastings Bibliothek.

„Es tut mir schrecklich leid, Miss Hastings", sagte der Anwalt. „Ich habe noch mehr traurige Nachrichten für Sie."

„Was können Sie diesem armen Mädchen noch mehr wegnehmen?", wollte Adam wissen.

Mr. Wycliff musterte Emma. „Ist Ihnen bekannt, dass Harriett Lippencott verstorben ist?"

Emma schrie auf und griff sich mit vor Schock geweiteten Augen an die Brust. „Meine Tante!"

Adam hätte das arme Ding nicht tadeln können, wenn sie wieder einen Weinkrampf bekommen hätte. Jetzt hatte sie wirklich keinen Blutsverwandten mehr. Kein Heim. Und sie war nicht einmal alt genug, um die kärgliche Jahresrente zu beanspruchen, die Simon Hastings ihr ausgesetzt hatte.

„Wieso wissen sie das von meiner Tante?", fragte sie, immer noch ohne in lautes Schluchzen auszubrechen.

Mit einer Falte zwischen seinen Brauen sagte Wycliff: „Der Pfarrer Ihrer Tante schrieb an Mr. Hastings, um ihn zu informieren, dass er jetzt Ihr Vormund sein müsste. Alle Post Ihres Onkels kommt derzeit zu mir."

Adam wandte sich ihr zu. „Haben Sie andere Blutsverwandte?"

Sie schüttelte den Kopf und begann, leise zu weinen.

Adam wandte sich an den Anwalt. „Wird Miss Hastings einen Vormund brauchen?"

„Wie alt ist sie?"

„Sie wird erst in sieben Monaten volljährig werden."

Wycliff zuckte zusammen. „Das Gericht wird einen für sie bestimmen müssen."

„Bitte leiten Sie das Verfahren ein", wies Adam ihn an. Plötzlich fühlte er das Bedürfnis, Miss Hastings von diesem Platz der erschütternden Nachrichten wegzubringen. Er drückte sanft ihre Schulter. „Wir sollten jetzt besser gehen, Miss Hastings. Nach all dem Traurigen, was Ihnen Ihr erster Tag in London beschert hat, müssen Sie etwas Schönes tun, und ich stelle mich ganz zu Ihrer Verfügung."

Tränen rannen aus ihren Augen, sie bot ihm ein schwaches Lächeln und erhob sich, nickte Wycliff zu, als sie das Zimmer verließ.

Als sie seine Kutsche erreichten, versuchte er, ihren traurigen Zustand zu ignorieren. Hölle und Teufel. Jede dieser schlechten Nachrichten wäre für sich genug gewesen, um einen kräftigen Mann zu Boden zu werfen. Gab es nichts, was er tun konnte, um sie von dieser Zerstörung abzulenken? „Bitte, Miss Hastings, Sie müssen mir sagen, was in der Hauptstadt sie am Liebsten ansehen möchten. Würden sie gerne auf das Dach von St. Paul klettern? Oder in den Gärten von Vauxhall spazieren gehen? Vielleicht die Poet's Corner bei Westminster Abbey oder die Ausstellung im Britischen Museum ansehen?"

Sie gab keine Antwort. Sie schaute nur mit blicklosen Augen vor sich hin. Zu seinem Entsetzen begannen ihre bläulich grauen Augen wieder feucht zu werden. *Oh nein.* Er wies den

Kutscher an, durch den Hyde Park zu fahren. Sicher würden all die eleganten Dinge, die dort zu sehen waren, ein Mädchen aus einem kleinen Dorf faszinieren.

Aber kaum, dass die Tür der Kutsche sich geschlossen hatte, kamen ihre Tränen. Große, sprudelnde Tränen, begleitet von Schluchzen und herzzerreißendem Gejammer. Sie weinte die ganze Strecke aus der City bis nach Westminster. Sie heulte von Westminster bis Mayfair. Als sie in den Hyde Park einfuhren, versuchte er, ihre Aufmerksamkeit abzulenken. „Wirklich, Miss Hastings, ich glaube doch, dass Sie es genießen würden, die modischen Leute im Hyde Park zu sehen."

Sie hob nicht einmal den Vorhang vor ihrem Fenster der Kutsche.

Er reichte ihr ein Taschentuch. Großer Gott! Sie war ein lebender, atmender Springbrunnen! Er fragte sich, ob dies das Weinen wäre, das nie aufhörte.

Verflixtes Pech. Seines.

Warum zum Teufel kann ich nicht einer der Männer sein, der einer leidenden Frau die kalte Schulter zeigen kann. Aber nein, er würde alles in seiner Macht Stehende tun, um ihren Kummer zu lindern. Der Jammer war, dass es nichts zu geben schien, was er tun konnte, um sie davon abzulenken.

Verflixtes Pech. Ihres.

Gab es nichts, was er tun konnte, um ihre Gedanken von dieser elenden Angelegenheit abzulenken?

Fast wünschte er, dass Simon Hastings noch am Leben wäre, um ihn ins Gesicht schlagen zu können. Aber solche Gedanken halfen dem schluchzenden Mädchen neben ihm nicht. Er musste sich darauf konzentrieren, was er tun konnte, um ihre Tränen zu trocknen und ein Lächeln auf ihr jugendliches Gesicht zu bringen. Er erinnerte sich an den Ausdruck kindlichen Vergnügens auf ihrem Gesicht, als sie am Abend zuvor Nicks *fantastisch prachtvolles* Haus gesehen hatte. Und Nicks Haus war nur Minuten vom Hyde Park entfernt.

Er pochte mit seinem Spazierstock ans Dach seiner Kutsche und befahl seinem Kutscher, ihn zum Haus seines Bruders am Piccadilly zu bringen.

Obwohl die Situation seinem Gefühl nach erforderte, dass er mit sanfter Stimme zu dem schluchzenden Geschöpf spräche, zwang er sich, einen Kommandoton zu benutzen. „Miss Hastings, Sie müssen sich zusammennehmen. Ich muss zu meinem Bruder fahren, in das Haus, das Sie letzte Nacht so bewundert haben, und da kann ich Sie nicht mitbringen, wenn sie wie ein Baby heulen." Er hasste sich selbst dafür, so grob zu einer Dame mit großem Kummer zu sein, aber Freundlichkeit hatte nichts bewirkt.

Diese Methode schien zu wirken. Sie schniefte noch einmal laut, betupfte ihre Augen mit dem Taschentuch und sprach endlich. „Verzeihen Sie mir."

Etwas in ihrer verloren klingenden Stimme ging ihm direkt ins Herz und es schmolz wie Butter in der Sonne. Er kam auf die andere Seite der Kutsche, um sich neben sie zu setzen und sanft und tröstlich seine Arm um ihre Schultern zu legen.

Jetzt wurde seine Stimme weicher. „Da gibt es nichts zu verzeihen. Sie haben alles Recht, Ihrer unendlichen Trauer Ausdruck zu verleihen. Jede der beiden traurigen Nachrichten, die Sie heute erhielten, könnte einen erwachsenen Mann zum Weinen bringen. Sie möchten sicher tausend Tränen weinen, aber das wird nichts helfen. Ich weiß, dass sie London schon immer sehen wollten, und ich werde Ihnen nicht erlauben, nach Upper Bannington zurückzufahren, bevor ich Ihnen nicht persönlich die Sehenswürdigkeiten gezeigt habe."

Sie schnüffelte. „Barrington. Upper Barrington." Dann brach sie wieder in gequältes Schluchzen aus, und wieder wurde sie von einem Weinkrampf geschüttelt. „Es ist doch so furchtbar, ich wollte nie dahin zurückkehren - und jetzt kann ich es nicht. Aller Besitz meiner Tante geht an den Erben ihres Vaters."

Er legte seinen Arm wieder um ihre schmalen, zuckenden Schultern und bemerkte wieder ihren leichten Rosenduft. Wie elend sich das arme Mädchen fühlen musste. Er hatte sich nie hilfloser gefühlt. Er war immer jemand gewesen, der Probleme löste. Und dabei erfolgreich war, selbstverständlich. Aber wenn es um Frauen ging, war er ratlos.

Mochten sie Hüte? „Meine liebe Miss Hastings, bevor wir zu meinem Bruder fahren, würde ich Sie gerne zur besten Hutmacherin von London mitnehmen, wo Sie sich einen neuen Hut aussuchen dürfen." Das würde sie sicher aufheitern. Maria hatte es immer geliebt, neue Hüte zu bekommen.

Sie begrub ihr Gesicht in den Händen und weinte lauter. „Ich bin so traurig, dass Tantchen alleine gestorben ist und ich mich nicht richtig von ihr verabschieden konnte. Dass ich - der einzige Mensch, der sie liebte - am Ende nicht bei ihr war."

„Ich denke, sie wusste, dass ihr Ende nahte und wollte Ihnen das ersparen. Sie wollte, dass sie in London glücklich sein sollten."

Ihr Gesicht hellte sich auf. „Ich glaube, Mr. Birmingham, Sie haben recht."

Er tätschelte ihre Hand. „Bitte, Miss Hastings, hören Sie auf zu weinen."

Wie durch ein Wunder hörten ihre Tränen auf, als hätte jemand einen Hahn abgestellt. Es dauerte einen kleinen Moment, bis sie ihr tränenbeflecktes Gesicht zu ihm hob. Ihre (tatsächlich perfekte) Nase war gerötet, so wie das Weiße in ihren Augen, und er dachte, er hätte noch nie ein traurigeres Gesicht gesehen.

Er wurde an den bei seiner Mutter fest verwurzelten Glauben erinnert, dass man an einem gebrochenen Herzen sterben konnte. Er hatte solchen Unsinn nie geglaubt, aber er hatte Angst, dass der Kummer dieses armen Kindes so tief war, dass sie daran zugrunde gehen könnte. Simon Hastings verdammtes Testament hatte sie so zerstört wie ein Stiefel, der eine Glasscherbe zermalmte. Dann hatte sie den einzigen Menschen verloren, der für sie je so etwas wie eine Mutter gewesen war. Beides am selben Tag.

Sie schien ein so zerbrechliches, kleines Ding zu sein. Selbst wenn sie noch in diesem Jahr volljährig werden würde, war es schwer zu glauben, dass sie beinahe einundzwanzig war.

„Ich danke Ihnen aus ganzem Herzen für Ihre Freundlichkeit mir gegenüber, Mr. Birmingham." Ihre Stimme begann zu schwanken, als sie seinen Namen aussprach. Sie hielt einen Moment inne und fuhr dann in einem festeren Ton fort. „Ich fühle mich schrecklich schuldig, dass ich Ihnen eine solche Last gewesen bin, dass Sie meine wahnsinnigen Weinkrämpfe mitansehen mussten."

Seinen Arm noch immer um sie gelegt, tätschelte er ihre Schulter. „Sie sind keine Last."

„Oh doch! Sie haben Ihren ganzen Tag an mich verschwendet." Sie holte tief Atem. „Ich war so dankbar, dass Sie mit mir zu Mr. Wy-y-y ..." Sie schaffte es nicht, Wycliff auszusprechen, bevor ein erneutes Aufschluchzen sie unterbrach. Aber sie gewann schnell ihre Fassung wieder und sprach weiter. „... Mr. Wycliffs Büro gefahren sind und für mich gesprochen haben."

„Das habe ich sehr gern getan."

„Ich hätte nie gedacht, dass Heiden so nett sein könnten."

Er lachte in sich hinein. Ein Landmädchen wie sie würde ihn für verrucht halten. Er hoffte nur, dass seine Mutter nicht anfangen würde, ihn für einen Heiden zu halten.

„Wenn ich nicht hier wäre, was würden Sie dann mit Ihrem Tag machen?"

„Ich wäre in meiner Bank. Gestern war der erste Tag, den ich verpasst habe, seit ich nach dem Tod meines Vaters die Bank übernahm."

„Wie alt waren Sie?"

„So alt wie Sie jetzt." Gott sei Dank dachte sie an etwas anderes als ihre Probleme. „Vor zehn Jahren."

„Dann fühle ich mich doppelt schuldig, dass ich Sie davon abgehalten habe."

Er legte seinen Fingerknöchel unter ihr Kinn und zog ihr Gesicht dichter an das seine. „Meinen Sie nicht, ich hätte mir einen Tag Spaß verdient?"

Sie brach in Lachen aus. „Das kann kein Spaß

gewesen sein!"

„Ah, aber das wird es, wenn ich Ihnen meine Stadt zeige."

Die Kutsche hatte bei Nicks Haus gehalten, aber er hatte den Kutscher wieder auf seinen Sitz geschickt. Jetzt nahm er seinen Arm von ihren Schultern. Er war ihr viel zu nahe gekommen. Er musste Miss Hastings zeigen, dass er ein Gentleman war.

„Das würde mir gefallen", schaffte sie mit kläglicher Stimme zu sagen. „Ich wollte doch immer nach London." Sie begann wieder zu weinen, während sie versuchte zu fragen: „Wo soll ich leben?"

Wo *würde* sie leben?

Ihr Kummer traf sein ohnehin gebrochenes Herz wie ein Hammer. Er hasste es, ihren Schmerz zu sehen. Er hatte großen Schmerz empfunden, als Maria ihn verlassen hatte. Und es schmerzte noch immer. In diesem Moment war es das Wichtigste in seinem Leben, Miss Emma Hastings glücklich zu machen.

Und er hatte die Möglichkeit, es zu tun.

„Ich weiß, wie Sie hierbleiben können."

„Woran können Sie denken, was mir erlauben würde, in London zu bleiben?"

„Ich schlage vor, dass ich Sie zu meiner Frau mache."

Kapitel 5

Lieber Gott! Was war in ihn gefahren? Seit mehr als einem Jahrzehnt war er geschickt allen intriganten Frauenzimmern ausgewichen, die auf eine reiche Heirat aus waren. Schöne Debütantinnen, aristokratische Damen aus alten Familien und ein nie abreißender Strom von Tänzerinnen aus der Oper hatten seit dem Tag vor neun Jahren, als er mündig geworden war, alle versucht, ihn - und sein enormes Vermögen - einzufangen.

Sein fester Entschluss, nicht zu heiraten, war nun von einem weinenden weiblichen Wesen zerstört worden.

Ihre Augen weiteten sich und ihr Mund öffnete sich zu einem perfekten Oval. Der traurige Ausdruck auf ihrem Gesicht, der sein Mitgefühl erregt hatte, wurde durch einen völlig schockierten ersetzt. „Ich kann Sie nicht richtig verstanden haben, Mr. Birmingham. Sicher haben Sie doch nicht einer Frau einen Antrag gemacht, die Sie erst letzte Nacht kennengelernt haben?"

Er zuckte so lässig mit den Schultern wie jemand, der gerade vorgeschlagen hatte, einen Frühlingsspaziergang zu machen. „Doch. Wenn Sie mich besser kennen würden, Miss Hastings, würden Sie wissen, dass Adam Birmingham nie etwas vorspiegelt. Wenn ich um etwas bitte, bleibe ich auch dabei." Er schaffte es zu grinsen. „Und ich bekomme immer, was ich will."

Ihre Blicke trafen sich. Ihre Augen sahen im trüben Licht der Kutsche fast grau aus. Und sie waren tief. „Außer Maria", murmelte sie.

Marias Name war wie ein rascher Tritt in seinen Unterleib. Wenn noch irgendeine Hoffnung bestanden hätte, seine *affaire de coeur* mit Maria wieder aufleben zu lassen, hätte er nie um Miss Hastings Hand angehalten. Aber Maria war jetzt glücklich mit ihrem Grafen verheiratet und auf dem Weg zurück in ihr Heimatland. Er runzelte die Stirn. „Außer Maria."

„Wir können Sie einer Frau die Ehe anbieten, wenn Ihr Herz einer anderen gehört?"

Er konnte nicht leugnen, dass er noch in seine ehemalige Geliebte verliebt war. „Wenn ich Maria nicht haben kann, will ich auch keine andere. Ich werde keine andere lieben. Keine andere heiraten. Warum dann nicht Ihr Problem lösen? Das würde meinen Kummer verringern."

„Natürlich würde Ihr Antrag mein Problem lösen, aber ich kann Ihnen nicht gestatten, sich an eine einfache Frau mit bescheidenen Mitteln wegzuwerfen."

„Aber Miss Hastings, das Geld meiner Frau spielt keine Rolle. Ich bin ein sehr wohlhabender Mann."

„Schauen Sie mich an, Sir. Ich muss mich um Welten von den schönen, eleganten Frauen unterscheiden, an die Sie gewöhnt sind."

Sie sage die Wahrheit. Er war immer mit schönen Frauen zusammen gewesen, Frauen, die weit schöner waren als sie. Sie waren auch alle elegant gewesen. Als seine Augen wieder auf ihre trafen, bemerkte er, dass sie vielleicht keine umwerfende Schönheit war, aber doch sehr hübsch. Mit modischer Kleidung und Ausstattung könnte sie durchaus besser als durchschnittlich aussehen. „Als meine Frau hätten Sie die schönsten Kleider, Juwelen und Pelze des Königreichs."

Ihre Augen wurden groß. Sie schluckte mühsam. „Sie machen es mir schwer, Sie abzuweisen."

„Gut. Sollen wir ein Datum festlegen?"

„Aber ich muss nein sagen."

Einen Moment zögerte er zu antworten. „Sie verletzen mich, Miss Hastings. Von zwei Frauen in einer Woche verschmäht. Ich werde mich umbringen müssen."

„Sie machen es sehr schwer für mich, Mr. Birmingham. Ihr Antrag ist das Aufregendste, was mir je passiert ist." Sie schnaufte ungeduldig. „Sie waren so freundlich. Ich würde sie nie verletzen wollen."

„Dann sollten Sie mich heiraten."

„Man revanchiert sich nicht für die Güte seines Retters, indem man sein Leben zerstört."

„Sie glauben, Sie zu heiraten, würde mein Glück ruinieren?"

Sie nickte. „Das erkennen Sie jetzt nicht. Sie sind noch zu verletzt von Marias Zurückweisung. Aber Schmerz vergeht nach einiger Zeit, und wenn es soweit ist, werden Sie wieder lieben wollen. Sie werden eine Frau haben wollen, die Ihrer würdig ist, und diese Frau bin ich nicht."

„Bitte, stellen Sie mich nicht auf ein Podest. Ich würde wetten, dass ich viel bescheidener Herkunft bin als Sie. Sagen Sie mir, Miss Hastings, gibt es in Ihrer weiteren Familie jemanden, der irgendeinen Titel trägt?"

Sie biss sich auf die Unterlippe. „Der Großonkel meiner Mutter ist Sir Arthur Lippincott, ein

Baronet."

„Da haben Sie es! Ihre Familie ist viel vornehmer als meine."

„Ich weigere mich aber, Ihr Leben unglücklich zu machen."

Warum zum Teufel stritt er mit dieser Frau darum, sie zu heiraten? Er hatte nie heiraten wollen. Oder, wie Nick ihm am Abend zuvor bei White's gesagt hatte, er wollte nicht heiraten, bevor er nicht DIE Frau gefunden hatte, und Emma Hastings war mit Sicherheit *nicht* DIE Frau. Diese Frau gab ihm die Gelegenheit, sich mit Anstand zurückzuziehen und seinen geliebten Junggesellenstand zu behalten. Und doch flehte er sie weiter an, ihn zu heiraten.

Hatte er den Verstand verloren? Seit Maria mit dem Grafen Cuomo weggelaufen war, war er überzeugt gewesen, dass er nie wieder glücklich sein würde. Warum sollte er nicht etwas Glück in das Leben dieser jungen Dame bringen? Schon die kleinen Gefälligkeiten, die er ihr heute hatte erweisen können, hatten ihn glücklich gemacht. Er würde sein Glück darin suchen zu helfen, die Träume dieser jungen Frau zu erfüllen.

„Es würde mir große Freude machen, derjenige zu sein, der Ihr Erwachen als Frau begleitet, der Sie mit der großartigsten Stadt der Welt bekanntmacht, einen kleinen Anteil an Ihrer Verwandlung aus einem hübschen jungen Ding aus Upper Biddington in die eleganteste Frau Londons zu haben."

„Barrington. Upper Barrington", sagte sie mit einer gespielten Empörung, die von ihrem flüchtigen Lächeln Lügen gestraft wurde.

Ah, ein Lächeln! Er hatte es geschafft, sie aus der Tiefe ihres Kummers zu reißen! Vielleicht war seine Aufgabe erledigt. Nicht mehr nötig, sie weiter zu drängen, ihn zu heiraten.

Ihre Stimme klang sehr jung, als sie wehmütig sagte: „Ich hatte immer gehofft, aus Liebe zu heiraten."

Er auch.

„Aber, mein lieber Mr. Barrington, wenn ich wählen müsste, ob ich die Liebe aufgeben will oder London, würde ich es wählen, die Liebe aufzugeben."

Hatte sie gerade seinen Heiratsantrag angenommen? Sein Magen drehte sich um. Oh Gott, was sollte er jetzt tun?

Er nahm ihre Hände in seine und sagte stockend: „Ich hoffe, dass ich Sie sehr glücklich machen werde, meine Liebe."

„Bitte", flüsterte sie heiser, „nennen Sie mich Emma."

„Und du musst mich Adam nennen."

„Es wird keine echte Ehe sein, oder?"

„Aber natürlich. Ich werde eine Sonderlizenz beschaffen und dich so bald wie irgend möglich heiraten. Ich werde alle angemessenen finanziellen Vorkehrungen treffen."

„Das ist nicht das, was ich mit einer *echten* Ehe meinte."

Plötzlich verstand er. Unwillkürlich fiel sein Blick auf ihren bescheidenen Busen. Schließlich war sie eine Frau. Und er war ein Mann. Er hätte ihre Frage erwarten müssen. „Absolut richtig."

„Was meinen Sie mit *absolut richtig*? Werden Sie Ihre ehelichen Rechte geltend machen oder nicht?"

Wie zum Donner konnte ein Mädchen aus Upper Dingsda oder Sonstwo die Bedeutung des Wortes *eheliche Rechte* kennen?

„Ich denke, eines Tages werden Sie Kinder haben wollen", sagte sie.

Oh Gott. Das hatte er ganz vergessen. Er wollte eines Tages Kinder haben. Aber er wollte sich diesem armen Mädchen nicht aufdrängen. „Ich werde mich wie ein Gentleman benehmen. Die Frage der Kinder können wir zu einer anderen Zeit in ferner Zukunft besprechen."

So durcheinander er war, musste er doch praktisch denken. Er musste den Trübsinn, der ihn überkommen hatte, da er eine Ehe ohne Liebe eingehen würde, durchbrechen. Er musste seinen wohlgemeinten Antrag durch einen Plan unterstützen, wie es weitergehen sollte. Das Mädchen brauchte jetzt einen starken, befehlsgewohnten Mann in ihrem Leben, und genau das würde er sein.

Trotz seiner schleichenden Bedenken.

„Nun denn, meine liebe M-m-, äh, Emma, ich werde eine Sonderlizenz beschaffen müssen, und ich muss dich in anständiger Weise unterbringen, bis ich die Ehre habe, dich meine Frau zu nennen. Du wirst natürlich hier in dem *fantastisch opulenten* Haus meines Bruders bleiben. Ich denke, du wirst dich bei seiner Frau wohlfühlen. Aber bevor wir dich dorthin bringen, denke ich, möchtest du etwas modischer aussehen."

* * *

An diesem Tag würden sie nichts mehr wegen ihres bescheidenen Kleides unternehmen können, aber der liebe Mr. Birmingham scheute keine Kosten, ihr ein halbes Dutzend neuer Hauben zu kaufen - von denen eine perfekt zu ihrem geblümten Musselinkleid passte und es wesentlich hübscher aussehen ließ, als es eigentlich war. Er kaufte ihr auch einen neuen Kaschmir-Schal in der Farbe frisch geschlagener Sahne und nahm sie mit zu jemandem, die, wie er sagte, Londons beste Damenschneiderin war.

Als sie Madame De Guerneys Geschäft in der Oxford Street erreichten, vergaß Emma fast ihr schäbiges Aussehen, denn Madame De Guerney behandelte sie wie eine königliche Prinzessin. „Ach, Mademoiselles zarte Erscheinung wird wundervoll zu meinen Kreationen passen", sagte sie, als sie Emmas Maße nahm.

Emma fühlte sich wirklich wie eine königliche Prinzessin, als Mr. Birmingham darauf bestand, dass sie Schnittmuster und Stoffe für ein halbes Dutzend Tageskleider und ein halbes Dutzend Ballkleider aussuchen sollte. Als Madame de Guerney ihr die große Auswahl an Stoffen zeigte, wurden Emmas Augen groß. Sie fühlte sich wie in einem Traum. Sie hätte nie gedacht, dass sie je so viele schöne Stoffe auf einmal sehen würde. Feine Seiden raschelten. Hauchdünner Musselin fühlte sich weich wie Gänsedaunen an. Dann gab es Bombasin für jeden Tag und hochwertiges Leinen für Unterkleider. Prächtiger Samt erstrahlte in Farben von tiefem Dunkelrot bis Hellblau. Emma dachte, sie könnte einen ganzen Tag damit verbringen, ihre Augen durch Madame De Guerneys Angebot schweifen zu lassen. Sie hätte sich nie vorstellen können, dass es einen solchen Ort gab.

Madame versicherte Mr. Birmingham, dass alle Kleider innerhalb von fünf Tagen in die Curzon Street geliefert werden würden. Emma war schockiert, dass zwölf Kleider in so kurzer Zeit genäht werden könnten, aber die Schneiderin erklärte, dass sie eine große Zahl von Näherinnen beschäftigte, um die Bestellungen ihrer Kundinnen auszuführen. „Und wenn ich selbst Tag und Nacht aufbleiben müsste, um die Lieferung fertigzustellen, würde ich es tun. Mr. Birminghams Zufriedenheit ist vorrangig für mich", sagte Madame De Guerney.

Emma überlegte, ob auch Maria hierhergekommen war, um ihre Kleider anfertigen zu lassen. Sie sah zu Mr. Birmingham und ihr Herz schlug schneller. Wie gut er aussah. Wie aufgeregt sie war, dass sie seine Frau werden würde - selbst, wenn sie keine *echte* Ehefrau war.

Aber vor allem dachte sie daran, wie eifersüchtig sie auf Maria war.

Wie schade, dass er noch immer seine frühere Mätresse liebte. Wie schade, dass Marias Betrug ihn für alle anderen Frauen verdorben hatte.

Nachdem sie die Schneiderin verlassen hatten, bestand Mr. Birmingham darauf, dass sie zu Rundell & Bridge fuhren. Sie hatte deren Anzeigen in den Londoner Zeitungen gesehen und wusste, dass dies der Juwelier der Könige war. Ihr Herz raste.

Drinnen bat Mr. Birmingham sie, einen Ring auszusuchen, der ihre Ehe symbolisieren würde. Der eifrige Juwelier - der Mr. Birmingham offensichtlich gut kannte - zeigte ihr einen quadratisch geschliffenen Rubin, in Diamanten gefasst, daneben ein Band aus lauter gleichen Smaragden ebenso wie einen einfachen Goldring.

Sie hoffte, nicht Mr. Birminghams Missfallen zu erregen, aber sie wählte den einfachen Goldreif.

„Das tust du doch nicht, weil er weniger teuer ist?", fragte er. „Ich versichere dir, dass ich mir alles leisten kann, was du dir wünschen könntest."

Sie schüttelte den Kopf. „Ich bevorzuge einfache Stücke, weil ich von so kleiner Gestalt bin. Ich hoffe, es macht dir nichts aus."

Er lächelte sie an. „Es ist deine Hand, die ihn tragen wird. Natürlich erst, nachdem wir geheiratet haben."

Ihr Herz raste. *Ich kann nicht glauben, dass ich diesen Mann heiraten werde.* In ihren wildesten Träumen hatte sie sich nie vorgestellt, dass sie einen Mann heiraten würde, der so viele begehrte Eigenschaften in sich vereinte. Mit solch gutem Aussehen, Vermögen und vor allem seiner Freundlichkeit könnte sie seine Dummheit übersehen. Obwohl sie alles in ihrer Macht Stehende tun würde, um diesen Mann in die Kirche zu bekommen!

Nachdem sie den Ring ausgesucht hatten, beschloss er, einiges selbst auszusuchen. „Meine Frau wird Schmuck brauchen."

Mit Seide überzogene Tabletts mit fantastischen Halsketten wurden vorgezeigt. Vielreihige Diamanthalsketten mit einem Pendant aus Rubin und eine andere Halskette aus wellenförmig geschliffenen Smaragden. Zu allen kamen passende Armbänder.

„Oh nein", protestierte sie. „Die sind alle viel zu üppig für mich."

Mr. Birmingham sah sie stirnrunzelnd an. „Denk daran, Emma, du wirst die Frau eines der reichsten Männer Englands sein. Du musst dich entsprechend kleiden."

Sie fühlte sich, als wäre sie gerade getadelt worden. „Ich versichere Ihnen, M..." Sie unterbrach sich selbst. Sie durfte ihn in Mr. Bridges Anwesenheit nicht so steif anreden. Schließlich würde er ihr Mann werden. „Adam, ich habe keine Erfahrung mit solch kostbarem Schmuck. Bitte triff die Auswahl für mich."

Er zog die Brauen zusammen. „Bist du sicher? Ich wünschte, du würdest deine Meinung sagen."

„Ich habe keine Meinung, wenn es um solchen Schmuck geht."

Ihre Blicke trafen sich für einen Moment. Sie dachte, dass er protestieren würde, aber sein Blick wurde weich. Es war, als verstünde er, dass sie Angst hatte, sich zu blamieren. „Sehr gut, meine Liebste, ich werde deinen Schmuck aussuchen."

Sie wäre fast in Ohnmacht gefallen. Er hatte sie seine *Liebste* genannt! Sie wusste natürlich, dass er das nur wegen des Juweliers tat. Mr. Birmingham würde nicht wollen, dass überall bekannt wurde, dass er ein Mädchen vom Lande heiratete, das ihm praktisch fremd war. Trotzdem ließ seine liebevolle Anrede ihr Herz fühlen, als wollte es aus der Brust springen.

Mr. Birmingham ging an den Vitrinen entlang und blieb dann stehen. Er musterte ein Halsband aus Perlen und Diamanten. „Ich würde gerne sehen, wie dies an meiner Verlobten aussieht."

„Bitte", sagte Mr. Bridge, „Sie können Ihre schöne Dame selbstverständlich jedes hiervon anprobieren lassen."

Schöne Dame. Niemand hatte sie bisher eine schöne Dame genannt, aber tatsächlich begann sie, sich schön zu fühlen, als ob der Stab eines Zauberers sie verwandelt hätte.

Adam nahm die Halskette und kam, um sie ihr um den schlanken Hals zu legen. Die leichte Berührung seiner Hand, als er sie schloss, ließ ihr Herz wieder einen solchen Fluchtversuch machen. Sie schnappte nach Luft. Kein Mann hatte sie je berührt.

Sie war über seine Wahl erstaunt gewesen, denn es war die eine Kette im Laden, die ihrer Meinung nach am besten zu ihrem schlichten Aussehen passte.

Nachdem er sie ihr umgelegt hatte, trat er zurück und musterte sie. Ihr Atem stockte, als sie bemerkte, dass seine Augen über ihre Brüste huschten - nicht, dass da viel war, was sie von einem Jungen unterschieden hätte. Aber sie besaß einen bescheidenen Busen und zum ersten Mal in ihrem Leben gefiel ihr die Vorstellung, dass ein Mann an diesen Zeichen ihrer Weiblichkeit interessiert sein könnte.

Sein Gesicht hellte sich vor Zufriedenheit auf. „Perfekt. Sie ist einfach und elegant, genau wie meine liebe Emma."

Welches Talent Mr. Birmingham besaß! Er könnte Edmund Kean auf der Bühne Konkurrenz machen.

„Natürlich, meine Liebste, wirst du eine Kette brauchen, die absolut exquisit sein muss, die verkündet, dass du die größte Dame von London bist."

„Aber ... Liebster, ich bin *nicht* die größte Dame in London."

Er schenkte ihr ein selbstzufriedenes Lächeln. „Oh, aber du wirst es sein."

„Ich habe genau die richtige Halskette!" Mr. Bridge ging ins Hinterzimmer und kam mit einer großen Samtschachtel zurück. „Normalerweise stellen wir bei Rundell & Bridge unseren eigenen Schmuck her, dies ist eine besondere Kommission, die wir von einem Mitglied der königlichen Familie Bourbon erwerben konnten."

Emmas Puls raste. Konnte dies wirklich mit ihr

geschehen? Emma Hastings, eine Waise aus Upper Barrington?

Als der Deckel von der dunkelroten Schachtel abgenommen wurde, schnappte Emma wieder nach Luft. Sie hatte noch nie etwas so Wunderschönes gesehen. Das Herzstück der Kette war ein Netz aus Diamanten, das ein kleines, aber schön gefertigtes „Sträußchen" aus Amethysten hielt. Natürlich war das viel zu großartig für sie.

„Erlaube mir", sagte Adam, als er sie hochnahm und Emma umlegte. Sie schaute sich im Spiegel an und schluckte. Selbst wenn sie viel zu *fantastisch opulent* für sie war, liebte sie die Kette doch.

Adam nickte zustimmend. „Ja, Mr. Bridge, das würde genau passen." Er wandte sich zu Emma und fügte hinzu: „Ich denke, wir sollten Madame De Guerney eine Nachricht schicken und sie bitten, das grüne Kleid durch eines in einem violetten Ton zu ersetzen, zu dem du dies tragen kannst. Bist du einverstanden, meine Liebste?"

Diese Kette zu einem lavendelfarbenen Kleid würde, um Mr. Birminghams eigenes Wort zu benutzen, *perfekt* sein. Sie nickte schüchtern. Sie fühlte sich wie ein Eindringling. Was hatte sie je getan, um zu verdienen, wie eine Prinzessin behandelt zu werden?

Sie könnte Mr. Birmingham nie seine vielen Wohltaten zurückzahlen, aber sie schwor sich, dass sie einen Weg finden würde. Auch, wenn es den Rest ihres Lebens dauern würde.

Als er zu ihr trat, um ihr die Kette abzunehmen, sagte er: „Sie sieht wunderschön an dir aus."

„Bist du sicher, dass du sie dir leisten kannst?", flüsterte sie. „Er hat keinen Preis genannt."

Er lachte. „Ja, meine liebste Braut."

Sie fühlte sich unglaublich reich nach all den schönen Dingen, die ihr an diesem Tag zuteilgeworden waren.

Als sie zu dem palastartigen Haus seines Bruders zurückfuhren, dachte Emma über ihr unglaubliches Glück nach. In einem einzigen Tag war sie aus den Tiefen der Verzweiflung zu einer Freude gekommen, die größer war, als sie es sich je hätte vorstellen können.

Obwohl sie noch immer von der Nachricht von Tante Harriets Tod wie betäubt war, tröstete Emma sich mit Mr. Birminghams Erklärung. Tantchen war fast neunzig gewesen. Sie musste gewartet haben, bis sie dachte, dass Emma versorgt wäre. Sie hätte nicht gewollt, dass Emma traurig sein sollte.

Dank Mr. Birmingham war sie in ihrem Kummer getröstet worden.

Ich werde den besten Mann im ganzen Königreich heiraten. Sie war so beschwingt, dass sie sich fühlte, als hätte sie gerade eine ganze Flasche Champagner heruntergegossen. (Sie hoffte nur, dass ihr Zukünftiger Champagner mied - und allen anderen Alkohol. Es würde ihr nicht gefallen, wenn er sich zu einem Jeb Hickman entwickelte.)

Als die Kutsche in den Hof seines Bruders Hauses einfuhr, leuchteten jetzt nach Einbruch der Dunkelheit alle Laternen. Wieder einmal wurde ihr bewusst, wie schäbig sie auf ein Paar wirken musste, das in einem so eleganten Haus lebte. Sie mussten die angesehensten Leute von London sein. Obwohl die Birminghams keinen Stammbaum besaßen.

Er drehte sich zu ihr und nahm ihre Hand. „Du wirst Lady Fiona lieben. Sie ist einer der warmherzigsten Menschen, die ich je kennengelernt habe."

Lady? Hatte er nicht gesagt, dass seine Familie keinen Stammbaum hätte? Jetzt war sie noch nervöser als je zuvor.

Kapitel 6

Sie wirbelte herum und sah ihrem Zukünftigen ins Gesicht. „Ich dachte, du hättest gesagt, dass es in deiner Familie keine Adligen gäbe!"

„Lady Fiona ist keine Blutsverwandte."

„Dein Bruder hat in den Adel eingeheiratet?"

Adam zuckte mit den Schultern. „Alles ist möglich, wenn man tiefe Taschen hat. Nicht, dass ich mir etwas aus Titeln mache. Und ich kann dir versichern, dass keines meiner Geschwister, die in den Adel eingeheiratet haben, das absichtlich taten. Sie haben alle aus ..." Er stockte. Schluckte. „Aus Liebe geheiratet."

Seine Bemerkung dämpfte ihren Überschwang. Er würde der Möglichkeit einer Liebesehe beraubt sein, wegen ihr. Sie holte Luft, erinnerte sich an seine Worte und war fassungslos. „Wie viele deiner Geschwister haben Adlige geheiratet?"

Der Kutscher öffnete den Schlag. Sie schüttelte den Kopf. „Bitte, Adam, noch nicht. Ich kann da jetzt nicht hineingehen."

Er nickte verständnisvoll und sprach mit seinem Diener. „Warte einen Moment."

Sie fühlte sich nur ein wenig besser, als die Tür der Kutsche sich schloss und nur sie und Adam in der dunklen Kutsche saßen.

„Eigentlich alle meine Geschwister, aber ich versichere dir, zwei von den dreien verliebten sich, ohne zu wissen, dass ihre Liebsten aus adligen Familien kamen."

„Wie kann das möglich sein?"

„Meine Schwester und der Earl of Agar - Lady Fionas Bruder - haben sich monatelang im Hyde Park aus der Ferne bewundert. Und die Geschichte meines jüngsten Bruders und seiner Werbung um Lady Sophia ist wirklich lustig. Sie gab vor, jemand anders zu sein, als sie William kennenlernte und obwohl er dachte, dass sie etwas war, was er als zweifelhafte Dame bezeichnete, verliebte er sich hoffnungslos in sie."

„Was ist mit dem Bruder, der hier lebt?"

„Das ist eine andere lustige Geschichte. Lady Fiona - die sehr schön ist - bat Nick tatsächlich, sie zu heiraten. Sie brauchte sein Vermögen, um ihren Bruder aus der Hand spanischer Banditen zu retten."

„Dann liebte keiner von ihnen den anderen, als sie heirateten?"

„Vermutlich nicht."

„Glaubst du, Nick hat sie wegen ihrer Familie geheiratet - und ihrer Schönheit?"

Adam schürzte seine Lippen. „Ich glaube, er liebte sie von dem Moment an, als sie zu ihm kam, wollte es aber nicht zugeben."

„Und es wurde eine glückliche Ehe?"

„Sie sind verrückt nacheinander. Ich muss zugeben, dass es einige Zeit dauerte, bevor sie sich ihre wahren Gefühle gestanden."

Für den Bruchteil einer Sekunde erlaubte sie sich zu hoffen, dass in einer Ehe zwischen Adam und ihr auch eine große Liebe entstehen könnte. Dann versank sie in Melancholie. Sie sollte Adam freigeben. Wenn sie ihm nicht im Weg stünde, könnte er auch jemanden aus einer adligen Familie heiraten. Er könnte eine Schönheit wie Fiona heiraten. Er könnte aus Liebe heiraten.

Sie hatte kein Recht, ihn seines Glücks zu berauben. „Ich kann nicht dort hineingehen. Ich gehöre da nicht hin. Sie verdienen jemand wie Lady Fiona."

Er nahm ihre Hand und sprach sanft zu ihr. „Ich habe es dir gesagt. Titel bedeuten mir nichts. Und du, meine liebe Emma, unterschätzt dich. Mit all deiner neuen Pracht wirst du eine der schönsten Damen Londons sein. Hast du nicht gehört, wie Madame De Guerney deine Eleganz lobte? Ich versichere dir, die Frau hat den Ruf, rücksichtslos offen zu sein. Wenn sie denkt, dass du schön bist, wird die ganze *gute Gesellschaft* denken, dass du schön bist." Er drückte ihre Hand. „Ich finde dich schön."

Dieses kleine Kompliment, das ihm wahrscheinlich nichts bedeutete, gab ihr Mut und ließ sie sich tatsächlich so fühlen, als *wäre* sie schön. Sie wollte ihn so gerne heiraten. „Lady Fiona wird mich sicher für eine Landmaus halten."

„Lady Fiona ist nicht so. Du wirst sehen. Als sie Nick heiratete und herausfand, dass er eine uneheliche Tochter hatte, die in seinem Haus lebte, bestand sie darauf, dem Mädchen eine Mutter zu sein. Sie zieht das kleine Mädchen auf, als wäre sie ihre eigene Tochter. Und du musst wissen, die Mutter des Kindes war nicht geeignet, im gleichen Haus wie das süße kleine Mädchen zu sein."

„Dann werde ich mich sehr freuen, Lady Fionas Bekanntschaft zu machen."

* * *

„Nicht einmal das Haus des Prinzregenten kann so grandios sein", rief Emma aus, als sie sich in der hohen, von Kerzen erleuchteten Eingangshalle von Nicholas Birminghams Herrenhaus wiederfand.

Adam zuckte mit den Schultern. „Ich bin nie in Carlton House gewesen, daher kann ich das nicht beurteilen. Frage meinen Bruder. Er und Lady Fiona sind schon dort gewesen."

„Hat dein Bruder dieses Haus gebaut, nachdem er geheiratet hatte?"

Er schüttelte den Kopf. „Nein. Mein Bruder hat das Haus in Auftrag gegeben, bevor er Lady Fiona auch nur kennenlernte."

„Er hat jedenfalls einen exquisiten Geschmack."

Adam sah die breite Marmortreppe mit ihrem vergoldeten Geländer hinauf, als sein Bruder und dessen Frau herunterkamen und ihm einen Gruß zuriefen.

Als sie nach oben sah, war Emma erstaunt. Nicholas Birmingham sah Adam so ähnlich, dass sie fast hätten Zwillinge sein können. Natürlich fand sie, dass Adam besser aussah. Sie verstand auch gut, warum es kein Opfer für Lady Fiona gewesen war, sich Nick als Braut anzubieten.

Emma blickte wieder auf ihren Verlobten. „Sieht der dritte Bruder dir und Nick auch so ähnlich?"

Er lachte in sich hinein. „Nein, gar nicht. Er ist weder groß noch dunkel, aber er ist wohl der bestaussehende von uns dreien."

Das bezweifelte sie.

Wenn sie schon von diesem Haus geblendet gewesen war, verschlug ihr Lady Fionas Schönheit die Sprache. Nicks Frau war von durchschnittlicher Größe - also zwei oder drei Zoll größer als Emma. Ihre Figur war perfekt, schlank, wo sie es sein sollte, und an den richtigen Stellen gerundet. Ihr hellblondes Haar bauschte sich über einem makellosen, elfenbeinernen Teint und trug zu einer kühlen Eleganz bei.

Aber es war ihr wunderschönes Gesicht, das Emmas ganze Aufmerksamkeit auf sich zog. Emma hätte sich ebenso wenig weigern können, das Lächeln auf Lady Fionas charmantem Gesicht zu erwidern, als sie ein gemaltes Meisterwerk hätte zerstören wollen.

„Lady Fiona", sagte Adam, „ich möchte dir die Frau vorstellen, mit der ich mich verlobt habe, Miss Emma Hastings."

Wie die Lady es schaffte, ihr süßes Lächeln zu behalten, während der Schock sich auf ihrem Gesicht abzeichnete, verblüffte Emma. Und ließ Emma sie überaus bewundern.

Lady Fiona musste kein Wort sagen, da ihr Mann die passende - oder in diesem Fall, dank seiner scharfen Zunge, *unpassende* - Antwort gab. „Was zum Teufel? Das kann nicht dein Ernst sein."

Ärger flammte auf Adams Gesicht auf, aber er schaffte es, sich zu beherrschen. „Bitte, mein lieber Bruder, nimm Rücksicht auf Emmas Gefühle. Ich habe die ehrliche Absicht, diese Dame zu meiner Ehefrau zu machen."

Lady Fiona trat vor. „Willkommen in der Familie, Miss Hastings."

„Bitte, nennen Sie mich Emma."

Nick erlangte seine Fassung zurück und verbeugte sich vor Emma. „Verzeihen Sie mir, wenn ich mich falsch ausgedrückt habe. Ich wollte Sie nicht verletzen."

Sie schenkte ihm ein Lächeln. „Das haben Sie auch nicht. Die Verlobung kam recht plötzlich. Es ist nur natürlich, dass Sie schockiert sind."

Lächelnd sprach Fiona sie an. „Möchten Sie einen Rundgang im Haus machen? Man sagt, dass es eine der Sehenswürdigkeiten Londons wäre." Sie richtete einen bewundernden Blick auf ihren Mann. „Alles dank des Talents meines Mannes für Architektur."

Jetzt schaute Emma ihn bewundernd an. „Sie haben Ihre eigenen Pläne entworfen?"

Er zuckte mit den Schultern.

So gut er aussah, war sie jetzt sicher, dass er nicht so gutaussehend war wie Adam.

„Ich habe einen Architekten angestellt, um meine Ideen umzusetzen", sagte er.

„Aber Nick war derjenige, der darauf bestand, einen italienischen Künstler zu holen, um die Decken zu bemalen, und fast alles hier, was die Besucher bewundern, wurde von meinem Mann geplant."

„Nicht noch mehr Lob, bitte, Liebes", sagte Nick mit strenger Stimme.

Lady Fiona ließ ihren Arm durch Emmas gleiten und sie begannen, durch das *fantastisch opulente* Haus zu bummeln, während Adam und sein Bruder sich in die Bibliothek zurückzogen.

* * *

Er hatte sich davor gefürchtet, Nick die Neuigkeiten über seine bevorstehende Hochzeit zu eröffnen. Erst am Abend zuvor hatte Adam sich eine Predigt von ihm anhören müssen, und jetzt würde Nick sicher die nächste von sich geben, darüber, eine Frau zu heiraten, die er gerade erst kennengelernt hatte. Er erwartete, dass Nick ihn dazu ermutigen würde, auf DIE Frau zu warten.

Als sie in der Bibliothek ankamen und die Tür hinter sich geschlossen hatten, goss Nick jedem von ihnen ein Glas Madeira ein und wies Adam an, sich auf das Sofa gegenüber dem Feuer zu setzen. Nick zog einen Holzstuhl vom Feuer weg, um ihn dem Sofa gegenüber aufzustellen, dann begann er mit einer seiner Ansprachen als großer Bruder. „Du kannst nicht ernsthaft diese junge Frau heiraten wollen."

„Ich weiß, dass es plötzlich ist, aber ich bin dazu entschlossen."

„Bildest du dir nicht immer noch ein, in Maria verliebt zu sein?"

„Aber natürlich. Ich werde Maria bis zu meinem letzten Atemzug lieben."

Nick verdrehte die Augen. „Ich muss zugeben, dass ich schockiert war, als du deine Verlobung verkündet hast. Es tut mir leid, wenn ich Miss Hastings in Verlegenheit gebracht oder ihre Gefühle verletzt habe. Sie scheint eine nette junge Dame zu sein. Und eher das Gegenteil jeder Frau, die dir bisher gefallen hat."

„Das ist wahr."

„Warum hast du ihr dann einen Antrag gemacht? Und das weniger als vierundzwanzig Stunden, nachdem du dich aus Liebe zu deiner Opernsängerin sinnlos betrunken hast?"

„Genau aus dem Grund, weil ich nie wieder lieben werde, habe ich angeboten, Miss Hastings Leben zu verschönern. Darin finde ich Trost."

„Was zum Teufel soll das nun wieder bedeuten?"

Adam fuhr fort, Nick von seinem Zusammentreffen mit Emma in der Nacht zuvor zu erzählen, wie sie bei ihm im Haus übernachtet hatte und ihn zum Schluss über das Ausmaß der schlechten Nachrichten zu informieren, die sie am Morgen bei dem Anwalt erfahren hatte. Er und Nick waren immer völlig ehrlich zueinander gewesen, und dies war keine Ausnahme.

Während das Feuer hinter ihm Nicks Kopf und Schultern beleuchteten wie ein Renaissance-Meisterwerk, hörte Nick aufmerksam zu, nickte gelegentlich, als Adam erzählte.

Als er geendet hatte, nickte Nick und sagte: „Natürlich musstest du ihr einen Antrag machen, nachdem du mit der jungen Dame das Schlafzimmer geteilt hast. Du weißt, wie Dienstboten reden."

„Daran hatte ich nicht gedacht. Ich meine, ich wusste, dass es schwierig wäre, eine solche Situation zu verbergen, aber ich hatte nicht daran gedacht, dass ich gezwungen wäre, der jungen Dame einen Antrag zu machen."

„Wenn man bedenkt, dass sie sich so entschieden von den Frauen unterscheidet, für die du dich normalerweise interessierst, denke ich, sie könnte sehr gut für dich sein."

Adams Augen wurden rund. „Dann hast du nicht vor, mir eine Standpauke zu halten?"

Ein Lächeln breitete sich langsam auf Nicks gebräunten Wangen aus und er schüttelte den Kopf. „Es wird Zeit, dass du heiratest."

„I… ich habe nicht vor, die Ehe zu vollziehen."

Nick kicherte. „Das ist das Gegenteil dessen, was ich Fiona sagte, als ich zustimmte, sie zu heiraten."

„Du meinst, obwohl du sie im Rahmen einer *geschäftlichen Vereinbarung* heiraten wolltest, begehrtest du sie?"

„Das muss ich wohl. Ich dachte nicht, dass ich sie liebte, aber inzwischen ist mir klar geworden, dass ich sie immer geliebt habe." Er schaute zu seinem jüngeren Bruder auf. „Ich hoffe, dass du Miss Hastings lieben lernen wirst. Ich kann nicht behaupten, sie zu kennen, aber ich bin sicher, dass sie ein netter Kerl ist."

Adam wurde sich einer riesigen, nagenden Leere bewusst. Er wollte das haben, was Nick und Lady Fiona besaßen, aber das würde nie geschehen. Wusste Nick nicht, dass es ihm ernst gewesen war, als er sagte, er würde nie eine andere als Maria lieben? Aus Rücksicht auf Miss Hastings entschied er sich, diesen Punkt nicht zu vertiefen. „Ich denke, um Miss Hastings willen, sollte niemand - nicht einmal William - erfahren, dass ich sie gerade erst kennengelernt habe, und dass es ... keine Liebesehe ist."

„Da stimme ich dir zu." Nick wurde noch ernster, als er es gewöhnlich war.

„Sie wird beim Gericht die Erlaubnis zum Heiraten beantragen müssen."

„Sie ist noch nicht mündig?"

Adam nickte. „Und jetzt hat sie keinen Vormund, keinen lebenden Verwandten. Du stehst doch dem Lordkanzler nahe, nicht wahr?"

„Ja", sagte Nick. „Ich kümmere mich darum. Wir werden Devere bitten, ihr vorläufiger Vormund zu sein - da er zur Familie gehört und da Lord Eldon Earls begünstigt, wird Devere einen ausgezeichneten vorläufigen Vormund für Miss Hastings abgeben. Ich werde mit Lord Eldons Hilfe alle notwendigen Genehmigungen morgen erhalten."

Ein paar Minuten lang schwiegen sie, der einzige Laut kam von dem zischenden Feuer, das sich auf Nicks Gesicht widerspiegelte. Schließlich wandte Nick sich ihm zu. „Lass mich eine Frage stellen. Findest du die Änderung im Testament ihres Onkels nicht verdächtig?"

Kapitel 7

„Genau das, was ich auch dachte", sagte Adam. „Angesichts der Neigung von Miss Hastings zu Weinkrämpfen wollte ich das Thema aber nicht anschneiden, bevor sie sich beruhigt hätte. Aber ich habe vor, mir die Angelegenheit genau anzusehen."

„Schräge Sache, würde ich sagen."

„Wäre Miss Hastings nicht in der Kanzlei des Anwalts dabei gewesen, hätte ich ihn auseinandergenommen."

„Er klingt wie ein verdammter Idiot."

„Er ließ uns das *geänderte* Testament sehen."

„Ich bezweifle, dass das korrekt war."

„Sie *war* eine der Begünstigten."

Nick zuckte die Achseln. „Das stimmt natürlich."

„Bevor ich den alten Emmott damit befasse", sagte Adam, „denke ich, dass Miss Hastings und ich ein wenig bei der Ceylon-Tee-Gesellschaft herumstochern werden."

Nick hob die Brauen. „Dann hast du vor, der Dame deinen Verdacht mitzuteilen?"

„Sie mag jung aussehen - jünger, als sie ist - aber sie ist nicht dumm. Wenn sie sich beruhigt hat, wird sie selbst über die Gültigkeit dieses neuen Testaments nachdenken."

Nick betrachtete seinen Bruder mit einem amüsierten Ausdruck auf dem Gesicht. „Heißt das, dass die Bank ganze drei Tage nacheinander deiner Anwesenheit beraubt sein wird?"

Adam dachte einen Moment nach, bevor er antwortete. „Sieht so aus. Ich habe einen sehr zuverlässigen Mann dort."

„Heißt das auch, dass du dich heute Abend nicht betrinken wirst?"

Warum schaffte es sein älterer Bruder immer, sich anzuhören wie ein scheltender Vater, wo er doch nur ein Jahr älter als Adam war? „Sieht so aus. Vielleicht bin ich nicht in Miss Hastings verliebt, aber ich habe einen neuen Lebensinhalt gefunden, nämlich, mich um diese junge Frau zu kümmern."

Nick verschränkte die Arme vor der Brust. „Genau, was ich gesagt habe. Miss Hastings wird dir guttun."

* * *

„Fangen wir im Morgenzimmer an", sagte Lady Fiona.

Wie ein Vielfraß beim Essen verschlang Emma alle Sinneseindrücke, die auf dem Weg zum Morgenzimmer auf sie einströmten. Glitzernde Kristall-Kronleuchter, auf denen Hunderte von Kerzen flackerten, die von intensiv bemalten Decken weit oben herabhingen. Der Boden aus Carrara-Marmor, über den sie gingen, war mit Sienna-Marmor eingefasst. Die riesigen, palatinischen Fenster, mit Giebeln versehenen Türrahmen und vergoldeten Säulen sprachen für den klassischen Einfluss, der dieses erstaunliche Haus beherrschte.

Das Morgenzimmer - der kleinste Raum, den sie hier gesehen hatte - war ganz in Scharlach und Gold gehalten. Obwohl es an diesem Abend nicht benutzt wurde, brannte ein Feuer im Kamin. Alles, was sie sah, verriet höchste Qualität. Die

Vorhänge und Polster waren aus Seide, und sie fragte sich, ob die vergoldeten Gesimse über jedem der drei Fenster des Raums aus echtem Gold waren.

Und als ob diese schönen Zimmer und ihre nahezu unschätzbare Einrichtung nicht genug gewesen wäre, um Emma zu blenden, faszinierte die elegante Lady Fiona sie mit ihrer melodischen Stimme, blonden Schönheit und makellosen Kleidung. Emma konnte sich nicht zurückhalten, ihre schöne Gastgeberin anzustarren. Ihr vollkommenes Gesicht wurde von kunstvoll arrangiertem, hellblondem Haar umrahmt, und ihr coelinblaues Kleid war mit Sicherheit das schönste, das Emma je zu Gesicht bekommen hatte. Es saß nicht nur perfekt, die Hand, die das dünne Musselinkleid genäht hatte, war auch perfekt.

Emma begann sich zu fragen, ob solch guter Geschmack Menschen aus adligen Familien angeboren war, oder lag es daran, dass die Lady einen der reichsten Männer des Königreichs geheiratet hatte. Adam hatte ihr gesagt, dass sein Geld Emma zu etwas Außergewöhnlichem machen könnte (sie wusste nur zu gut, dass sie nur durchschnittlich war), aber sie würde sich nie mit der Schönheit Lady Fionas vergleichen können.

Als sie wieder in die riesige, zentrale Halle des Hauses kamen, hatte Emma endlich Gelegenheit, ihren Kopf nach hinten zu legen und die himmlische Decke zu betrachten.

„Nick hat einen Italiener geholt, um diese Decke zu bemalen", sagte Lady Fiona.

Emma fragte sich, wie der Künstler es geschafft hatte, eine so prächtige Szene über seinem Kopf zu malen. Hatte er sich hingelegt? Nymphen und Seraphe lagen bei einem lebhaften Wasserfall, der von einem grünen Hügel herabstürzte.

Die beiden Frauen stiegen dann eine Terrazzo-Treppe hinauf, die breit genug war, dass fünf Menschen nebeneinander gehen konnten. Sie fragte sich wieder, ob das Geländer aus echtem Gold war. Das erste Zimmer, zu dem sie im nächsten Stockwerk kamen, war das, das Lady Fiona den Blauen Salon nannte. Hellblauer Seidendamast bedeckte die Wände, dünnere Seide derselben Farbe hing vor den Fenstern, während die Möbel im gleichen Blau, aber in schwerem Seidenbrokat bezogen waren. Die Einrichtung bestand aus lauter vergoldeten, französischen Möbeln.

„Wie wunderschön", sagte Emma. Dieses Zimmer war wirklich schöner als jedes, das sie je zuvor gesehen hatte.

„Wir verbringen viel Zeit hier und wie Sie sehen können, ist Raum für viele Leute. Ich werde mich so freuen, wenn Sie Adam heiraten, und dann können Sie herkommen und Whist mit uns spielen. Spielen Sie?"

Emma nickte. „Ich kann spielen, aber ich werde mehr Übung brauchen, um wirklich mithalten zu können."

Lady Fiona nahm lächelnd Emmas Hand. „Jetzt muss ich Ihnen unser berühmtestes Zimmer zeigen." Sie führte Emma den mit vergoldeten Wandleuchtern erhellen Gang hinab und hielt vor einer geschlossenen Tür an. „Dies ist auch das kleinste Zimmer." Sie öffnete die Tür und trat zurück, wobei sie Emma winkte, einzutreten.

Eine einzelne Kerze stand auf einem schmalen Wandregal, um eine Holzkiste auf dem Boden zu beleuchten. Darauf stand eine große, weiße Schüssel.

„Dies ist wirklich die klügste Erfindung", sagte Lady Fiona. „Hier braucht man keine Diener. Frisches Wasser wird in die Schüssel gepumpt, und danach ... wird es weggeschüttet und sie wieder mit sauberem Wasser gefüllt."

Emma musterte die Einrichtung einen Moment lang. „Schade, dass sie nicht ein wenig höher ist. Es muss schrecklich schwierig sein, sein Gesicht in dieser Schüssel zu waschen, ohne sich auf den Boden niederzulassen."

Lady Fiona brach in Gelächter aus.

Oh, liebe Güte, was hatte Emma Falsches gesagt?

„Verzeihen Sie, dass ich gelacht habe", sagte die Lady, obwohl sie sich keine Mühe gab, das Lächeln von ihrem Gesicht verschwinden zu lassen. „Es ist nur so, dass die Vorstellung, dass man sich das Gesicht darin wäscht, komisch ist - obwohl sie das nicht sein sollte."

„Bitte, Mylady, warum ist das komisch? Warum sollte es nicht komisch sein? Ich verstehe das nicht."

„Es tut mir leid. Ich habe unser Wasserklosett nicht richtig erklärt." Lady Fionas elfenbeinfarbene Wangen färbten sich. „In der Tat sitzt man auf der Schüssel ..."

Plötzlich verstand Emma. Dann musste sie bei der Vorstellung, das Gesicht dort zu waschen, lachen. Dabei nickte sie. „Jetzt verstehe ich es. Das ist eine schrecklich kluge Erfindung. Also nennt man dies ein Wasserklosett?"

Die Lady nickte.

„Also ist es eigentlich ein ... Abfallbeseitiger."

„Genau." Lady Fiona nahm sie wieder an der

Hand. „Erlauben Sie mir, Ihnen unsere Schlafzimmer zu zeigen. Nur Familienmitglieder bekommen sie zu sehen."

Emma dachte, dass die jeweiligen Räume ihren Besitzern ähnelten. Nicks königsblaue Zimmer waren männlich, solide und geschmackvoll. Genau wie er. Und Lady Fionas elfenbeinfarbene Räume verströmten ihre Eleganz und Weiblichkeit.

Lady Fiona zögerte einen Augenblick in ihrem Zimmer. „Bitte, seien Sie nicht beleidigt, meine liebe Emma, aber ich dachte, vielleicht würden Sie gerne einige meiner Kleider tragen, bis Ihre kommen. Ich bin sicher, Ihr hübsches Musselinkleid war das richtige für Upper ...?"

„Barrington."

„Aber es ist für London nicht ganz elegant genug. Ich würde sie natürlich von meiner Zofe für Sie kürzen lassen, da Sie kleiner sind als ich."

„Ich würde Ihre Kleider nicht ruinieren wollen."

„Sie sind vom letzten Jahr. Ich wollte sie ohnehin verschenken."

Ein Lächeln erhellte Emmas Gesicht. „Ich habe den geblümten Musselin immer gehasst. Ich würde Ihr freundliches Angebot nur zu gerne annehmen."

Während der nächsten zwanzig Minuten zeigten Lady Fiona und ihre Zofe Emma die Kleider und die Zofe nahm ihre Maße. „Morgen werde ich sie für Sie fertig haben."

„Jetzt lassen Sie uns einen Blick auf das Zimmer werfen, wo Sie leben werden, bis Sie offiziell die nächste Mrs. Birmingham sind. Das war Veritys Zimmer. Das ist Nicks und Adams einzige Schwester. Sie ist jetzt Lady Agar und wohnt nicht länger hier, wenn sie in London ist, weil sie Agar House haben." Lady Fiona zuckte die Achseln. „Sie verbringen wenig Zeit in der Hauptstadt, da sie lieber in Yorkshire leben."

Von dort aus stiegen sie die Treppen zum obersten Stockwerk hinauf, wo Lady Fiona Emma den riesengroßen, türkisfarbenen Ballsaal zeigte, der das gesamte oberste Stockwerk des Hauses einnahm. „Hier haben wir Verity in die Gesellschaft eingeführt. An dem Abend kamen mehrere hundert Gäste."

Emma wäre gerne dabei gewesen, aber nur als Zuschauerin, nicht als Teilnehmerin. Sie hatte kein Bedürfnis, an so etwas teilzunehmen, bevor sie nicht sicher war, dass sie sich nicht blamieren würde.

Sie beendeten den Rundgang in der Bibliothek, wo die beiden Brüder miteinander gesprochen hatten. Beide standen auf, als die Damen den Raum betraten.

* * *

Das Schlafzimmer, das Fiona für Emma bereitgestellt hatte, war noch schöner als das in Mr. Birminghams Haus. Es war völlig in smaragdgrüner Seide gehalten - selbst die Wände waren damit bespannt - und alle Möbel waren vergoldet.

Der liebe Adam hatte ihre Reisetasche herüberbringen lassen, so dass sie ihre eigenen Toilettensachen hatte. Nachdem sie ihr Nachthemd angezogen und in das große Himmelbett geklettert war, hatte sie Zeit, über den wichtigsten Tag ihres Lebens nachzudenken. Es war jetzt schwierig, sich an den grausamen Schmerz zu erinnern, der ihr ins Herz geschnitten hatte, als Mr. Wycliff ihr sagte, dass sie *nicht* Onkel Simons Erbin wäre, als er ihr von Tante

Harriets Tod berichtete. Sie hatte mit einem Gefühl dort vor dem Schreibtisch des Anwalts gesessen, als ob alles Leben aus ihr entwichen wäre, unfähig, ein einziges Wort zu sagen.

Wie dankbar war sie Mr. Birmingham ... *Adam*, dachte sie bewundernd, gewesen, dass er für sie gesprochen hatte.

Und wie überaus dankbar war sie ihm für das, was danach gekommen war. Seine Größe wuchs noch in ihren Augen, als er sich als ihr Retter anbot. Denn das war er. Ihr Retter.

Der betrunkene Mann, dem sie in der vorigen Nacht begegnet war, hatte keinerlei Ähnlichkeit mit dem befehlsgewohnten, gutherzigen Mann, der er heute gewesen war. Obwohl sie ihn erst seit vierundzwanzig Stunden kannte und obwohl er ein Heide sein mochte, glaubte sie, dass sie dabei war, sich in ihn zu verlieben.

Es betrübte sie zu wissen, dass sie ihn am nächsten Tag nicht sehen würde. Er würde die Sonderlizenz für ihre Heirat besorgen und sich um unerledigte Sachen in seiner Bank kümmern. Und dann, dachte sie mit einer förmlichen Explosion in ihrem Herzen, würden sie am nächsten Tag heiraten.

Selbst, wenn er nicht so enorm reich gewesen wäre, hätte sie sich zu ihm hingezogen gefühlt. Es war nicht nur sein ungewöhnlich gutes Aussehen, das sie anzog. Es war seine Selbstlosigkeit und Großzügigkeit, sein Altruismus. Welche Frau würde sich nicht in ihn verlieben?

Der Tag, der so furchtbar begonnen hatte, erwies sich als der glücklichste ihres Lebens. Was für ein Spaß es gewesen war, sich schöne Ballkleider anmessen zu lassen, hübsche Hauben und funkelnden Schmuck auszusuchen. Sie fühlte sich wie ein Findelkind, das erfuhr, dass es eine Prinzessin war.

Selbst die Nervosität, die Emma hatte zittern lassen, als sie zuerst Lady Fiona gegenüberstand, hatte sich angesichts der freundlichen Art der Lady schnell verflüchtigt. Die Ereignisse des Tages an ihrem inneren Auge vorbeiziehen zu lassen, hielt Emma vom Einschlafen ab. Ihre Gedanken weilten bei allem Geschehenen.

Dazu überkamen sie Schuldgefühle. Wenn sie wirklich selbstlos wäre, hätte sie Adams Antrag nicht annehmen dürfen. Aber sie war viel zu egoistisch, um sich so zu verleugnen. Stattdessen beschwichtigte sie ihr Gewissen damit, dass sie sich sagte, dass eine Ehe mit ihr gut für ihn sein würde. Nach zwei aufeinanderfolgenden Nächten, wo er völlig betrunken gewesen war, blieb er an diesem Abend nüchtern.

Sie war auch in der Lage gewesen, seine Gedanken von Maria abzulenken. Wenn sie diese grässliche Frau nur völlig aus seinem Kopf vertreiben könnte!

* * *

Als Adam vor dem Altar in St. George stand, Miss Hastings winzige Hand in der seinen, als sie schwor, seine Frau zu sein, fühlte er sich wie in einem Traum gefangen, einem Traum, der von ihrem leichten Rosenduft getränkt war. Dies war nicht so, wie er sich seinen Hochzeitstag vorgestellt hatte. Er hatte immer gedacht, er würde eine Schönheit heiraten, in die er sich verliebt hatte. Emma war keine Schönheit (zumindest war sie das nicht gewesen, als er ihr seinen Antrag machte, aber jetzt sah sie ganz bezaubernd aus). Er war nicht in sie verliebt. Und er würde nicht einmal mit ihr schlafen.

Sein Anflug von Bedauern war jedoch nicht so groß wie sein Verlangen, sich um Emma zu kümmern. Seit der ersten Nacht, wo er sie gesehen hatte, wie sie diese riesige Reisetasche hinter ihrem zarten, kleinen Körper herschleppte, hatte er das Bedürfnis verspürt, sich um sie zu kümmern.

Adam war nie jemand gewesen, der untätig zuschaute, wenn er die Möglichkeit hatte, ein Problem zu lösen. Er zog es vor, die Führung zu übernehmen. In Emmas Fall gefiel es ihm, der Mann zu sein, der ihre Träume wahr werden ließ.

Als die Zeremonie beendet war, drehten Emma und er sich um und sahen Nick und Lady Fiona neben William mit Lady Sophia und deren Bruder, Lord Devere stehen, die sich versammelt hatten, um diese besondere Gelegenheit zu feiern. Seine Familie hier zu sehen, ließ die Hochzeit real werden.

Er war jetzt ein verheirateter Mann. Emma war nicht länger Miss Hastings. Sie war jetzt Mrs. Birmingham.

* * *

Adam hatte gelogen. Sein Bruder William war *nicht* der stattlichste der Birmingham-Brüder. Aber sie musste zugeben, dass er sehr gut aussah, und genau wie Adam war er nett. Er und seine Lady Sophia, deren Schönheit Adam zu loben vergessen hatte, hatten darauf bestanden, ihr Hochzeitsfrühstück auszurichten, und nichts hätte schöner sein können. Selbst die Blumen - Massen weißer Narzissen - waren perfekt.

Emma hätte sich keinen besseren Empfang von der Familie ihres Bräutigams wünschen können. Zum Glück gab das elfenbeinfarbene Kleid, das Lady Fiona für sie hatte ändern lassen, ein schönes Hochzeitskleid ab. Sie fühlte sich nicht länger wie ein Findelkind. In der Tat, als sie in den Spiegel schaute, dachte sie, niemand würde sie für die Betrügerin halten, die sie war. Sie sah tatsächlich so aus, als ob sie zu der mächtigen Familie Birmingham gehörte. (Obwohl sie nicht so schön wie die blonde Lady Fiona oder die dunkelhaarige Lady Sophia war.)

Zusammen mit Lord Devere, der, wie sie erfahren hatte, zu ihrem vorläufigen Vormund ernannt worden war, nahmen sieben Personen an ihrem Hochzeitsfrühstück in Williams und Lady Sophias hellgelben Morgenzimmer teil, daher war sie schockiert, als William seine Frau ständig spielerisch mit Isadore anredete. Da sie nicht zu provinziell wirken wollte, verzichtete sie darauf, deshalb Fragen zu stellen. Sie würde sich später bei Adam erkundigen.

„Ich freue mich so, dass Adam geheiratet hat", sagte Lady Sophia. „Wäre es nicht lustig, wenn wir alle gleichzeitig unsere Kinderzimmer aufmachen würden?"

Emma wandte den Blick ab, ihre Wangen glühten.

Adam vermied ebenso, jemanden anzusehen, als er der Aufgabe, ein Stück Schinken auf seinem Teller zu zerschneiden, große Aufmerksamkeit widmete.

„Meine liebe Frau", neckte William, „es gehört sich nicht, über ein solches Thema zu sprechen. Man sollte doch meinen, dass die Tochter eines Earls es nicht derart an guten Manieren fehlen lassen würde."

„Du, Mr. Birmingham", erwiderte Lady Sophia leichthin, „solltest deine Frau nicht in der Öffentlichkeit tadeln. Wie schade, dass deine frommen Eltern es versäumt haben, dir gute Manieren beizubringen."

Nick, da er der Älteste und es so gewöhnt war, versuchte, über die Tafel zu herrschen, obwohl dies nicht sein Haus war. „Das reicht." Er schaute William ungehalten an. „Ich vermisse Verity hier."

„Und Mama auch", fügte Adam hinzu und wandte sich zu seiner Braut. „Mama ist derzeit in Yorkshire bei unserer Schwester. Verity hat einen Sohn bekommen."

„Den zukünftigen Lord Agar", murmelte Sophia.

„Vielleicht nehme ich dich eines Tages mit nach Norden, meine Liebe", sagte Adam zu Emma, „damit du Verity kennenlernen kannst. Keiner von ihnen verbringt viel Zeit in London."

Als Emma dort mit den Geschwistern ihres Mannes saß, war es unmöglich zu übersehen, wie sehr jeder der Brüder und ihre Frauen sich liebten. „Ich frage mich, ob sie auch so vernarrt in ihren Mann ist?", fragte sie. *Liebe Güte!* Emmas Gesicht wurde noch heißer. Was für eine dumme Bemerkung. Sie mussten sie alle für ein kleines Dummchen halten.

Aber keiner von ihnen sah sie an, als hätte sie gerade eine teure Sèvres-Vase zerbrochen. In der Tat wirkte es, als ob sie ihren Gedankengang verstünden.

Es war ihr Mann, der sie sich wieder besser fühlen ließ. Er betrachtete sie mit einem amüsierten Gesichtsausdruck und nickte. „Ja, alle meine Geschwister wirken ziemlich vernarrt in ihre Ehepartner, nicht wahr?"

Sie nickte schüchtern.

Die beiden anderen Paare brachen in lautes Gelächter aus. Lady Sophia hauchte einen Kuss auf Williams Wange. Die beiden waren wesentlich demonstrativer als der steife Nick und seine kühle Lady Fiona, aber Nicks glühender Blick, wenn er seine Frau anschaute, war beredter als ein Buch voller Liebesgedichte.

Der bloße Anblick der Liebe dieser Paare ließ ihr Herz rasen und verursachte ihr ein flaues Gefühl im Magen. *Ich wünschte, ich wäre wirklich Adams Frau.*

Nachdem das Frühstück verzehrt war, dankte Adam ihren Gastgebern. „Wir müssen gehen."

„Du hast nicht gesagt, wohin eure Hochzeitsreise geht", sagte Lady Fiona.

Adam zuckte mit den Schultern. „Vielleicht fahren wir später nach Norden, um Agar und Verity zu besuchen. Für jetzt bleiben wir in London. Es gibt vieles, was hier unserer Aufmerksamkeit bedarf."

Als sie wieder in seiner Kutsche saßen, fühlte sie sich noch glücklicher. Wie aufgeregt sie war, alleine in der Kutsche mit ihm zu sein, ihn an ihrer Seite zu haben, dass er ihre Hand hielt. „Was meintest du mit *unserer* Aufmerksamkeit? Du hast doch nicht vor, gleich wieder zu deiner Bank zu laufen?"

„Ich habe meine Angelegenheiten dort gestern geregelt. Was dort zu tun ist, kann von meinen Angestellten erledigt werden." Er holte tief Luft. „Ich dachte, du und ich sollten heute der Ceylon-Tee-Gesellschaft einen Besuch abstatten."

Sie schaute ihn unter zusammengezogenen Augenbrauen an. „Dann denkst du auch, was ich denke?"

Er nickte und drückte ihre Hand. „Als Mann und Frau teilen wir alles, Emma. Alles, was ich habe, ist dein. Und alle deine Sorgen sind meine. Du musst dich frei fühlen, mit mir über jedes

Thema zu sprechen - vor allem über deinen Verdacht wegen des Testaments deines Onkels."

„Du denkst, es besteht die Möglichkeit, dass das *neue* Testament meines Onkels gefälscht wurde?"

„Allerdings."

Ihre Augen wurden feucht, aber sie beeilte sich, ihm zu versichern, dass sie nicht weinen würde. „Ich bin nur so gerührt von deiner Besorgnis und deinem Verständnis für ... mich. Aber bevor wir zur Teegesellschaft gehen, möchte ich dir den letzten Brief zeigen, den Onkel mir geschrieben hat. Ein Mann, der diesen Brief geschrieben hat, würde mich nie so enterbt haben, wie er es tat."

„Wir fahren jetzt zu unserem Haus und lesen ihn."

Unser Haus. Es war fast so schwierig zu glauben, dass dieses elegante Haus ihr Heim war, wie zu glauben, dass dieser prachtvolle Mann ihr Ehemann war. Sie fühlte sich so sehr wie das Findelkind, das herausfand, dass es eine Prinzessin war.

Kapitel 8

In Adams Haus kam das Personal in den Eingangsflur gelaufen, alle sauber und frisch gestärkt gekleidet, mit freundlichem Lächeln auf den Gesichtern. Studewood verbeugte sich vor seinem Dienstherrn. „Ich habe mir die Freiheit genommen, das Personal zu versammeln, um die neue Mrs. Birmingham zu begrüßen."

Zuerst dachte sie, der Butler spräche von jemand anderem. Es war schwierig, von sich selbst als Mrs. Birmingham zu denken, und ebenso schwierig, sich als Herrin dieses herrlichen Hauses vorzustellen. Wie gerührt sie war, dass Adam, bei allen Pflichten, die er in den letzten vierundzwanzig Stunden zu erledigen gehabt hatte, daran gedacht hatte, die Dienerschaft von seiner Hochzeit zu unterrichten.

Sie sah pflichtgemäß in das Gesicht jedes der neun Dienstboten und neigte den Kopf, als sie vorgestellt wurden und jede vor ihr knickste oder sich verbeugte. Sie würde sich bemühen, sich an jeden Namen zu erinnern.

„Jetzt, meine Liebe", sagte Adam und bot ihr seinen Arm, „ist es Zeit, dass ich einen regelrechten Rundgang in deinem neuen Zuhause mit dir mache."

Mein neues Zuhause. Sie konnte es kaum glauben. So glücklich sie war, fürchtete sie jedoch beinahe, dass jemand kommen und ihr auf die Schulter klopfen könnte, um ihr zu sagen, dass das alles ein Fehler gewesen wäre und sie zurück nach Upper Barrington müsse.

Bei ihrem vorigen Aufenthalt hier hatte sie nur einen flüchtigen Blick auf das wunderschöne Haus werfen können. Jetzt würde sie sich so viel Zeit nehmen können, wie sie wollte, um jeden Raum zu betrachten. Das Erdgeschoss war wenig interessant. Hier war das übliche Zimmer für den Portier und das Morgenzimmer. Von dort stieg die Treppe mit dem reichverzierten Geländer in das Stockwerk, das dazu gedacht war, Besucher zu beeindrucken. Der riesige Salon, an dem sie in jener ersten Nacht so zögernd vorbeigehuscht war, ließ sie abrupt stehenbleiben. Vor Andacht bei seiner Schönheit konnte sie nicht anders als stehenzubleiben.

Alles in diesem, ja, *fantastisch opulenten* Zimmer war eines Palasts würdig, von dem eleganten, großzügigen Zuschnitt, den weichen grünen Samtsofas im französischen Stil, bis zu den eleganten Seidenvorhängen in Tönen der aufgehenden Sonne und den Administer-Teppichen, die das Muster der Wandvertäfelung im unteren Teil der Wände aufnahmen. Riesige Kronleuchter mit vielen Reihen hingen von der Decke weit oben.

Aber das faszinierendste Objekt in diesem Raum war das große Porträt einer schönen Frau, das über dem Kamin hing.

Maria.

Sie wollte fragen, ob diese Schönheit Maria war, aber sie wollte nicht, dass ihr Verdacht bestätigt würde. Wer konnte sich je mit einer so unvergleichlichen Frau vergleichen? Die Frau auf dem Porträt hatte dunkles Haar, sahnige Haut und eine üppige Figur. Alles Vorzüge, die Emma fehlten.

Sie war zu neugierig, um zu schweigen. Ohne ihren Blick von dem Porträt abzuwenden, bemühte sie sich um eine gleichmütige Stimme, als sie fragte: „Ist das Maria?" Sie hielt den Atem an. Warum hatte sie es zugelassen, dass diese schreckliche Maria sich in ihren eigenen Hochzeitstag drängte?

Er schüttelte den Kopf. „Nein, das ist die junge Lady Hamilton. Romney war von ihrer jugendlichen Schönheit besessen."

„Romney? Und Lady Hamilton? Das muss ein Vermögen gekostet haben!"

Er lachte in sich hinein. „Du hast recht. Es wurde hoch geboten." Er verzichtete darauf, sie daran zu erinnern, was für einen reichen Mann sie geheiratet hatte.

Sie holte tief Atem und versuchte noch einmal, sich einen Anschein der Gleichgültigkeit zu geben. „Hast du denn ein Porträt von Maria?" Um ehrlich zu sein, fraß ihre Neugier, ihre Rivalin zu sehen, sie innerlich auf wie eine ätzende Säure.

„Ich bedaure, dass ich nie daran gedacht habe, sie für eins sitzen zu lassen", sagte er düster.

Seine Worte und seine melancholische Art und Weise, in der er sie sprach, verletzten sie. Emma wusste nicht, ob es gut oder schlecht war, dass er nicht daran gedacht hatte, Marias Porträt malen zu lassen. Hieß das, er hatte die meiste Zeit dieser Affäre Maria als austauschbare Geliebte betrachtet? Oder bedeutete es, dass er kein Porträt von ihr brauchte, weil er nie beabsichtigt hatte, weit von ihr fort zu sein? Sie musterte den Romney und wechselte das Thema. „Also wurde das gemalt, bevor sie Lady Hamilton wurde?"

„Ja. Ich glaube, zu dem Zeitpunkt war sie als

Emma Hart, das Flittchen, bekannt."

„Wie unfreundlich!"

„Ich hätte so etwas nicht in deiner Gegenwart sagen dürfen. Vor einer Jungfrau."

Sie kam zu ihm, legte sanft eine Hand auf seinen Ärmel und senkte ihre Stimme, bemühte sich, sie sinnlich klingen zu lassen. „Sie vergessen, mein Herr, dass ich jetzt eine verheiratete Frau bin." Ihr Herz klopfte wie wild, sie schaute in seine schwarzen Augen, nahm alle Details seines schönen Gesichts in sich auf und wurde sich in atemberaubender Weise bewusst, wie dicht sie beieinander standen, wie warm seine Haut war, wie er über ihr aufragte, wie ein ritterlicher Beschützer. Was er für sie tatsächlich war.

Ihr Bemühen um Sinnlichkeit hatte keinen Erfolg. Er drehte sich nur weg. „Also dann lass mich dir das Speisezimmer zeigen."

Sie hängte sich an seinen Arm, als sie an der Treppe vorbeigingen, die von einer großen Glaskuppel im Dach des Hauses erhellt wurde.

Das Speisezimmer war nicht groß, zweifellos bedingt durch die notwendige Enge in einem Stadthaus (wenn man nicht ein großes Stück Land am Piccadilly besaß, so wie Nicholas Birmingham). Der Mahagoni-Tisch bot Platz für nicht mehr als ein Dutzend Leute - anders als Sir Arthurs riesiger Speisesaal in seinem Landhaus, wo leicht vierundzwanzig Personen Platz fanden. Der große Kamin hier war das Herzstück des Raums und da dieser nicht so groß war, vermutete sie, dass man hier beim Essen schön warm und gemütlich saß. Vor allem an Winterabenden.

Er kam, stellte sich neben sie und legte einen

Arm um ihre Schultern. „Nachdem ich jetzt ein verheirateter Mann bin, werden wir Dinnerpartys geben müssen."

Sie sah zu ihm auf und lächelte. „Wie schön." Um ehrlich zu sein, hatte sie schreckliche Angst davor, eine Dinnerparty zu planen und zu leiten. Sie war erst zwanzig Jahre alt und hatte keine Ahnung von den Gebräuchen der *guten Gesellschaft*. Aber sie hatte keine Absicht, Adam ihre Unsicherheit merken zu lassen. Sie würde alles in ihrer Macht Stehende tun, um die beste Frau zu sein, die ein Mann haben konnte. Sie schwor, alles dazu Nötige zu lernen.

Er drehte sich zu ihr. Es war, als könnte er ihre Gedanken lesen. „Keine Angst. Mir ist klar, dass du derzeit in London niemanden kennst, außer meinen Brüdern und ihren Frauen. Ich verspreche dir, das wird sich ändern. Unter Lady Fionas und Lady Sophias Anleitung wirst du bald der größte Erfolg der Hauptstadt sein."

Das bezweifelte sie. Selbst mit Adams Geld und all den schönen Dingen, die er für sie gekauft hatte, könnte sie nie so bemerkenswert werden wie eine seiner schönen Schwägerinnen.

Als nächstes führte er sie die letzte Treppe hinauf. „Ich hoffe, deine Räume werden dir gefallen."

Ihre Brauen wanderten nach oben. „Mehr als ein Zimmer?"

Er lächelte und nickte. „Die vorigen Eigentümer, Lord und Lady Albuthnot, benutzten den ganzen Flur für sich - außer dem Zimmer, in dem du die eine Nacht geschlafen hast. Sie hatten keine Kinder und brachten Gäste nur in ihrem Landsitz unter."

Wideacres. Sie hatte in den Gesellschaftsseiten

von Lord und Lady Albuthnots großzügigem Landhaus in Warwickshire gelesen.

„Kein Wunder, dass das Haus so prachtvoll ist! Die Albuthnots sind als Modell guten Geschmacks berühmt." Dann hielt sie inne. „Was nicht heißt, dass es die Birminghams nicht auch sind. Nachdem ich jetzt die Häuser aller drei Brüder gesehen habe, weiß ich, dass es unmöglich wäre, sie an Eleganz zu übertreffen - nicht, dass ich mich als Expertin aufspielen will!"

Mit einem zärtlichen Ausdruck auf dem Gesicht hielt er auf der Treppe an und schaute zu ihr hinab. „Ich habe deine Auswahl an Kleidern und Schmuck gesehen. Du, meine liebe Frau, verfügst über einen unbestechlichen Geschmack."

Sie fühlte sich, als würde sie schweben. *Meine liebe Frau.* Selbst, wenn seine Worte nicht direkt aus dem Herzen kamen, die Vorstellung allein, *seine* liebe Frau zu sein, war genug, um sie an den Rand einer Ohnmacht zu bringen.

„Wo sind die Zimmer der Dienerschaft?"

„Im obersten Stockwerk. Man erreicht es nur über eine schmalere Treppe von der Spülküche aus."

Es lag etwas Intimes darin, wenn ein Mann einen zum eigenen Schlafzimmer brachte.

Ihr Herz begann, dröhnend zu schlagen, als sie über den Holzfußboden des Flures zu ihren Räumen gingen. Sie stand schweigend dabei, als er die Tür öffnete, dann folgte sie ihm in das elegante, rosenfarbene Zimmer. Er drehte sich zu ihr und nahm ihre Hände. „Diese Flucht von Zimmern gehört der Herrin des Hauses, und das bist du, Mrs. Birmingham."

So glücklich es sie machte, Mrs. Birmingham zu sein, es machte sie noch glücklicher zu spüren, wie seine Hände sich zärtlich um ihre legten. Zwei Tage zuvor war der aufregendste Tag ihres Lebens gewesen (von den traurigen Neuigkeiten des Tods ihres Onkels und ihrer Tante abgesehen, natürlich). Dies war der glücklichste Tag ihrer zwanzig Lebensjahre.

„Ich bin Ihnen ... dir so dankbar, Adam. Ich bete, dass du diesen Tag nie bereuen wirst, dass ich dir eines Tages all das irgendwie vergelten kann."

Er lächelte. „Meine Belohnung besteht in deinem Glück."

„Dann, Sir, betrachte dich hundertfach belohnt."

Er küsste ihre Hand und ließ sie fallen, als sein Blick durch das Zimmer schweifte. „Lass mich dir jetzt deine Zimmer zeigen."

Das erste, was sie sah, war ihre abgenutzte Reisetasche. Sie wirkte in der Perfektion dieses schönen Zimmers fehl am Platze. *Perfektion.* Es war ein Wort, das sie mit allem zu assoziieren begann, was die Birminghams berührten. Obwohl ihre Erfahrung mit Herrenhäusern sich auf Sir Arthurs und Fleur House beschränkte, einem Herrenhaus nahe Upper Barrington, das einem wohlhabenden Brauer gehörte, wusste sie, dass alles, was sie in den drei Birmingham-Häusern gesehen hatte, nicht nur von bester Qualität und in großartigem Zustand war, sondern dass in allen drei wundervollen Häusern nur die elegantesten Möbel, Teppiche, Kunstwerke, Silber und Porzellan verwendet wurden. In Williams und Sophias luxuriösem Haus hatte sie sogar einen Holbein erspäht. Die großzügige Verwendung von schöner Seide für Vorhänge, Wandverkleidungen und Polsterbezügen hatte sie ebenso beeindruckt, da sie die unerschwinglichen Kosten für Seide wohl kannte. In Sir Arthurs und Fleur House wurden geringere Stoffe verwendet.

Die Tapete an den Wänden ihres Schlafzimmers war von Rosen in weichen Farben übersät, die zu der der Vorhänge und dem Bettüberwurf passten. Sie wollte jede Einzelheit dieses schönen Zimmers in sich aufnehmen, musste aber ihrem Mann folgen, als er sie in das benachbarte Zimmer, das Arbeitszimmer der Hausherrin, mitnehmen wollte.

Sie stand mit offenem Mund in der Tür des Arbeitszimmers. „Dieses Zimmer ist nur für mich?" Inmitten eines blassrosa Aubusson-Teppichs stand ein eleganter, vergoldeter Schreibtisch, auf dem alle Arten von Schreibutensilien auf sie warteten.

„Genau."

Sie seufzte. „Ich werde wohl viel Zeit hier verbringen."

„Du kennst so viele Leute, mit denen du korrespondieren möchtest?"

„Ich finde die Vorstellung, mein eigenes Schreibzimmer zu haben, so wundervoll, dass ich jedem, den ich je kennengelernt habe, Briefe schreiben muss." Sie kicherte. „Du kannst sicher sein, dass ich sie alle mit *Mrs. Birmingham* unterschreiben werde. Mir gefällt dieser Name." Sie wusste nicht, was in sie gefahren war, aber sie drehte sich um und sah ihn an. „So wie du."

Ihre Worte brachten ihn offensichtlich in Verlegenheit. „Ja, nun, es ist Zeit, dass ich dir deinen Ankleideraum zeige. Du wirst natürlich eine Zofe brauchen."

Sie wollte protestieren. Sie war zwanzig Jahre lang sehr gut alleine damit zurechtgekommen, sich anzuziehen. Aber sie wollte keine Peinlichkeit für ihn sein. Und sie wollte sich auch nicht blamieren, indem sie die Mängel bei ihrer Toilette zugab. „Wie fängt man es an, eine Zofe auszusuchen?"

„Wir fragen Lady Sophia. Sie kennt jeden. Sie wird eine für dich finden können."

Ihr Blick schweifte über den femininen Ankleideraum. Zwei Möbelstücke beherrschten ihn: ein vergoldeter, elfenbeinfarbener Wäscheschrank und ein ebenso vergoldetes Sofa, das wieder mit rosenfarbener Seide bezogen war, diesmal in Form von Seidenbrokat. „Wie wunderschön."

„Nun, nachdem du deine Zimmer gesehen hast, denke ich, du solltest den Brief deines Onkels heraussuchen."

Sie ging ins Schlafzimmer zurück, sich plötzlich des großen Betts mit seinen vier Pfosten sehr bewusst, über denen dicke Samtvorhänge im gleichen Rosa hingen. Im selben Schlafzimmer mit ihm zu sein und sich klar zu werden, dass die meisten verheirateten Paare das Bett teilen würden, ließ die Röte in ihre Wangen steigen. Ihre Wangen waren nicht der einzige Teil von ihr, der auf diesen Gedanken reagierte. Ein seltsames Rühren machte sich in ihrem Unterleib bemerkbar. Es machte sie atemlos und leicht benommen.

War etwas mit ihr nicht in Ordnung? Sie hatte so etwas noch nie erlebt.

In ihrer Reisetasche fand sie den Brief ihres Onkels und übergab ihn Adam.

Er entfaltete ihn und begann zu lesen.

Meine liebe Nichte,
Nachdem   ich   jetzt   mein   sechstes

Lebensjahrzehnt erreicht habe, bedauere ich es, nie geheiratet und keine eigenen Kinder zu haben, die mein Lebenswerk fortsetzen könnten. Aber ich bin überzeugt, dass das einzige Kind meines Bruders, meine liebe Nichte, in einem Alter ist, in dem sie lernen kann, alles fortzuführen, was ich begonnen habe, jetzt, und lange nachdem ich diese Welt verlassen haben werde.

Ich würde nicht so anmaßend sein, wenn du mir nicht wiederholt versichert hättest, wie sehr die Hauptstadt dich lockt. Außerdem hat deine Tante oft und freundlich in ihren Briefen deine Fähigkeiten gelobt. Sie betonte ständig deine Intelligenz und schrieb auch, dass deine Reife weit über dein Alter hinausgeht. Dies sind Fähigkeiten, die dein Vater - möge mein lieber Bruder in Frieden ruhen - in Hülle und Fülle besaß. Hier in der Ceylon-Tee-Gesellschaft bin ich von weniger intelligenten Menschen umgeben und freue mich auf deine gute Gesellschaft. Wie schade, dass dein Vater nicht lebte, dich zu sehen. Ich versprach ihm, mich um dich zu kümmern. Und jetzt ist die Zeit gekommen.

Der Rest des Briefes befasste sich mit den Reisearrangements für ihre Fahrt nach London. Adam gab ihn ihr zurück. „Es ist etwas faul im Staate Dänemark."

Sie rümpfte die Nase. „Bei der Ceylon-Tee-Gesellschaft, wohl eher."

Er bot ihr seinen Arm. „Ich schlage vor, dass wir das untersuchen, Mrs. Birmingham."

* * *

Nach zwanzig Minuten Kutschfahrt erspähte

sie den vertrauten George-Gasthof. Sie hatte schließlich mehr wache Stunden dort als irgendwo sonst in London verbracht. Wie anders er in der Mittagssonne wirkte als an dem Tag, an dem sie hier auf ihren armen Onkel gewartet hatte.

Sie hielt den Atem an, als sie in kurzer Entfernung das grün-goldene Schild der Ceylon-Tee-Gesellschaft erblickte. Eine seltsame, morbide Leere nagte an ihr, als ihr klar wurde, wie nahe Onkel Simon dem Postgasthof gewesen wäre, wo sie angekommen war. Wenn er noch gelebt hätte. Er hätte zu Fuß kommen können, um sie bei ihrer Ankunft zu begrüßen. Wenn er noch gelebt hätte. Als sie die kurze Entfernung zwischen den beiden sah, wurden ihr die Gedanken ihres Onkels klar, sie erkannte die (wie sie hoffte) freudige Erwartung ihres Besuches.

Eine solche Kleinigkeit, die sie jetzt so überaus melancholisch stimmte. Eine solche Kleinigkeit, die seinen Verlust noch deutlicher machte als der Anblick seines Testaments.

Das Gebäude des Unternehmens war viel größer, als sie erwartet hatte. Es nahm einen ganzen Block ein und bestand aus Lagerräumen im Erdgeschoss und im Stock darüber. Die Büros befanden sich im obersten Stockwerk. Als sie die Treppen zu den Büros hinaufstiegen, versuchte sie, sich an den Namen von Onkel Simons Geschäftspartner zu erinnern. „Als junge Männer, die Aktionäre der Ostindischen Handelsgesellschaft waren", erklärte sie, „gründeten mein Onkel und sein Partner das Geschäft vor dreißig Jahren."

„Ich wusste nicht, dass dein Onkel einen Partner hatte."

„Ich wünschte, ich könnte mich an seinen

Namen erinnern", sagte sie mit einem Seufzer.

Den sollten sie bald erfahren, denn als sie im obersten Stock angekommen waren, war das erste, was einem Besucher ins Auge fiel, zwei große Büroräume. An der Tür des einen hing ein großes Schild, auf dem stand: Simon Hastings, Inhaber. Auf dem der anderen Tür: Harold Faukes, Inhaber.

Zwischen diesen beiden Büros stand ein Schreibtisch, an dem ein bebrillter, rothaariger Schreiber saß. Sie fragte sich, ob das Ashburnham sein könnte. Sollten sie mit Mr. Faukes oder mit Mr. Ashburnham zu sprechen verlangen?

Sie musste sich nicht entscheiden. Adam sprach. „Ich möchte mit Mr. Faukes sprechen", sagte er zu dem Schreiber.

„Darf ich wissen, wer uns die Ehre gibt?", fragte der Schreiber mit einem nicht wirklich gebildeten Akzent. Sie betrachtete den jungen Mann. Die Ärmel seines wollenen Rocks bedeckten beinahe seine Hände. Er musste aus einem der Läden mit gebrauchter Kleidung stammen, von denen sie gehört hatte, dass es so viele in London gab.

„Mr. und Mrs. Birmingham."

Der Schreiber riss die Augen auf. „Mr. Faukes Bankier?"

„Ebendieser."

Der Schreiber ging in das Büro. Sein Schreibtisch war mit Versandetiketten überfüllt, einschließlich dessen, das er gerade ausgefüllt hatte.

„Also bist du wirklich sein Bankier?", fragte sie überrascht ihren Mann.

Er nickte. „Das wurde mir gerade in dieser Minute klar. Erstaunlicherweise war ich *nicht* der

Bankier deines Onkels."

Mr. Ashburnham kehrte zurück und musterte ihren Mann. „Mr. Faukes kann Sie jetzt empfangen."

Als sie an dem Schreiber vorbeirauschten, fragte Adam beiläufig: „Und Sie sind?"

„James Ashburnham, sir."

Ihr Magen drehte sich um. Sie wusste, dass sie in einer Gesellschaft lebten, in der man unschuldig war, bis die Schuld bewiesen wurde, aber sie glaubte instinktiv, dass dieser Mann eines großen Betrugs schuldig war.

In Mr. Faukes Büro stand der Mann auf und begrüßte Adam, während er sie ignorierte. „Mr. Birmingham, welche unerwartete Freude. Was bringt Sie in meine bescheidenen Räume?"

Adam schaute von ihm zu Emma. „Meine Frau. Darf ich Ihnen Mrs. Birmingham, die frühere Emma Hastings, Nichte Ihres verstorbenen Geschäftspartners vorstellen?"

Mr. Faukes schaute einen Moment verblüfft, dann verdüsterte sich sein Gesicht. „Erlauben Sie mir, Ihnen zu sagen, wie sehr wir alle hier das Ableben Ihres Onkels bedauern." Er senkte den Kopf. „Ich möchte Ihnen mein tiefempfundenes Beileid aussprechen."

Sie nickte trüb.

Dann lächelte er sie an und bat sie beide, sich zu setzen. „Es ist ein Vergnügen, Sie kennenzulernen. Ihr Onkel hatte sich so auf Ihren Besuch gefreut." Er warf Adam einen verwirrten Blick zu. „Ich hatte nicht gewusst, dass es eine Verbindung zwischen Ihnen und Simons Nichte gab."

„Wir haben gerade erst geheiratet."

„Dann wage ich zu hoffen, dass sie nicht zu

unglücklich über Simons neues Testament ist. Ihrer Frau wird es jetzt, wo sie eine Birmingham ist, nie an Geld fehlen, wenn Sie mir verzeihen wollen, dass ich ein solches Thema anschneide."

„Meine Frau war tatsächlich gekränkt angesichts der Bedingungen im Testament ihres Onkels. Man hatte sie dazu veranlasst zu glauben, dass Mr. Hastings sie schulen wollte, damit sie ihm einige ihrer Aufgaben abnehmen könnte."

„Meiner Meinung nach", sagte sie schüchtern, „wollte Onkel Simon in seinen letzten Lebensjahren noch etwas von der Welt sehen ..." Ihre Stimme versagte. Tränen stiegen in ihre Augen, Tränen für Onkel Simon und die Träume, die er sich nicht mehr hatte erfüllen können. Sie schaffte es, sich zu beherrschen und nicht völlig in Auflösung zu verfallen.

„Das überrascht mich nicht. Er sprach so gerne über die weite Welt. Er wollte immer nach Indien reisen." Mr. Faukes wurde ernst. „Wie schade. Er stand in der Blüte seines Lebens. Ich muss Ihnen nicht sagen, wie sehr ich ihn vermisse. Wir lernten uns kennen, als er erst neunzehn und ich einundzwanzig war. Wir haben viele unserer Träume Wirklichkeit werden lassen."

„Hat Mr. Hastings Ihnen gesagt, dass er vorhatte, seinen Teil der Gesellschaft Mr. Ashburnham zu vererben?", fragte Adam.

Mr. Faukes zuckte mit den Schultern und schürzte seine Lippen. „Ich hatte letztens den Eindruck, dass er beabsichtigte, alles Miss Hastings, äh, Mrs. Birmingham zu hinterlassen."

Adam nickte nachdenklich. „Könnten Sie sich vorstellen, was ihn vielleicht seine Absicht hat ändern lassen?"

Mr. Faukes dachte einen Moment nach und

schüttelte dann den Kopf. „Ich weiß von nichts."

„Er stand Ashburnham nahe?", fragte Adam.

„Wir stehen ihm beide nahe. Wir arbeiten sechs Tage in der Woche zusammen, und er ist fähig für jemanden, der nicht von größter Intelligenz ist."

Das würde die Bemerkung in Onkel Simons Brief über dumme Leute erklären.

„Lassen Sie mich eines fragen", sagte Adam. „Können Sie mir sagen, wer Jonathan Booker und Sidney Wolf sind?"

Mr. Faukes zog die Brauen zusammen und schien in tiefes Nachdenken zu versinken. Dann schüttelte er langsam den Kopf.

Adam drückte Mr. Faukes seinen Dank aus und sie gingen. Zu ihrer Überraschung zog er es vor, James Ashburnham nicht zu befragen.

Als sie wieder zurück in der Kutsche waren, fragte sie: „Wer sind Jonathan Booker und Sidney Wolf?"

„Die beiden Zeugen für das Testament deines Onkels."

Kapitel 9

„Wohin fahren wir?", fragte seine Frau.

„Zu meinem Anwalt." Er fühlte sich schuldig, weil seine Besessenheit mit der Untersuchung von Hastings Testament ihn davon abhielt, seiner Braut die Schönheiten von London zu zeigen.

„Um ihn wegen des Testaments meines Onkels um Rat zu fragen?"

„Ja." Er warf einen Blick aus dem Fenster, froh, dass sie an diesem stürmischen, grauen Tag geschützt in der Kutsche saßen. Wenigstens regnete es nicht.

„Bist du sicher, dass es dir möglich ist, so viel Zeit von deinen Geschäften fernzubleiben?"

Ein Lächeln erhellte sein Gesicht. „Das hier sind schließlich meine Flitterwochen. Darf ich da nicht von der Arbeit fernbleiben?" Er fasste ihre Hand. „*Unsere* Flitterwochen. Und ich habe vor, dir einige der Sehenswürdigkeiten von London zu zeigen. Sag mir einen Ort, der dich besonders reizen würde."

Sie dachte einen Moment über seine Frage nach. „Ich würde gerne Westminster Abbey sehen."

Ihre Antwort überraschte ihn. „Was ist daran, was dich anzieht?"

Sie kicherte. „Weil ich eine lebhafte Fantasie habe, ich möchte im Kirchenschiff stehen und mir vorstellen, wie dort die prachtvolle Krönung eines Königs stattfindet. Ich werde mir vorstellen, wie ich eine dieser Adligen mit einem Krönchen bin, die genau sehen kann, wie unser Herrscher sich langsam dem Altar nähert, seine langen Gewänder hinter sich herschleppend, und dann denselben Weg mit einer riesigen Königskrone wieder zurückschreitet.

Und dann habe ich eine morbide Seite in mir, die immer sehen wollte, wo die großen Staatsmänner und Schriftsteller des Landes begraben sind. Lächerlich, ich weiß."

„Nein, gar nicht. Nicht für mein Verständnis." Er hielt inne, als sie ihn ängstlich anschaute. „Ich war noch nie in Westminster Abbey. Deine Beschreibung hat jetzt in mir den Wunsch erweckt, dorthin zu fahren."

Seit sie geheiratet hatten, saß er gewöhnlich eher neben ihr in der Kutsche als gegenüber. Das war überhaupt nicht unangenehm. Er führte das angenehme Gefühl auf den leichten Rosenduft zurück, den er inzwischen mit ihr verband.

Sie überquerten die Themse und waren kurz darauf wieder in Holborn. Sein Anwalt, Donald Emmott, betrieb seine Kanzlei in einem Gebäude, das nicht mehr als drei Minuten Fahrt von Wycliffs entfernt lag.

Vor Emmotts Bürohaus stiegen Adam und Emma aus und betraten das Gebäude. Trotz der vielen Jahre, die Emmott schon für Adam und seine Brüder arbeitete, war dies das erste Mal, dass einer von ihnen hierher kam. Wenn Männer so reich waren wie die Birminghams, kamen die, die für sie arbeiteten, immer zu ihnen.

Adams verstorbener Vater, der der schlaueste Mann war, der ihm je begegnet war - wenn auch *kein* Gentleman - hatte Emmott vor vielen Jahren ausgewählt und das Wissen und die Fähigkeiten des Anwalts waren unübertroffen.

Sobald Adam sich bei Emmotts Schreiber vorstellte, flog der Anwalt förmlich aus seinem Büro, um ihn zu begrüßen. (Eigentlich flog ein Mann in Emmotts fortgeschrittenem Alter nicht wirklich, aber er humpelte so schnell er konnte.)

Obwohl der Mann fast achtzig sein musste, war seine Stimme laut und klar, als er Adam begrüßte. Er lächelte breit und wandte sich zu Emma. „Und diese junge Dame muss ihre bezaubernde Braut sein. Ich bin wirklich sehr geehrt, dass Mr. und Mrs. Adam Birmingham in meine Kanzlei kommen."

„Vielen Dank für diesen freundlichen Empfang, Sir", sagte Adam. „Es geht um eine Angelegenheit, die einen Verwandten meiner Frau betrifft, wegen der wir Sie befragen wollen."

„Bitte kommen Sie in mein Büro."

Anders als Wycliff lavierte Adams Anwalt keinen großen Schreibtisch zwischen sich und seine Klienten. Emmott saß in einem Sessel nahe einem gemütlichen, samtbezogenen Sofa, auf dem er die Neuvermählten Platz zu nehmen einlud. „Also, was ist das Problem?", fragte er. Seine weißen Augenbrauen wippten besorgt.

Adam zeigte ihm den Brief ihres Onkels an Emma, erklärte, dass der Onkel vor ihrer Ankunft gestorben war und legte seinen Verdacht über das neue Testament offen.

Emmott setzte eine Brille auf seine Nase und überflog den Brief. Er musterte Emma und fragte: „Darf ich dies für kurze Zeit behalten?"

Sie nickte zustimmend.

Der Anwalt betrachtete dann Adam. „Ich glaube, Sie haben jedes Recht, skeptisch zu sein. In der Tat bin ich schockiert über Wycliffs unprofessionelles Verhalten. Wenn einer meiner *lebenden* Klienten mir ein neues Testament schickt, würde ich verlangen, dass es in meiner Gegenwart neu ausgefertigt wird. Testamente, die zu Hause geschrieben werden, sind zu leicht umzustoßen."

„Umzustoßen?", fragte Emma. „Sie meinen, ich könnte das neue Testament anfechten?"

„Allerdings können Sie das", sagte Emmott.

„Würden Sie das tun?", fragte Adam den Anwalt.

„Sofort. Die Anfechtung muss in Miss, äh, Mrs. Birminghams Namen erfolgen."

Adam war erleichtert. „Ich hatte gehofft, dass dies etwas ist, was Sie tun könnten. Wir ziehen es vor, dass der sogenannte neue Eigentümer nicht in den Besitz des Hauses des Onkels meiner Frau kommt."

Sie nickte. „Es ist direkt neben uns."

„Ich würde auch nicht neben einem Verbrecher wohnen wollen", sagte der Anwalt.

„Wir *wissen* ja nicht, ob er ein Verbrecher ist", warf sie ein.

Adam war nicht so großzügig wie seine Frau.

Emmott erhob sich. „Erlauben Sie mir, Ihnen einige Papiere zum Unterschreiben vorzulegen, Mrs. Birmingham. Es wird einen Moment dauern, die Unterlagen vorzubereiten."

Zehn Minuten später waren Adam und seine Frau zum Gehen bereit, als Emmott sagte: „Ich habe mit einem Mann zusammengearbeitet, der ein Experte für gefälschte Handschriften ist. Ich möchte, dass er die Schrift im Brief Ihres Onkels mit dem neuen Testament vergleicht."

Adam schürzte die Lippen. „Ich würde auch gerne ein paar Muster von Ashburnhams

Handschrift zum Vergleich hinzuziehen. Vielleicht sollte ich einen großen Auftrag für Ceylon-Tee erteilen."

Emmott nickte. „Wenn Ashburnhams Schrift dieselbe ist, wie die auf dem neuen Testament, wird unser Mr. Coyle das mit Sicherheit feststellen können."

„Ich hatte keine Ahnung, dass es so etwas wie einen Experten für Handschriften gibt", sagte Emma.

„Das muss vor Gericht erst noch anerkannt werden, soweit ich weiß, aber er ist sehr nützlich, wenn man einen Betrug aufdecken will."

„Was geschieht als nächstes?", fragte Adam.

„Da ich mit Wycliff bekannt bin, werde ich in seine Kanzlei hinübergehen, erklären, dass ich von Mr. und Mrs. Birmingham beauftragt wurde und darum bitten, das neue Testament sehen zu dürfen."

Adam dankte ihm, schüttelte seine Hand und ging.

Als sie zur Kutsche zurückkamen, wies er den Kutscher an, sie zur Westminster Abbey zu bringen, und wandte sich dann an seine Frau. „Wie gefiel dir Emmott?"

Sie runzelte die Stirn. „Ich wünschte, Onkel Simon hätte ihn mit seinen Geschäften beauftragt, anstatt Mr. Wycliffe - nicht, dass Mr. Wycliffe nicht auch sehr nett schien."

Was für ein süßes Naturell seine Emma besaß. *Seine?* Warum dachte er an diese Frau, die er kaum kannte, als *seine*? Natürlich, er schien sie in ähnlicher Weise in seinen Schutz genommen zu haben, wie man es mit einem einsamen Hundejungen tat. Und laut dem Gesetz war sie jetzt die seine. Wie beängstigend.

Er lehnte sich zurück. „Und jetzt, meine liebe Frau, beginnen wir deine Erkundung von London mit einem Besuch der Westminster Abbey."

Sie wirkte unglaublich jung, als sie ihn ansah, gar nicht wie eine Frau, die in weniger als einem Jahr mündig würde. „Einfach nur in deiner Kutsche zu fahren und die Sehenswürdigkeiten und Geräusche der Hauptstadt an mir vorbeiziehen zu lassen, ist schon Vergnügen genug für mich. Ich könnte Londons niemals müde werden. Es ist der aufregendste Ort auf Erden, nicht wahr?"

„Ich habe wenig Vergleichsmöglichkeiten, aber ich glaube, dass du recht hast. Zumindest sagt man mir das. Mein Bruder William hat jede europäische Hauptstadt bereist, und er versichert mir, dass London in jeder Hinsicht unvergleichlich ist, insbesondere, was seine Größe angeht.

Sie seufzte. „Ich frage mich, ob ich mich hier je auskennen werde."

Er drückte ihre Hand. „Das musst du auch nicht. Du wirst immer einen erfahrenen Kutscher auf Abruf bereit haben."

Ein bewundernder Ausdruck huschte über ihr süßes kleines Gesicht. „Weil ich das große Glück hatte, den wohlhabenden Mr. Birmingham zu heiraten."

Er hatte immer Angst davor gehabt, dass eine Frau ihn wegen seines Vermögens heiraten würde. Das war im Moment zweifellos der Fall, aber es störte ihn nicht mehr. Es war ja nicht so, als ob es eine *wirkliche* Ehe wäre. Er hatte ja nicht vor, sich in sie zu verlieben. Er war glücklich, dass sein Vermögen helfen würde, ihre Träume wahr zu machen. Der Herr wusste, dass seine Träume sich in Rauch aufgelöst hatten, als Maria ihn verließ.

Er dachte flüchtig an Marias Schönheit und ihre engelsgleiche Stimme, wenn sie Arien sang. Er versuchte, sich an irgendwelche Pläne zu erinnern, sie zu seiner Frau zu machen. Unerklärlicherweise war es ihm nie in den Sinn zu kommen, sie zu heiraten. Obwohl er sie so sehr liebte. War das Nicks Einfluss geschuldet? Nick hatte immer betont, dass Gentlemen keine Frauen wie Maria heirateten.

Zu Beginn ihrer Liebesbeziehung war ihm klar gewesen, dass Maria vor ihm schon viele Liebhaber gehabt hatte. Den unreifen Jungen, der er gewesen war, hatte das nicht gestört. Er hatte es eher vorgezogen, mit einer erfahrenen Frau zusammen zu sein, um seine ... Fähigkeiten zu entwickeln. Jetzt war er sich nur zu sehr bewusst, dass sie sich absolut nicht zum Heiraten eignete. Und das störte ihn. Weil es jetzt für ihn keine Rolle spielte. Er wollte sie nur wiederhaben. Selbst, wenn sie ihren italienischen Grafen geheiratet *hatte.*

Wenn sie jetzt zurückkäme und ihn um Verzeihung bäte, würde er ihr nicht nur verzeihen, er würde sie heiraten, ohne einen Moment zu zögern.

Dann wurde ihm plötzlich klar, dass er Maria nie würde heiraten können. Er war ein verheirateter Mann. Selbst, wenn Emma ihn nicht liebte, konnte er sie nicht verstoßen. Sie war wie ein misshandelter Welpe, für den er sich allein verantwortlich fühlte.

Er konnte nicht leugnen, dass Emma in ihm zärtliche Gefühle hervorrief. Keine romantischen Gefühle. Nur Zärtlichkeit.

Bis sie in Westminster Abbey ankamen, war er in eine mürrische Laune geraten. Dass sie sich wie ein aufgeregtes Kind benahm und von einer Stelle zur anderen eilte, half ihm, wieder in bessere Stimmung zu kommen. Er hatte gedacht, dass die Ecke, wo die Dichter begraben wurden, sie am meisten anziehen würde, aber die letzte Ruhestätte, die sie am meisten faszinierte, war das Grab von Pitt dem Jüngeren. Sie stand dort und musterte es mit einem ernsten Ausdruck auf ihrem Gesicht. „Der jüngste Führer, den unser Land je hatte. Wie bemerkenswert", sagte sie ernsthaft. „Wie tragisch, dass er in so jungen Jahren im Amt starb."

Adam schluckte. „Erst sechsundvierzig. Es war erstaunlich, dass er schon im zarten Alter von vierundzwanzig das höchste Amt auf den Britischen Inseln übernahm."

Sie nickte. „Ich erinnere mich, wie meine Tante Harriett weinte, als er starb. Ich hatte meine Tante noch nie zuvor weinen sehen. In der Tat hatte ich sie nie zuvor ihre Gefühle zeigen sehen."

Er runzelte die Stirn. „Sie muss Tory gewesen sein."

Sie fuhr zu ihm herum. „Ob er Whig oder Tory war, bedeutet nichts, Sir. Er war der Führer unseres Landes und sein Tod hinterließ eine große Leere."

Er hob die flache Hand. „Ich werde mit dir nicht streiten. Es ist nur so, dass die Birminghams immer die Whigs unterstützt haben. In der Tat hat Nick sich von unserem Schwager, Lord Agar, dazu überreden lassen, für die Whigs fürs Parlament zu kandidieren."

Ein breites Lächeln erhellte ihr Gesicht. „Großartig! Es ist spannend, mir vorzustellen, dass ich durch die Heirat mit einem Parlamentsmitglied verwandt sein werde. Wir müssen ihm bei seiner Wahlkampagne helfen."

„Das haben wir alle vor. Siehst du, ein weiterer guter Grund für mich zu heiraten. Eine weitere Person, die die Kandidatur meines Bruders unterstützt."

„Wenigstens hat er das Geld, um eine gute Kampagne durchzuführen."

Adam nickte. „Und Agar hatte immer die Kontrolle über den Sitz in Doncaster."

Er bewegte sich zum Grab von Charles James Fox.

„Ich glaube, dass diese Kolonisten die Wahlen besser machen als wir", sagte sie. „In ihrem Land muss ein Mann den geographischen Bereich vertreten, wo er lebt. Es ist doch irgendwie dumm, dass Nick einen Bezirk vertreten soll, der hunderte von Meilen von seinem Zuhause entfernt ist."

Er war überrascht - angenehm überrascht - dass diese junge Frau so viel von politischen Themen verstand. Die Meinung, die sie gerade geäußert hatte, war zufällig genau die seine. Aber das minderte in keiner Weise seinen Wunsch zu sehen, wie Nick Newcastle im Unterhaus vertrat.

Er nickte. „Vielleicht werden unsere Führer eines Tages auch erleuchtet."

Ihr Blick fiel auf die letzte Ruhestätte von Charles James Fox. „Wie schade, dass zwei der größten Staatsmänner, die wir je hatten, im selben Jahr starben."

„Ja", stimmte sie mit ernster Stimme zu. „Zu der Zeit hatte ich das Gefühl, als hinge eine dunkle Wolke über unserem Land. Ich dachte, wir würden nie wieder solche Fortschritte machen, nie wieder von so fähigen Führern regiert werden."

Sie legte eine zierliche, behandschuhte Hand

auf seinen Ärmel und sprach sanft. „Aber die Zeit läuft weiter und die Ängste legen sich, nicht wahr?"

„So ist es."

„Wie der Kummer", sagte sie in einer leisen Stimme, die kaum hörbar war.

Er wünschte bei Gott, die Leute würden aufhören, ihm zu sagen, dass er bald über das gebrochene Herz, das Maria ihm eingebracht hatte, hinwegkommen würde. Das konnte nicht geschehen. Keine Frau würde je wieder sein Herz besitzen.

„Ich bin voller Ehrfurcht", sagte sie aufgeregt. „Zu denken, dass ich genau an der Stelle stehe, wo seit Jahrhunderten die Könige gekrönt werden. Ich wage zu behaupten, dass dieses Gebäude noch fast so aussieht wie zur Zeit des Mittelalters."

Da er den größten Teil seines Lebens in London verbracht hatte, sah er die Hauptstadt jetzt mit ganz anderen Blicken. Diese junge Frau ließ ihn seine Geburtsstadt mit völlig neuen Augen betrachten. Er hatte nie begriffen, wie glücklich er war, dass er in einer riesigen, abwechslungsreichen Stadt lebte, wo so viel bedeutende Geschichte ihre Spuren hinterlassen hatte.

„Erzähle mir", sagte sie. „Hast du immer in der Hauptstadt gelebt?"

Er zuckte mit den Schultern. „Nachdem mein Vater sein Vermögen erst einmal aufgebaut hatte, kaufte er wie üblich einen Landsitz. Wir sind dort ein paar Mal im Jahr hingefahren, obwohl unser eigentlicher Wohnort London blieb. Südlich der Themse."

„Das ist kein eleganter Bezirk, nicht wahr?"

„Überhaupt nicht."

„Lebt deine Mutter noch dort?"

Er schüttelte den Kopf. „Meine Mutter bevorzugt das Land. Wenn sie nicht ihre Kinder besucht - jeder von uns hält Zimmer für sie bereit - lebt sie in Great Acres."

Er nahm ihre Hand. „Du hast inzwischen drei ihrer vier Kinder kennengelernt. Wir wurden alle so erzogen, dass wir uns der Oberklasse anpassen sollten, gemäß den Wünschen meines Vaters. Unsere Eltern hatten ... haben ... nicht die gleiche Erziehung. Ich muss dich darauf vorbereiten, meine Mutter kennenzulernen. Sie spricht nicht mit einem gebildeten Akzent. Sie ist weit von dem entfernt, wozu ihre Kinder erzogen wurden. Sie gehört nicht einmal zur Anglikanischen Kirche!"

„Ich bin sicher, dass ich sie liebhaben werde - selbst, wenn sie Atheistin ist."

Er lachte in sich hinein. „Sie ist keine Atheistin - eher im Gegenteil. Sie ist Methodistin."

„Dann wurdest du auch christlich erzogen?" Ein ungläubiger Ausdruck huschte über ihr Gesicht.

„Ich hasse es, deine Missverständnisse über mich zu berichtigen - obwohl ich zugeben muss, dass ich als Erwachsener in meiner Religion eher lasch geworden bin."

Ein hörbarer Seufzer entrang sich ihr. „Ich bin froh, dass du kein Atheist bist."

„Ich muss dich bitten, dass du meiner Mutter nichts über ... meine seltenen Kirchgänge sagst. Sie hat immer noch Schwierigkeiten zu akzeptieren, dass ihre Kinder alle zur Anglikanischen Kirche gehören." Er schauderte spielerisch. „Mama ist sehr streng und schrecklich religiös."

Sie lächelte. „Ich denke, Sir, du beschreibst gerade meine Tante Harriett! Obwohl meine Tante mit dem pompösesten Oberklassenakzent sprach und nie einen anderen Gottesdienst als den der Anglikanischen Kirche besucht hätte."

„Ich bin offensichtlich längst nicht so barmherzig wie du, denn ich könnte nicht sagen, dass ich sicher bin, dass ich deine Tante geliebt hätte."

Sie kicherte. „Wenn ich ihr nicht so verpflichtet gewesen wäre, weil sie mich großgezogen hatte, nachdem ich eine Waise geworden war, hätte ich sie vielleicht auch nicht geliebt. Leider bin ich vermutlich der einzige lebende Mensch, der je zärtliche Gefühle für meine überaus gestrenge Tante hatte."

Er zog die Brauen zusammen. „Wie ist unsere Unterhaltung auf dieses Thema gekommen?"

„Ich hatte dich gefragt, ob du immer in London gelebt hast."

Sie war mit einem bemerkenswerten Gedächtnis gesegnet. „Stimmt." Er bot ihr seinen Arm. „Hast du genug gesehen?"

„Ich denke, ja. Es ist ja nicht so, als ob wir nie wiederkommen könnten." Sie blieb plötzlich stehen und sah ihn an. „Obwohl ich weiß, dass ich normalerweise nicht deine wertvolle Zeit stehlen darf."

Er tätschelte ihre Hand. „Ich genieße es, dir London zu zeigen. Der Ausspruch von Dr. Johnson über unsere Stadt ist dir bekannt?"

Sie nickte. „*Ein Mann, der Londons müde ist, ist des Lebens müde.*"

Sie musste auch recht belesen sein. „Ich nehme an, in Upper Barrington hat man außer Lesen nicht viel zu tun."

„Vorausgesetzt, dass man gute Bücher in die Hände bekommt. Es gibt dort keine Leihbücherei, und der Preis für neue Bücher ist hoch. Zum Glück erlaubte mir Sir Arthur freien Zugang zu seiner Bibliothek."

„Dann, darf ich vermuten, hast du jede Menge schwerer Bände von längst verstorbenen Römern und Griechen studieren dürfen."

„Wie recht du hast!"

„Wohin würdest du gerne als nächstes gehen?", fragte er sie, als sie wieder in den windigen Tag hinaustraten.

„Meinst du, wir könnten durch den Hyde Park fahren?"

„Das könnten wir tun, aber an einem so grauen Tag wird es dort ziemlich leer sein." Und er würde seine neue Frau dort viel lieber vorzeigen, *nachdem* ihre modischen neuen Kleider geliefert wurden. Zumindest würden sie heute in einer geschlossenen Kutsche sitzen.

„Ich würde ihn trotzdem gerne sehen. Wenn ich irgendjemanden kennen würde, wäre ich unglaublich darauf bedacht, meinen gutaussehenden neuen Ehemann vorzuführen."

Gutaussehender neuer Ehemann? Er fühlte sich nie wohl, wenn er hörte, wie jemand ihn gutaussehend nannte. Und auch nicht, dass er der Ehemann dieser Frau war. Die Dinge hatten sich so schnell entwickelt, dass er es schwierig fand, sich daran zu gewöhnen, ein verheirateter Mann zu sein, das Wohlergehen eines anderen Menschen über das eigene zu stellen. Er war immer überaus egoistisch gewesen.

Emma zuliebe hoffte er, dass er nicht wieder in diese alte Gewohnheit zurückfallen würde. Sie hatte niemand anderen in dieser riesigen, fremden

Stadt.

Kapitel 10

Ihre Fahrt durch den Hyde Park wurde abgekürzt, da der Himmel sich öffnete. Emmas Enttäuschung darüber verschwand in dem Moment, als sie in ihr Haus traten und Studewood sie informierte, dass Madame De Guerney ihre neuen Kleider geliefert hätte. „Zwei Wagen voll der schönen Kleider. Ich habe mir die Freiheit genommen, sie in Mrs. Birminghams Zimmer zu bringen. Wie schade, dass keine Zofe da ist, um sich darum zu kümmern."

„Es ist nur eine Frage der Zeit, bis meine Frau ihre eigene Zofe haben wird", sagte Adam.

Sie wandte sich zu ihrem Mann. „Oh, du musst mitkommen und sie ansehen, Adam! Du musst mir sagen, welches Kleid du vorziehst, das ich heute Abend zum Essen tragen soll."

Er bot ihr den Arm, als sie die Treppe hinaufstiegen. Sie wurde daran erinnert, wie sie zum ersten Mal diese Stufen mit ihm hinaufgegangen war und sie seinen Arm genommen hatte im Versucht, ihn festzuhalten, da sie fürchtete, dass der betrunkene Mann die Treppe hinunterstürzen könnte. Gott sei Dank war er nicht länger dieser Mann.

Als sie in ihr Schlafzimmer kamen und sie die beiden Stapel eleganter Kleider auf ihrem Bett liegen sah, schnappte sie nach Luft. „Sie sind alle so schön! Ich kann nicht glauben, dass sie alle mir gehören."

„Du musst dich daran gewöhnen, schöne Dinge zu haben." Er kam näher und legte ihr sanft die Hand auf die Schulter.

„Welches möchtest du, dass ich zum Abendessen trage?"

„Das hellblaue. Morgen Abend nehme ich dich mit ins Theater. Dann musst du das lavendelfarbene mit deiner Kette aus Amethysten und Diamanten tragen."

Die, die einem Mitglied der Bourbon-Königsfamilie gehört hatte. Selbst mit der prächtigen Kette und dem wunderschönen Kleid fürchtete sie, doch wie eine schäbige Betrügerin auszusehen. Sie hatte kein Talent darin, sich zu frisieren. Und die Tatsache blieb, dass sie ziemlich unscheinbar war.

Es klopfte an ihre Tür. „Herein", sagte Adam.

Studewood betrat das Zimmer, gefolgt von einem Mädchen, das nicht älter aussah als sechzehn. „Lady Sophia hat diese junge Frau geschickt, um Ihnen als Zofe zu dienen." Er sah das Mädchen an. „Ich lasse dich Mrs. Birmingham über deine Fähigkeiten informieren." Dann musterte er Emma. „Wenn Madam nicht zufrieden ist, gibt es andere Bewerberinnen." Er wandte sich ab und verließ den Raum.

Adam bewegte sich in Richtung Tür. „Da dies ein Frauengespräch wird, begebe ich mich in die Bibliothek, meine Liebe."

Emma bat das Mädchen, sich neben sie auf das Sofa zu setzen. „Jetzt erzähle mir von dir." Das Mädchen konnte noch nicht lange im Dienst gewesen sein. Sie war so jung.

„Ich heiße Therese." Sie sprach Englisch mit einem deutlichen französischen Akzent. „Die Wahrheit ist, dass ich noch nie als Zofe gearbeitet habe, aber meine Schwester, sie ist Zofe bei Lady Maryann, die eine Schwester von Lady Sophia ist, die, wie man mir sagte, eine Art Schwester von Ihnen ist."

Emma nickte. Waren französische Zofen nicht besonders gesucht?

„Meine Schwester ist sehr geschickt, und sie hat mich ausgebildet. Ich werde mich um Ihre ..." Ihr Blick fiel auf den Stapel von Kleidern auf dem Bett. „... um Ihre schönen Kleider kümmern und man hat mir versichert, dass ich gut darin bin, die Haare einer Dame zu frisieren."

Trotz Studewoods Warnung sagte Emmas Instinkt ihr, dass sie nichts Besseres tun könnte, als Therese einzustellen. „Genau das brauche ich. Meinst du, du könntest heute anfangen?"

* * *

Als seine Frau das Speisezimmer betrat, stand er auf, wie immer, wenn eine Dame einen Raum betrat, aber diesmal war er verblüfft darüber, wie wirklich wunderhübsch Emma aussah. Er hatte ihr versichert, dass sie in der *guten Gesellschaft* eine Sensation sein würde, aber er hatte tatsächlich nicht angenommen, dass sie *derart* auffallend schön sein würde. Natürlich war sie keine strahlende Schönheit wie Maria, aber sie würde mit Sicherheit die Aufmerksamkeit auf sich lenken. Sein lässiger Blick schweifte von ihrem Haar über ihr süßes Gesicht an ihrem anmutigen Hals hinab bis zur weichen Rundung ihrer Brüste. Sein Atem stockte. „Du bist noch schöner, als ich für möglich gehalten hatte."

Er ging auf sie zu, legte seinen Arm um ihre Taille und begleitete sie zu ihrem Stuhl. „Ich gehe davon aus, dass du die Zofe eingestellt hast?"

Sie ließ sich auf dem Stuhl nieder, zu dem er

sie geführt hatte. „Ja, und ich bin sehr zufrieden mit ihr."

„Das bin ich auch."

Als sie ihr Diner, bestehend aus klarer Schildkrötensuppe, gefolgt von Steinbutt, zu sich nahmen, sah er sie ständig weiter an. Es war, als wäre sie eine andere. Sie war dieselbe Emma, und doch wieder nicht. So elegant gekleidet wirkte sie jetzt so alt, wie sie wirklich war und sah wie eine wohlsituierte junge Ehefrau aus. So sehr ihm das gefiel, ein Teil von ihm trauerte um den Verlust des Mädchens im geblümten Musselinkleid.

Als er ihr angeboten hatte, sie zu heiraten, hatte er nur daran gedacht, eine hysterische junge Frau glücklich zu machen. Er war froh gewesen, dass es in seiner Macht stand, ihr Leben zu erhellen. Jetzt jedoch wurde ihm klar, dass sie wie eine Ehefrau aussah, die ihm Vorteile verschaffen würde. Frauen würden sich mit jemandem, der so nett wirkte, anfreunden wollen. Männer würden ihr gutes Aussehen bewundern.

Ein Teil von Marias Anziehungskraft hatte für ihn darin bestanden, dass er voller Stolz war, wenn Männer sie hungrig anstarrten. Sie war wie ein preisgekröntes Rennpferd gewesen - was ihn jetzt etwas beschämte. Trotzdem freute er sich darauf, morgen Abend in seiner Loge zu sitzen und zu wissen, dass aller Augen auf seiner schönen Frau ruhen würden.

„Was sind deine Pläne für morgen?", fragte sie.

„Ich denke, wir sollten am Morgen wieder zu Wycliff fahren."

Sie nickte. „Und am Nachmittag?"

„Würdest du gerne ins Britische Museum gehen?"

Ihr Lächeln war so strahlend wie der

Kronleuchter, der über ihrem Tisch hing. „Ja, sehr gerne."

* * *

Therese half ihr in ihr Nachtgewand und nahm, nachdem sie ihrer Herrin eine gute Nacht gewünscht hatte, Emmas schönes, neues Kleid mit, um es aufzuhängen.

Im Bett fiel Emma das Einschlafen schwer. Sie musste ständig daran denken, wie Adam sie angesehen hatte, als sie in das Speisezimmer gekommen war. Zum ersten Mal in ihrem Leben hatte sie sich wie eine Frau gefühlt. Sie war geschmeichelt gewesen, als er sagte, dass sie schön wäre. Das war natürlich eine Übertreibung, aber sie hatte sich tatsächlich wie eine große Schönheit gefühlt, als sie neben ihm saß und spürte, wie seine Augen weiter auf der neuen Emma ruhten.

So nahe beim Schlafzimmer ihres Ehemannes im Bett zu liegen, ließ sie überdeutlich erkennen, was für eine leere Ehe die ihre war. Sie fühlte sich schuldig wegen ihrer trüben Gedanken. Es war ja nicht so, dass sie ihm nicht dankbar wäre. Durch seine Freundlichkeit hatte sie ein schönes Zuhause, wundervolle Kleider und Schmuck - und London. Diese Dinge hätten sie sehr glücklich machen sollen. Sie *war* glücklich, glücklicher, als sie es je gewesen war, aber das eine, was fehlte - seine Liebe - ließ sie ihr Glück als nicht perfekt empfinden.

Nicht, dass sie das perfekte Glück verdient hätte. Sie verdiente nichts von all diesen wunderbaren Dingen. Sie hatte nichts getan, um sie zu verdienen. Sie war nicht einmal eine große Schönheit, mit der am Arm er sich gerne zeigen würde.

Ihre Gedanken verwirrten sich in ihrem Kopf und hielten sie vom Schlafen ab. Sie ertappte sich dabei, wie sie sich fragte, ob Adam und sie je Kinder haben würden. Dann fragte sie sich natürlich, ob Adam je ihr Bett teilen würde. Der bloße Gedanke ließ ihr Herz schneller schlagen. Und das hielt sie noch eine beträchtliche Zeit wach.

* * *

Therese hatte die Vorhänge in Emmas Schlafzimmer aufgezogen, um den Raum mit strahlendem Sonnenlicht zu füllen. Emma war überrascht, dass sie so lange geschlafen hatte. Aber natürlich, der Morgen hatte schon fast gegraut, als der Schlaf sie endlich übermannt hatte.

Bei solchem Sonnenschein war es unmöglich, an diesem Morgen melancholisch zu sein. Sie saß in ihrem Bett an Berge von Kissen gelehnt und nippte ihre heiße Schokolade. Tante Harriett wäre über solche Trägheit entsetzt gewesen, aber Emma fühlte sich, als ob sie in einem berauschenden Traum wäre. Alles war so wundervoll. Nie hätte sie gedacht, einmal ein so schönes Schlafzimmer zu haben, Herrin eines so eleganten Hauses und die Ehefrau des perfektesten aller Männer zu werden. (Denn sie glaubte schon, dass er seine Dummheit überwunden haben musste.) Ihr Herz wurde weit beim Gedanken an Adam.

Wie er sich seit der Nacht, in dem sie ihn kennenlernte, verändert hatte. Er hatte so geistlos gewirkt, dass sie ihn nie für einen fähigen Mann gehalten hätte. Aber nüchtern strahlte er Intelligenz und Führungskraft aus. Eine Eigenschaft machte ihn ihr lieb, die ihn besonders in der Nacht, als sie sich kennenlernten, auszeichnete und die sich seither noch verstärkt hatte: seine Güte.

Selbst in jener ersten Nacht, so betrunken, dass er kaum den Weg nach Hause finden konnte, war er ihr, einer fremden, jungen Frau gegenüber, die eine Reisetasche durch den Regen schleppte, mitfühlend gewesen.

Ihre Gedanken huschten zu der Frage, was sie heute anziehen sollte. Sie wollte so schön aussehen, dass er diese elende Maria vergessen würde.

Therese kam in das sonnendurchflutete Zimmer und brachte ein weiches, hellgelbes Morgenkleid. „Hat Madame ihre Schokolade ausgetrunken?"

Emma nickte, stellte das Tablett beiseite und sprang aus dem Bett. „Ich möchte, dass du mich schön machst. Ich muss meinen Mann beeindrucken."

* * *

„Mr. Wycliff", sagte Adam, „meine Frau und ich brauchen eine Liste aller in Mr. Hastings Haushalt Beschäftigten."

„Es braucht nicht lange, Ihnen diese Auskunft zu beschaffen. Kann ich Ihnen noch etwas bringen?"

Adam hätte ihn am liebsten gebeten, das gefälschte Testament wegzuwerfen, aber er vertraute darauf, dass die Wahrheit ans Licht kommen würde. „Das sollte ausreichen."

Einige Minuten später erhielten sie eine saubere Liste von Simon Hastings Hauspersonal.

Wycliff räusperte sich. „Ich bin sicher, dass Ihnen bekannt ist, dass Ihr eigener Anwalt, Mr. Emmott, mich aufgesucht hat?"

„Ja, natürlich."

Wycliffs Blick wanderte zu Emma. „Seien Sie versichert, Mrs. Birmingham, dass das Eigentum Ihres Onkels niemandem übergeben wird, bevor nicht diese Situation aufgeklärt wurde."

„Vielen Dank, Mr. Wycliff."

Sie verließen die Räume des Anwalts, und als sie in der Kutsche saßen, wandte sie sich zu Adam. „Ich wusste nicht, dass du um diese Namen bitten würdest. Welchen Zweck hat das? Werden wir jeden von ihnen zu befragen versuchen?"

Er schüttelte den Kopf. „Ich suchte nach den Namen Jonathan Booker und Sydney Wolf."

„Die Zeugen für Onkels Testament."

„Würde es nicht das Natürlichste für deinen Onkel gewesen sein, seine Diener als Zeugen unterschreiben zu lassen?"

„In der Tat."

„Das hat er aber nicht. Keiner der Diener trägt einen dieser Namen."

„Meine Güte!"

„Im Übrigen habe ich indirekt einen großen Auftrag für Ceylon-Tee erteilt."

„Um James Ashburnhams Handschrift zu sehen?"

Er nickte.

„Du hast deinen eigenen Namen benutzt?"

„Nein. Der Auftrag wurde durch ein Geschäft erteilt, das in meinem Eigentum steht."

„Du hast noch andere Geschäfte neben der Bank?"

„Ich bin einer der Anteilseigner in einer Gesellschaft, die ausgewählte Grundstücke ankauft. Ich besitze gerne Land. *Wir* besitzen gerne Land. Meine Brüder sind auch

Anteilseigner."

Sie kicherte. „Ich glaube, keiner der Birminghams wird im nächsten Jahr Tee kaufen müssen." Sie hatten ein halbes Dutzend Kisten bestellt.

Ihre Kutsche bog auf den Strand ein, wo es schwierig war durchzukommen, da so viele Gefährte sich ihren Weg über eine der belebtesten Straßen der Hauptstadt suchten. Vor seinem Fenster wechselten die vorbeifahrenden Fenster von einem hoch mit Kartoffeln beladenen Karren zu einem aggressiven Fahrer einer Mietkutsche, der versuchte, sich durch das Getümmel zu schlängeln, danach kamen verschiedene Tilburys und Phaetons und ein sehr langer Karren, der eine riesige Platte Sienna-Marmor transportierte.

„Würde es dir viel ausmachen, wenn wir heute nicht ins Museum gehen?", fragte sie.

Er wandte sich ihr mit einem verwirrten Ausdruck auf seinem Gesicht zu. „Aber ich dachte, dass *du* es gerne sehen wolltest."

„Oh ja, sehr gerne."

„Also?"

Ihre blassbraunen Augenbrauen senkten sich und sie sah sehr nachdenklich aus. Sie seufzte auf. „Du hast gesagt, wir sollten einander alles erzählen."

„Ja."

„Ich glaube, mein Onkel ist ermordet werden."

Mord war etwas so Abscheuliches. Er hatte nie jemanden gekannt, der ermordet worden war, nie gedacht, dass ihn so etwas je persönlich betreffen könnte. Es war ihm nie in den Sinn gekommen, dass Simon Hastings ermordet worden sein könnte, aber nachdem sie es jetzt in Worte gefasst hatte, wurde ihm klar, dass ihr Verdacht etwas für sich hatte.

Alle, die Hastings kannten, sprachen ständig davon, dass er in der Blüte seiner Jahre gestanden hätte. Und fünfundfünfzig war nicht *so* alt. Niemand hatte davon gehört, dass Hastings krank gewesen wäre. Man wurde nicht so plötzlich krank und starb sofort. Selbst schwer Kranke quälten sich einige Zeit, bevor sie starben, seiner Erfahrung nach.

Wie zum Donner kam es, dass seine Frau, die so jung und so ahnungslos in allen weltlichen Dingen war, hatte zu einer solchen Erkenntnis gelangen können? Er wandte sich langsam zu ihr und sah sie wieder mit neuen Augen. Er dachte nicht länger an sie wie an ein verirrtes Hundejunges. Sie war ganz entschieden eine Frau. Eine sehr schöne Frau, nachdem ihre französische Zofe ihre Haare so elegant frisierte. Und sie war klug, viel klüger, als er ursprünglich angenommen hatte. „Warum sagst du das?"

„Ich glaube, Onkel Simon wurde vergiftet und ich glaube, dass die Person, die das Testament geändert hat, für seinen Tod verantwortlich ist."

„Was lässt dich annehmen, dass er vergiftet wurde?"

„Mehrere Dinge. Zuerst die Tatsache, dass er nicht krank gewesen war. Die Tatsache, dass er … sich erbrochen hatte. Ich habe über Menschen gelesen, die vergiftet wurden. Sie verlieren immer den Inhalt ihres Magens, bevor sie tot zusammenbrechen."

Er nickte. „Das stimmt. Weitere Gründe?"

„Ja, in der Tat. An dem Tag, als du den Namen von Onkels Anwalt in seiner Bibliothek suchtest, habe ich in dem Zimmer herumgestöbert und nach Dingen gesucht, die mir mehr über meinen

Onkel verraten würden. Ich habe mir keinen Moment lang vorgestellt, dass er ermordet worden sein könnte. Ich dachte zu dem Zeitpunkt, dass es völlig natürlich wäre, dass jemand in seinem Alter einfach stirbt, aber ich war nur unreif. Mir ist jetzt klar geworden, dass er in gutem Gesundheitszustand gewesen sein muss."

„Nach allem, was uns gesagt wurde, stimme ich dir zu."

„In seiner Bibliothek konnte ich sehen, glaube ich, in welchem Sessel mein Onkel immer saß. Das Kissen darauf war fast flachgesessen. Der Tisch daneben hatte Ringe von den Gläsern, die dort über Jahre hinweg gestanden hatten, aber kein Glas stand dort.

„Jedoch gab es ein Glas bei dem Sessel gegenüber, dem, in dem ein Gast sitzen würde. Ich glaube, dort hat der Mörder, der als Freund gekommen war, gesessen. Ich glaube, er hat irgendwie Gift in Onkels Glas geschüttet, zugesehen, wie er starb und dann das Glas mit dem Gift gewaschen, bevor er wieder ging."

„Und der Mörder achtete darauf, an einem Abend zu kommen, als alle Diener frei hatten."

„Das war entscheidend für seinen Erfolg. Er machte nur den einen Fehler, dass er vergaß, sein eigenes Glas wegzuräumen. Wenn es nicht wegen des Glases gewesen wäre - so weit von Onkels Sessel entfernt, dass ich wusste, es konnte nicht seins gewesen sein - hätte ich nie erkannt, dass ein Besucher dort gewesen sein musste und hätte keinen Verdacht geschöpft."

„Was machen wir also als nächstes?" Er erstaunte sich selbst. Er richtete sich nach seiner jungen Braut.

„Zuerst würde ich gerne mit seiner

Haushälterin sprechen."

„Dann sollten wir nach Hause fahren und ich hole ihre Adresse heraus, wo ich sie in der Bibliothek hingelegt habe."

„Nicht nötig. Ich erinnere mich. Mrs. Thornton. Sie ist jetzt in 151 Camden Street angestellt."

„Ah - schön und klug. Wie glücklich ich bin."

Sie errötete. Er war nie mit einer Frau zusammen gewesen, die erröten konnte. Maria mit ihrer dunklen Haut errötete nicht. Aber dann wurde ihm klar, dass eine Frau von der Art Marias vermutlich nicht erröten würde, selbst, wenn sie so hellhäutig wie Emma gewesen wäre.

Kapitel 11

Mrs. Thornton war ziemlich abgestiegen. Die Straße, wo der verstorbene Simon Hastings gelebt hatte, lag im Herzen Mayfairs und war eine der elegantesten in London. Camden Street war in einem anständigen Mittelklasse-Viertel. Es war die Art von Gegend, wo Emmott oder Wycliff wohnen würden. Vielleicht ein Arzt. Genauer gesagt würden hier Männer wohnen, die ihren Lebensunterhalt verdienten. Im Gegensatz zu Mayfair, wo die meisten der Hauseigentümer Adlige waren oder sehr tiefe Taschen hatten.

Jeder hier in Camden Town würde vor Freude Luftsprünge machen, wenn sie eine Haushälterin einstellen konnten, die zuvor in Mayfair gearbeitet hatte.

Adam, der sich seiner eigenen kultivierten Stimme wohl bewusst war, sagte dem Butler in 151 Camden Street, dass sie wegen Mrs. Thorntons früherem Arbeitgeber ein paar Minuten von ihrer Zeit in Anspruch nehmen wollten. Der Butler, der Emma musterte und sah, wie gut sie gekleidet war (und Adam dachte, dass sie auch außergewöhnlich hübsch aussah), bat sie, kurz ins Morgenzimmer einzutreten.

Sie gingen durch einen dunklen Flur, von dem aus eine schmale Treppe abging und kamen zu einem gut gepflegten Morgenzimmer, wo die geöffneten Vorhänge die Sonne hereinließen. Adam und seine Frau saßen nebeneinander auf einem dunkelgrünen Sofa, das durchaus seinen Zweck erfüllte, aber bescheiden und etwas öde war.

Ein paar Minuten später kam eine ordentlich gekleidete Frau mittleren Alters in den Raum.

Adam stand auf und stellte sich vor. „Sie sind Mrs. Thornton?", fragte er.

„Ja." Mrs. Thornton sah Emma an.

„Ich", sagte Emma, „bin Simon Hastings Nichte und ich würde Ihnen gerne ein paar Fragen über ihn stellen. Bitte setzen Sie sich doch."

Die Haushälterin setzte sich auf einen Holzstuhl Emma gegenüber. Ihr Gesicht verdunkelte sich, als sie Emma ihr Beileid aussprach. „Ihr Onkel freute sich so auf Ihre Ankunft. Er erlaubte mir, unser schönstes Schlafzimmer für Sie neu einzurichten." Sie seufzte. „Ich wünschte, Sie hätten es sehen können."

„Das wünschte ich auch", sagte Emma ernst. „Wie ich mir wünsche, dass ich meinen Onkel gesehen und ihn hätte kennenlernen können. Ich fühle mich so beraubt."

„Er sagte, Sie wären eine Waise und er wäre für Sie verantwortlich."

Emmas Augen wurden feucht. „Ich bin nicht hierhergekommen, um über mich zu sprechen. Ich möchte mehr über meinen Onkel erfahren, ich muss mehr über seinen … Tod wissen. Ich habe erfahren, dass mein Onkel viel Zeit in seiner Bibliothek verbrachte."

„Das stimmt, Miss. Er las so gerne vor dem Kamin. Immer in seinem gleichen, schäbigen Sessel. Obwohl er ein wohlhabender Mann war, liebte er diesen Sessel!"

Emma bemühte sich um ein Lächeln. „Hat er

zufällig Anweisung gegeben, dass seine Bibliothek nicht regelmäßig gereinigt werden sollte?"

Mrs. Thornton faltete ihre Hände im Schoß. „Ich frage mich, wie sie das wissen können! Er wollte nicht, dass das Zimmermädchen seine Bücher irgendwie in Unordnung brachte. Die Bibliothek war das einzige Zimmer, das nicht täglich geputzt wurde. Obwohl das Putzen nicht zu meinen Pflichten gehörte, habe ich Mr. Hastings Bibliothek an jedem ersten Tag eines Monats persönlich gereinigt. Ich war die einzige, der er vertraute. Er bewahrte persönliche Unterlagen in seinem Schreibtisch dort auf."

„Wie lange haben Sie für meinen Onkel gearbeitet?"

Jetzt wurden Mrs. Thorntons Augen feucht. „Seit dem Tag, an dem er vor fünfundzwanzig Jahren in dieses Haus einzog."

„Mein herzliches Beileid für *Sie*", sagte Emma zu ihr. „Sie und mein Onkel müssen sehr gut miteinander ausgekommen sein, und Sie müssen mit Ihrem Zuhause in der Curzon Street bei ihm zufrieden gewesen sein."

„Er war der freundlichste aller Menschen. Niemand hätte einen besseren Dienstherrn haben können. Ich vermisse ihn furchtbar. Er hat mir ein nettes Vermächtnis hinterlassen. Ich habe vor, mein Einkommen hier in der Camden Street für zehn Jahre zu sparen. Dann sollte es genug sein, um mir irgendwo auf dem Land ein kleines Häuschen zu kaufen. Ich werde einen Garten für mein Gemüse haben und die Rente von Ihrem Onkel, die mich dann Jahr für Jahr versorgen wird. Ich schulde ihm viel."

Adam wollte das Thema wechseln, bevor die beiden Frauen zu weinerlich wurden. „Wir haben

eine Liste von Mr. Hastings Dienern erhalten",
sagte Adam. „Es scheint, dass nicht viel Personal
da war. Ein Kammerdiener. Eine Köchin. Zwei
Zimmermädchen. Ein Butler und die
Haushälterin."

„Mr. Hastings lebte allein. Er gab keine
Einladungen und hatte nur selten Besuch. Sein
Geschmack beim Essen war einfach, daher nur
eine Person in der Küche", sagte Mrs. Thornton.

„Kennen Sie Männer mit den Namen Jonathan
Booker oder Sidney Wolf?", fragte Adam.

Sie schüttelte den Kopf.

Adam atmete durch. „War es Mr. Hastings
Gewohnheit, allen Dienern jeden Sonntag den
ganzen Tag und den Abend freizugeben?"

Mrs. Thornton nickte. „Von dem Tag an, als er
das Haus kaufte. Er sagte mir einmal, dass er sich
darauf freute, einen Tag in der Woche ganz alleine
zu sein." Sie hielt mit gesenkten Augen inne. „Der
Butler sagte, Mr. Hastings hätte ihm erzählt, dass
er gerne ohne Kleider im Haus herumliefe. Ich
dachte aber, Mr. Hastings scherzte nur."

Adam lachte leise.

„Sie meinen, die Diener durften sonntags nicht
einmal in ihren eigenen Zimmern bleiben?", fragte
Emma.

„Nur, wenn sie krank waren. Er ermutigte uns,
am Sonntag zum Gottesdienst zu gehen. Danach
konnten wir machen, was wir wollten - im Park
spazieren gehen oder Freunde oder Familie
besuchen."

„Zu welcher Zeit waren die Diener sonntags aus
dem Haus?", fragte Adam.

„Gewöhnlich gingen wir um neun Uhr morgens
aus und kamen irgendwann zwischen neun Uhr
abends und Mitternacht zurück."

„Sagte mein Onkel, dass er an dem Abend, an dem er starb, einen Besucher erwartete?"

Mrs. Thornton schüttelte den Kopf. „Normalerweise hatte Ihr Onkel keine Besucher. Er sagte, dass er in der Teegesellschaft mit so vielen Leuten zu tun hätte, dass er ein ruhiges Zuhause genieße. Er benutzte nur drei Zimmer: die Bibliothek, sein Schlafzimmer und das Esszimmer."

„War mein Onkel vor seinem Tod krank? Hat er es versäumt, zur Teegesellschaft zu gehen?"

Die Haushälterin schüttelte den Kopf. „Er ist überhaupt nicht krank gewesen."

„Seine Leiche zu finden", sagte Adam mit ernster Stimme, „muss ein erschütterndes Erlebnis für Sie gewesen sein und es tut mir sehr leid, dass Sie es waren. Es tut mir noch mehr leid, dass ich Ihnen einige Fragen über diesen Morgen stellen muss."

Sie schloss fest ihre Augen. „Es war schrecklich. Ich werde diesen Anblick nie aus meinem Gedächtnis löschen können." Sie schüttelte den Kopf und sah Emma an. „Es ist sehr hart, jemanden zu verlieren, den man gerne mag, aber ihn so zu sehen ..." Sie brach in Tränen aus.

Adam fragte sich, ob er das besser hätte handhaben können.

Emma sprang auf und ging zu der weinenden Frau, um sie zu trösten, während sie ihm einen bösen Blick zuwarf. „Es tut mir so leid, Mrs. Thornton." Emma legte eine Hand auf den Arm der Frau. „Ich bin so dankbar, dass Onkel Sie hatte, die sich um ihn kümmerte."

Mrs. Thornton sah aus tränenvollen Augen zu Emma auf und versuchte zu lächeln.

„Ich weiß, dass das schwer ist", sagte Adam, „aber können Sie die Szene beschreiben, wie Sie ihn gefunden haben?"

Die Haushälterin nickte schnüffelnd. Sie begann zu sprechen, mit dünner Stimme, fast wie jemand, der kurz vor einem hysterischen Anfall steht. Ließ ihn sich fühlen wie einen verdammten Unmenschen.

„Davis - das ist Mr. Hastings Kammerdiener - sagte mir, Mr. Hastings hätte nicht in seinem Bett geschlafen. Ein paar Mal war Mr. Hastings in der Bibliothek eingeschlafen, daher ging ich dorthin in der Absicht, ihn zu wecken. Es sah ihm nicht ähnlich, so lange zu schlafen." Sie hielt inne und nahm einen zittrigen Atemzug. „Als ich in die Bibliothek kam, saß er in seinem Sessel. Zuerst dachte ich, dass er schliefe, aber als ich näherkam, sah ich das ... das Erbrochene auf seiner Brust." Hier wurde ihre Stimme zu einem leisen Stöhnen. „Ich dachte, er wäre krank, ich stand da und fragte ihn mit lauter Stimme, ob ich irgendetwas für ihn tun könnte. Aber er hat nicht geaaaaaantwortet", jammerte sie.

Nach einer kurzen Pause fuhr sie fort. „Es dauerte einen Moment, bis die Vorstellung, dass er tot sein könnte, mich wie ein Hammer traf. Ich erstarrte. Ich konnte es nicht über mich bringen festzustellen, ob er noch lebte. Ich drehte mich um und rannte die Treppen hinauf, um Davis zu holen.

„Es war Davis, der nach einem Herzschlag suchte. Als er sich zu mir umwandte und mir sagte, dass Mr. Hastings tot wäre, war sein Gesicht aschfahl und er zitterte furchtbar. Es war ein solcher Schock für uns, weil Mr. Hastings immer so gesund gewesen war. Die Köchin gab sich die Schuld. Sagte, er würde nie ein Problem mit seinem Magen bekommen haben, wenn er ihre Mahlzeiten gegessen hätte. Sie hatte ihm etwas Brot vom Samstag und einigen Käse dagelassen, aber sie denkt, er müsse anderswo gegessen haben und das habe ihn umgebracht."

„Was geschah als nächstes?", fragte Adam.

„Davis sagte, er würde seinen Herrn säubern. Er und der Butler trugen Mr. Hastings nach oben und legten ihn auf sein Bett. Ich bat das Hausmädchen, um Mr. Hastings Sessel herum zu putzen. Dann verließ ich das Zimmer und ging nie wieder hinein. Es war zu schmerzhaft."

„Starb Onkel in seinem Lieblingssessel?", fragte Emma.

Mrs. Thornton nickte.

„Stand ein Glas neben seinem Sessel? Ein leeres Glas vielleicht?"

„Da war kein Glas. Ich schaute auf seinem Tisch nach, um zu sehen, ob da etwas war, was ihn so krank gemacht haben konnte."

* * *

Wieder zurück in der Kutsche wandte Emma sich ihm zu. „Ich fühle mich so leer. Ich fühle mich, als ob mein ganzer Verdacht sich bewahrheitet hat, aber es macht keine Freude zu wissen, dass mein armer Onkel höchstwahrscheinlich ermordet wurde."

Er bedeckte ihre Hand mit der seinen. „Natürlich kann solches Wissen keine Freude machen, aber ich bin sehr stolz auf meine Frau wegen ihrer klugen deduktiven Folgerungen."

Seine Bemerkung hob den Schleier der Trübseligkeit, der sich über sie gelegt hatte. „Was meinst du, was wir als nächstes tun sollten, mein liebster Ehemann?" Wie sie es liebte, das zu sagen! Wie sie wünschte, dass sie wirkliche Liebesworte für ihn verwenden könnte. Er benutzte diese lieben Worte nur, um andere davon zu überzeugen, dass dies eine normale Ehe war.

„Ich denke, wir werden Sawyers Talente beim Schlösserknacken noch einmal brauchen."

„Du meinst, noch einmal in Onkels Haus gehen?"

Er drückte ihre Hand. „Es sei denn, dass es für dich zu schmerzhaft wäre."

„Es wird schmerzhaft sein, da ich das Gefühl habe, dass ich ihn ein wenig besser kenne, nachdem ich Mrs. Thorntons Auskünfte gehört habe, aber ich bin auch zornig. Das Geld oder das Haus oder die Teegesellschaft sind mir gleichgültig. Aber es bekümmert mich, dass mein lieber Onkel grausam ermordet wurde - und aus keinem anderen Grund, als sein Vermögen zu stehlen. Ich werde nicht ruhen, bis diese diebische, mörderische Brut Luzifers der Gerechtigkeit zugeführt wird." Sie sah ihn böse an. „Ich glaube nämlich, Sir, dass es einen Teufel gibt."

„Wenn es einen gibt, dann verdient der Mann, der deinen Onkel getötet hat, sein feuriges Schicksal. Dein Onkel muss ein bewundernswerter Mann gewesen sein. Es tut mir leid, dass ich kein besserer Nachbar war."

„Das muss dir nicht leidtun. Hätte er mehr Freunde gewollt, hätte er versucht, jemanden kennenzulernen. Nach dem, was Mrs. Thornton sagte, war seine Lieblingsbeschäftigung, in seiner Bibliothek zu sitzen. Nur er und seine Bücher."

„Ich wünschte, ich hätte ihn kennenlernen dürfen."

„Ich auch", sagte sie ernst.

„Ich versuche zu entscheiden, ob wir heute genug Zeit haben, um sein Haus gründlich zu durchsuchen, oder ob wir bis morgen warten sollten, um den ganzen Tag damit zuzubringen." Er legte seinen Arm um ihre Schultern und zog sie an sich. „Vergiss nicht, dass wir heute Abend ins Theater gehen, und ich möchte, dass du hinreißend aussiehst."

Ihre Brauen zogen sich zusammen. „Ich bin nicht sicher, wie das Wort hinreißend zu einer Frau in einer Theaterloge passt."

Er lachte in sich hinein. „Das musst du nicht wissen, Liebes. Ich habe nicht die besten Worte gewählt. Ich hätte sagen sollen, dass ich möchte, dass die Augen aller im Theater heute Abend an meiner schönen Frau hängen. Wird es lange dauern, dich anzukleiden?"

„Eigentlich wird es das. Vielleicht ist es besser, wenn wir morgen in Onkels Haus gehen."

* * *

Er hatte ihr gesagt, dass Therese ihr die Amethysthalskette nicht anlegen sollte. „Dieses Vergnügen möchte ich selbst haben. Wenn du angezogen bist, lass deine Zofe an meine Tür klopfen."

Jetzt saß Emma vor ihrem Spiegel und erkannte sich kaum in der Frau darin. Sie war fertig angezogen in ihrem neuen lavendelfarbenen Kleid und fand, nichts könnte je schöner sein als dieses Kleid.

Aber es war Thereses kunstvolle Frisur, die Emma aussehen ließ, als wäre sie eine führende Modedame - aus den höchsten Kreisen. Ihr Haar war nicht nur wunderschön hochgesteckt, sondern Therese hatte überall Diamanten darin befestigt. Die Krone einer Herzogin hätte nicht schöner sein können. Ihr Herz war übervoll, als sie an Adams Güte dachte, diese Diamantnadeln zu beschaffen und sie Therese für die Haare seiner Frau zu geben. Er wusste so viel besser, was in Mode war, als Emma.

Ihr Magen krampfte sich zusammen, als sie dort saß und darauf wartete, dass Therese vom Klopfen an Adams Tür zurückkam. Würde er sie für hübsch halten?

Ihr Herz raste vor Panik, als er in ihr Schlafzimmer kam, das samtbezogene Schmuckkästchen in seiner Hand.

Er blieb direkt an der Tür stehen und sah sie mit großen Augen an. „Mein Gott, wie schön du bist!"

Sie atmete endlich auf und sagte schüchtern: „Danke."

Er kam zu ihr und legte ihr den Schmuck der Bourbonen um den Hals. Sie schaute sich im Spiegel an und war so fasziniert, so völlig beeindruckt davon, wie schön die Halskette war, dass sie Adams gutaussehendes Spiegelbild nicht wahrnahm.

Als er fertig war, bat er sie aufzustehen. „Ich möchte die Wirkung des Ganzen sehen."

Sie tat, was er ihr sagte und hielt wieder die Luft an. Sie war ein wenig verlegen wegen des tiefen Ausschnitts an der Vorderseite ihres Kleides. Es bedeckte kaum ihren kleinen Busen, schien jedoch ihre Brüste größer zu machen, als sie eigentlich waren.

Tante Harriett wäre entsetzt gewesen. Sie hätte Emma in einem so skandalösen Kleid nie aus ihrem Schlafzimmer herausgelassen.

Emma errötete, als ihr Mann zurücktrat und sie eingehend von ihrer Frisur bis zu den Schuhen an ihren Füßen betrachtete. Seinem Blick entging nichts.

Ohne ein Wort zu sagen, kam er zu ihr und pflanzte einen Kuss auf ihre Stirn. „Ich werde heute Abend der meistbeneidete Mann im Theater sein. Du bist einfach perfekt." Dann bot er ihr den Arm und sie brachen zum Drury Lane auf.

Sie fühlte sich wie ein himmlisches Wesen, ihr Herz und ihre Schritte waren so leicht. *Er findet mich perfekt.* Er hatte sie auf ihre Stirn geküsst.

Als sie in der Loge der Birminghams im Theater angekommen waren, schlossen sich ihnen bald William und Sophia an. „Emma", rief Lady Sophia aus, „du siehst aus, als wärest du eine russische Prinzessin oder etwas ähnlich Großartiges. Und natürlich bist du unglaublich schön."

„Ich verdanke viel davon Therese. Ich bin dir so dankbar, dass du sie zu mir geschickt hast. Ich könnte nicht zufriedener sein."

„Ich wusste, dass sie genau richtig für dich sein würde, aber sie hat nur deine Haare frisiert - was sie sehr schön gemacht hat - aber sie ist nicht für dein wundervolles Aussehen verantwortlich."

„Du bist zu nett."

Ihre Unterhaltung wurde abgeschnitten, da die Kerzen gelöscht wurden und der Vorhang sich hob. Fasziniert, wie Emma war, ein echtes Stück von Shakespeare sehen zu können, war sie doch zu aufgeregt wegen *allem*, um den Worten der Schauspieler so genau zu folgen, wie sie es hätte tun sollen. Sie verbrachte mehr Zeit damit, das Publikum anzuschauen, all die schönen Kleider, von denen keines wie das andere aussah, zu bewundern.

Mit Ehrfurcht betrachtete sie das U-förmige Barocktheater, dessen hohe Wände von luxuriösen Logen umringt waren. Sie sahen aus wie vergoldete Taschen. Viele von ihnen waren von Adligen besetzt, von denen sie einige aus den Illustrationen der Zeitschriften erkannte, die Tante erhielt. Da war Lady Waverly in Türkis auf der anderen Seite und Emma war ziemlich sicher, dass der Herzog und die Herzogin von Gorham in einer der Logen saßen, die der Bühne gegenüber lagen.

Sie holte tief Luft, als ihr klar wurde, dass die berüchtigte Kurtisane Mary Steele (die so oft in Karikaturen der Presse zu sehen war, dass Emma sie erkennen konnte) in einer der Logen in den niedrigeren Rängen saß. Emma musste sie zehn Minuten lang angestarrt haben. Sie hätte nie gedacht, dass sie eine so skandalöse Frau je in Fleisch und Blut sehen würde. Was immer sie erwartet hatte zu sehen, dies nicht. Die Frau schien völlig normal. Wäre sie Emma auf der Straße begegnet, hätte Emma die eher unscheinbare Frau vermutlich kaum bemerkt.

Hatte sie gedacht, dass Mrs. Steele Hörner gewachsen wären, wie dem Teufel? Oder dass sie so unanständig gekleidet sein würde, dass man Körperteile sehen könnte, die nicht zu sehen sein sollten?

Emma fühlte sich weniger schuldig, weil sie das Stück nicht beachtete, als sie erkannte, dass die meisten von denen, die in den Logen saßen, auch in die anderen Logen gafften.

War es ihre Einbildung oder richteten viele ihre Augen - und ihre Operngläser - auf die Birmingham-Loge? Vermutlich, weil die Birmingham-Brüder so gut aussahen. Dann erinnerte sie sich an die Worte ihres Mannes, dass er von jedem Mann hier beneidet werden würde.

Diese Leute konnten doch nicht sie anschauen.

Oder doch?

Obwohl Adam gesagt hatte, dass sie wunderschön, ja perfekt wäre und Lady Sophia es auch gesagt hatte, und obwohl ihr Spiegel eine ungewöhnlich hübsche Frau gezeigt hatte, weigerte Emma sich zu glauben, dass irgendjemand von diesen Leuten sich für ein Nichts wie sie interessieren könnte.

Bevor Emma das große Glück gehabt hatte, Adam zu heiraten, wäre sie begeistert gewesen, nur dort unten am Boden in der Menge zu stehen. Selbst jetzt befürchtete sie immer noch insgeheim, dass man ihr sagen würde, alles wäre nur ein schrecklicher Fehler gewesen und sie müsste nach Upper Barrington zurückgehen.

Nach dem dritten Akt von *Richard III.*, der für ihren Geschmack viel zu düster war, wurden die Leuchter überall an den Wänden angezündet. Sie wandte sich zu ihrem Mann. „Aber es ist doch noch nicht zu Ende!"

Er lachte leise und zog sie an sich. „Ich vergaß, dass es in Upper Baddington kein Theater gibt. Jetzt ist Pause. Die Leute gehen während dieser Unterbrechung vor den beiden letzten Akten andere Logen besuchen oder Erfrischungen holen."

Sie warf ihm einen gespielt bösen Blick zu. „Barrington."

Er lachte wieder und stand dann auf. „Entschuldige mich, während ich Erfrischungen besorge."

* * *

Adam fühlte sich, als wäre er ein Mitglied der königlichen Familie, als er die Treppe hinabging und von der Hälfte der Männer, die er von White's kannte, überfallen wurde. Alle von ihnen wollten wissen, wer die hinreißende - und sie *verwendeten* das Wort *hinreißend* - Frau war, die er bei sich hatte. Er fühlte sich, als wäre er noch einen Kopf gewachsen.

„Meine Herren, ich muss Sie doch bitten, das Wort *hinreißend* nicht in Zusammenhang mit meiner Frau zu benutzen."

Sie schnappten nach Luft.

„Wir wussten nicht, dass Sie verheiratet sind", sagte Lord Tremayne.

William kam an seine Seite. „Gentlemen, mein Bruder ist frisch verheiratet."

„Die Birminghams haben alle ein Auge für das Exquisite", sagte Lord Ruggles.

Adam drehte sich dem Earl zu und verbeugte sich. „Ich danke Ihnen, Mylord. Ich betrachte mich selbst als sehr glücklich. Wenn Sie mich jetzt entschuldigen wollen, ich muss eine Erfrischung für meine Frau holen."

Nach dem Stück dauerte es ungefähr zehn Minuten, bis ihre Kutsche vorfuhr, was an der großen Zahl der Theaterbesucher lag, die in ihren eigenen Wagen kamen. Als sie in ihrer Kutsche saßen, sagte Emma: „Wie viel Glück wir hatten, dass wir nicht eine Stunde warten mussten. Sieh nur all die feinen Lords und Ladys, die noch immer warten!"

Er wagte nicht, ihr zu gestehen, dass er fürstlich dafür bezahlte, dass sein Kutscher einer der ersten in der Schlange war.

„Ich hatte recht, als ich vorhersagte, dass ich heute Abend der am meisten beneidete Mann im Theater sein würde."

Ihre Augen wurden groß. „Du kannst nicht meinen, dass die Leute mich tatsächlich bemerkt hätten?"

„Das kann ich ganz sicher. Sie haben dich bemerkt. Ich wurde fast von den Männern überfallen, die wissen wollten, wer die schöne Frau wäre, die heute Abend an meiner Seite saß."

Ihre Wimpern senkten sich. „Das sagst du nur, um mir zu schmeicheln."

Er hob ihr Kinn und musterte sie. „Ich sage das, weil es die Wahrheit ist. Und du warst die schönste Frau dort heute Abend."

Sie begann zu widersprechen, dass Lady Sophia weit schöner wäre - was der Wahrheit entsprach - aber dieses Mal, zum ersten Mal in ihrem Leben, wollte sie sich in der Wärme seines Lobes sonnen. Niemand in ihrem Leben hatte ihr je gesagt, dass sie hübsch wäre. An diesem Abend, als sie neben dem Mann saß, dem ihr Herz gehörte, wollte sie schön sein. „Danke", flüsterte sie.

„So, Liebes, war das dein erstes Theaterstück?"

Sie konnte ihr breites Lächeln nicht unterdrücken. „Das war es, und es war der aufregendste Abend meines Lebens."

Er lachte. „Ist dir aufgefallen, dass jeder Tag bisher *der aufregendste seit jeher* war? Wie schön es sein muss, die Welt so übertrieben zu sehen."

„Oh, aber es ist wahr." Sie zuckte die Achseln. „Ich weiß, dass es klingen muss, als ob ich ständig übertreibe."

„Es ist nichts Falsches daran, wenn man alles so positiv sieht", sagte er lächelnd. „Ich bin glücklich, dass du den Abend heute genossen hast. Ich möchte, dass London für dich aufregend ist."

„Ich hatte in meinem Leben nie Aufregung, und jetzt bin ich davon umgeben."

„Bis hin zu Mord."

„In gewisser Hinsicht ist auch das ziemlich aufregend. Ich wage zu behaupten, dass ich in Upper Barrington nie die Gelegenheit bekommen hätte, einen Mord aufzuklären."

Er lachte in sich hinein.

* * *

Als sie bei ihrem Haus in den Curzon Street ankamen, brachte er sie zu ihrem Schlafzimmer. Er hatte das Gefühl, als würde ihn der Rosenduft in eine aufblühende Zuneigung für dieses anziehende kleine Stück Weiblichkeit einhüllen, das er zu seiner Frau gemacht hatte. „Gute Nacht, Liebes." Er senkte seinen Kopf und drückte ihr einen leichten Kuss auf die Lippen. „Du bist wunderschön."

Als er den Kopf hob, wurden ihre Augen groß. Lieber Gott, hatte er sie erschreckt?

Was war in ihn gefahren? Er hatte nicht die Absicht gehabt, sie zu küssen. Es war ganz natürlich passiert, so wie man einen Hund tätschelte.

„Gute Nacht", gab sie zurück, ohne Ärger in ihrer Stimme.

Lange, nachdem er sich ausgezogen hatte, lange, nachdem die Kerzen schon gelöscht waren, erinnerte er sich noch immer an den großäugigen Blick, als er sie mit seinem unerwünschten Kuss schockiert hatte. Seine eigene Gedankenlosigkeit wurmte ihn.

Er schwor sich, dass er sich in Zukunft besser beherrschen würde.

Kapitel 12

„Madame, was ist geschehen, dass Sie so glücklich aussehen?", fragte Therese, als Emma ins Zimmer schwebte, ein verträumtes Lächeln auf ihrem Gesicht.

Emma ließ sich vor dem Schminktisch nieder. Sie konnte ihrer Zofe nicht gut sagen, dass sie glücklich war, weil ihr Mann sie gerade geküsst hatte. Sie wollte, dass die Diener glaubten, dass sie eine normale Ehe führten. „Das war der schönste Abend, den ich je erlebt habe."

„Und ich glaube, Madame wurde sehr bewundert, nicht wahr?" Therese begann, die Diamantnadeln aus Emmas Haar zu entfernen.

Emma nickte scheu. „Ich hasse es, mein Kleid auszuziehen. Ich habe mich die ganze Nacht wie eine … Prinzessin gefühlt."

„Sie sehen aus wie eine Prinzessin." Therese begann, das Haar ihrer Herrin auszubürsten. „Ach, aber Sie haben so viele andere schöne Kleider, die zu tragen Ihnen auch Freude machen wird. Sie werden immer schöner als all die anderen sein."

Als Therese mit dem Bürsten ihrer Haare fertig war, stand Emma auf und erlaubte ihrer Zofe, ihr beim Auskleiden und dann beim Ankleiden fürs Bett zu helfen.

Nachdem Therese gegangen war, vorsichtig das lavendelfarbene Kleid hinaustragend, kletterte Emma lächelnd auf ihr Bett; in ihr tanze noch immer die Fröhlichkeit des Abends. Vor allem aber wegen Adams Kuss. Es war das Schönste gewesen, was sie je erlebt hatte - ohne jede Übertreibung. Sie war auf diesen Kuss völlig unvorbereitet gewesen, und daher schockiert. Sie betete, dass ihre steife Reaktion ihn nicht abgestoßen hatte, denn sie wollte zu gerne eine neue Gelegenheit bekommen, ihn zu küssen.

Die Idee, dass er sie küsste, *musste* doch seine wachsende Zuneigung zu ihr zeigen, oder nicht? Es war jedenfalls der perfekte Höhepunkt eines perfekten Abends gewesen. (Sie sprach und dachte wirklich in Superlativen. Würde sie doch immer Grund dazu haben.)

Sie wünschte sich, dass sie ihn besser kennen würde, ihn besser einschätzen könnte. Es war ihr unmöglich gewesen, seine Reaktion auf ihren Kuss zu verstehen. Sie dachte vielleicht - obwohl er schwer zu verstehen war - er könnte ihn bereut haben. Auf der anderen Seite, direkt nach diesem Kuss, *hatte* er ihr gesagt, dass sie schön wäre.

Sie hätte zuvorkommender darauf reagieren sollen, hätte sich mehr beteiligen sollen. Sie war so elend unerfahren, dass sie nicht wusste, was man beim Küssen tat. Eines aber wusste sie genau: sie wollte, dass er sie wieder küsste. Hoffentlich würde ihre Reaktion ihm beim nächsten Mal besser gefallen.

* * *

„Wohin gehst du?", fragte ihr Mann am nächsten Morgen, als Emma die Treppe zu den oberen Stockwerken im Haus ihres Onkels hinaufzusteigen begann.

Sie drehte sich um und begegnete seinem Blick, einen ernsten Ausdruck auf ihrem Gesicht. „Ich wollte das Zimmer sehen, das für mich gedacht war."

Seine Haltung wurde weicher. „Ich komme mit dir."

Ihre Augen leuchteten auf und ihr Mund verzog sich zu einem Lächeln. „Du hast Angst, ich könnte mich wieder in Tränen auflösen."

„Ich hoffe doch sehr, dass du das nicht tun wirst." Er kam und bot ihr seinen Arm als Stütze. „Ich glaube, wir sollten uns auch im Schlafzimmer deines Onkels umsehen. Wir könnten dort etwas Nützliches finden."

„Sein Zimmer zu sehen, wird mich traurig machen."

Er bedeckte ihre Hand mit der seinen und nickte grimmig.

„Überlass das mir."

„Nein. Ich muss hineingehen."

Im zweiten Stock öffnete er die erste Tür. „Das muss das Schlafzimmer deines Onkels gewesen sein." Er durchquerte den dunklen Raum und öffnete die Vorhänge.

Onkel Simons Schlafzimmer war nüchtern für einen Mann, der wohlhabend genug war, in der Curzon Street zu leben. Es gab keine schönen Stoffe oder handgemalte Tapeten an den Wänden, die in einem Königsblau gestrichen waren, das zu seinem Bettüberwurf passte. Von einem goldenen Gesims hingen Vorhänge im gleichen Blau mit einem Muster aus goldfarbenen Diamanten.

Auf der Kaminumrandung aus feinem, cremefarbenen Marmor stand ein hölzerner Uhrkasten auf vier vergoldeten Füßen. Das war der einzige Schmuck im Raum.

Offensichtlich benutzte ihr Onkel das Zimmer nur zu seinem vorgesehenen Zweck. Sie war überrascht, dass es hier keinen Schreibtisch gab.

Das bedeutete, dass er alle seine Schreibarbeiten in der Bibliothek erledigt hatte.

„Ich bezweifle, dass es hier Hinweise gibt", sagte Adam.

Sie schüttelte traurig den Kopf. „Nichts, was irgendetwas über ihn als Menschen verraten würde."

Er kam und legte seinen Arm um sie. „Sein letzter Brief an dich verriet, was für ein Mensch er war. Edel."

Adams Worte waren tröstlich.

Das Zimmer neben Onkel Simons hätte ihres werden sollen. Sie öffnete die Vorhänge und das hellgelbe Zimmer wurde von Licht durchflutet. Dass das vergoldete, hohe Himmelbett aussah, als wäre es vor kurzem neu gekauft worden, berührte sie zutiefst. Hätte sie Adams Haus nie gesehen, hätte sie gedacht, dass dies das allerschönste Bett überhaupt wäre. Die Wände waren erst kürzlich in Kanariengelb gestrichen worden. Wenn sie tief einatmete, konnte sie noch die Farbe riechen.

Als sie den gelbseidenen Bettüberwurf anschaute, erkannte sie, dass er nicht nur neu, sondern auch von guter Qualität war. Keine falsche Seide. Mrs. Thornton würde so hübsche Sachen nur gekauft haben, wenn ihr Herr ihr das erlaubt hatte. Wie großzügig ihr lieber Onkel gewesen war.

Sie wandte sich ab und ging zur Tür. „Ich habe genug gesehen", sagte sie mit schwankender Stimme.

Wieder in der Bibliothek ihres Onkels angelangt, öffnete sie zunächst die Vorhänge, um mehr Licht zu haben, dann zeigte sie ihrem Mann den Lieblingssessel ihres Onkels. „Siehst du, wie abgenutzt das Polster ist?"

Er nickte. „Ich verstehe, wovon Mrs. Thornton sprach. Es sieht so aus, als wäre dieser Sessel der Platz, an dem er sich am wohlsten fühlte."

„Und da drüben ist das Glas ..." Ihr Mund blieb offen stehen. „Es ist weg!"

„Was ist weg?"

„Das Glas des Mörders!"

Er zog die Brauen zusammen. „Vielleicht hast du nur *gedacht*, dass du ein Glas hier gesehen hättest. Niemand sonst kann Zugang zum Haus gehabt haben."

Zorn stieg in ihr auf. „Ich bin sicher, dass hier neben dem Besuchersessel ein Glas stand." Ein kaltes Prickeln lief ihr den Rücken hinab. Ihr ängstlicher Blick schweifte durch die Bibliothek. „Er war hier."

Adams Blick verfinsterte sich. „Sawyer sagte tatsächlich, dass es für ihn so aussähe, als hätte sich jemand an der Tür zu schaffen gemacht, seit er sie letztes Mal geöffnet hatte."

Sie sank im Sessel ihres Onkels zusammen und griff sich an die Brust. „Lieber Gott. Das ist erschreckend." Das einzige, was sie davon abhielt, vor Furcht gelähmt zu sein, war die Anwesenheit ihres Mannes. Ihr entschlossener Blick fiel auf die große Stärke seiner in Stiefeln steckenden Füße, die so dicht bei ihr standen, und glitt seine langen, muskulösen Beine in feinem Wildleder bis zu seinem breitschultrigen Oberkörper hinauf. Er sah kraftvoller aus als der höchstdekorierte militärische Held. Obwohl er kein Schwert trug, fühlte sie sich vor jeder Gefahr gefeit, solange sie mit ihm zusammen war. *Mein Ehemann.* Instinktiv wusste sie, dass er sie immer beschützen würde. Seit jener ersten Nacht hatte er sich um sie gekümmert.

„Verzeih mir", sagte er. „Ich weiß, dass du ein Glas neben dem Besuchersessel gesehen hast, als wir das letzte Mal hier waren."

„Er muss sich daran erinnert haben und wieder hereingeschlichen sein, um es zu entfernen - und jedes Anzeichen dafür, dass mein Onkel an seinem letzten Abend einen Besucher hatte."

„Ich frage mich, ob es noch etwas gab, von dem er dachte, dass es ihn belasten könnte."

„Ich schätze, es könnte eine Nachricht oder ein Brief des Mörders da sein, mit dem Onkel Simon informiert wurde, dass er ihn an diesem Sonntagabend besuchen wollte."

Er warf ihr einen ernsten Blick zu. „Du kannst genauso gut seinen Namen sagen, Emma. Es gibt nur wenig Zweifel daran, dass James Ashburnham der Mörder ist."

Sie schauderte. „Es ist beunruhigend zu denken, dass wir mit einem so bösen Menschen in einem Zimmer gewesen sind. Du hast sogar mit ihm gesprochen."

Er nickte grimmig. „Ich schlage vor, dass wir aufhören, über Mord zu reden und versuchen, etwas zu finden, das uns hilft, Ashburnhams Schuld zu beweisen.

Sie gingen beide, um sich vor den Schreibtisch ihres Onkels zu stellen. „Da du letztes Mal oben auf dem Schreibtisch gesucht hast, fange ich jetzt dort an", sagte sie.

„Ich schaue mir dann die Schubfächer auf der rechten Seite an."

„Warte!" Sie griff nach einem einzelnen Blatt Papier. „Sieh dir das an! Es lag direkt oben auf Onkels Simons Kladde."

Sie lasen beide. *Ich würde Sie gerne am Sonntagabend in einer persönlichen Angelegenheit aufsuchen. —Faukes*

„War diese Nachricht hier, als wir zuletzt in der Bibliothek waren?"

Er schüttelte den Kopf. „Definitiv nicht."

„Dann hat Ashburnham sie gefälscht, um die Schuld auf den Geschäftspartner meines Onkels zu schieben." Was für ein teuflischer Plan.

„Wer könnte besser die Handschrift seiner Dienstherrn fälschen, als ein Mann, der als Schreiber bei ihnen arbeitet?" Er nahm die Nachricht und steckte sie in seine Tasche.

Sie schüttelte ernst ihren Kopf. „Wie kann jemand Menschen betrügen, mit denen er so eng zusammenarbeitet?"

„Wir werden nie die Gedanken eines Mörders nachvollziehen können."

„Es ist so unangenehm zu wissen, dass dieser Schurke hier gewesen ist."

Er nickte. „Hätte ich das geahnt, hätte ich das Haus bewachen lassen."

„Selbst, wenn wir ihn dabei erwischt hätten, würde es nichts bewiesen haben."

„Das ist wahr. Wir brauchen echte Beweise." Er öffnete die Schublade, die er gerade hatte untersuchen wollen.

Mit einem Seufzer schaute sie sich auf der Platte des Schreibtischs ihres Onkels um. Eine große, in Stoff eingebundene Kladde war das größte Objekt darauf. Sie begann, die Seiten durchzusehen. Ihr Onkel führte detailliert Buch über seine Haushaltsausgaben, trug jeden Penny ein, bis hin zu den vierteljährlichen Kosten für Kerzen. Ihre Brauen wanderten nach oben. Sie war sich nie klar darüber gewesen, wie teuer es war, ein Haus dieser Größe zu beleuchten. Seltsam fasziniert von dieser Kladde, ließ sie sich in den Schreibtischstuhl fallen, um sie zu studieren. Da waren Zahlungen für den Lebensmittelhändler, die Kohlen, den *Morning Chronicle*, der Zehnte für seine Kirche und kleinere Summen, von denen sie nie daran gedacht hätte, sie bei der Abrechnung zu berücksichtigen. Sie überflog ein Dutzend Seiten. Während sie seine sauberen Zahlen ansah und einen Einblick in sein anspruchsvolles Naturell gewann, fühlte sie sich ihm näher, verspürte aber Bitterkeit, weil sie ihn nie persönlich kennenlernen würde.

Da es für ihre gegenwärtige Durchsuchung nicht von Nutzen war, schloss sie das Buch zögernd wieder. Die Platte seines Schreibtischs war unordentlich. Es schien, dass ihr Onkel es schwierig fand, sich von Schriftstücken zu trennen, ob es die Rechnungen von Händlern waren oder zwei Monate alte Zeitungen. Diese verschiedenen Papiere waren nicht in ordentlichen Stapeln aufgeräumt. Hatte ihr Onkel sie so hinterlassen oder hatte der Mör... hatte James Ashburnham sie durcheinandergebracht, als er nach etwas suchte?

Daran zu denken, wie Ashburnham die persönlichen Papiere ihres Onkels durchsuchte, machte sie wütend. Fast lachte sie über sich selbst. Die Unterlagen ihres Onkels zu durchstöbern war nicht einmal einen Bruchteil so schlecht, wie vorsätzlicher Mord. Sie betete darum, dass der Mord an ihrem Onkel gerächt werden konnte.

„War dieser Schreibtisch so unordentlich an dem Tag, als du Mr. Wycliffs Adresse hier gefunden hast?", fragte sie.

Adam hielt bei seiner Durchsuchung der

zweiten Schublade inne und musterte den Schreibtisch. „Er war wirklich nicht ordentlich, aber es sieht so aus, als wäre jemand anders hier gewesen."

Dieses kalte Prickeln kehrte zurück und lief ihr den Rücken hinab. Die Bestätigung war kein Trost.

Sie holte tief Luft und setzte ihre Arbeit fort. Am liebsten hätte sie ein Stück Papier von Ashburnham gefunden, in dem er Onkel Simon um ein Gespräch am Sonntagabend bat. Ein einsamer Mann wie ihr Onkel hatte wenig persönliche Korrespondenz.

„Sieh dir das an", sagte Adam und überreichte ihr einen Stapel Briefe, der von einem Band zusammengehalten wurde. „Dein Onkel scheint jeden Brief aufgehoben zu haben, den du geschickt hast."

„Lass mich sehen." Mit einem Kloß im Hals blätterte sie die Briefe durch. Ganz unten lagen die, die sie als kleines Mädchen geschrieben hatte. Wie gerührt sie war, dass er jeden einzelnen aufgehoben hatte.

Mit feuchten Augen schaute sie hoch und begegnete Adams ernstem Blick. „Ich bitte dich, nicht wieder in Tränen auszubrechen", sagte er.

Trotz ihrer Traurigkeit musste sie lachen.

„Weißt du, Schatz, ich glaube nicht, dass wir etwas finden werden - nachdem wir jetzt wissen, dass Ashburnham hier gewesen ist. Alles, was seine Anwesenheit am Sonntag hätte beweisen können, ist vernichtet worden."

„Ich weiß, dass du recht hast, aber ich hasse es aufzugeben."

Er legte ihr die Hand auf die Schulter. „Wir geben nicht auf. Das schwöre ich dir."

Ihre Augen trafen sich. In diesem Moment erkannte sie, dass er wirklich alle ihre Probleme als seine betrachtete. Sie war fast überwältigt. Adam war der einzige Mensch, dem sie je so nahegestanden hatte. Sie hatte nicht die Kraft sich zu beherrschen und legte ihre Hand auf seinen Unterarm.

„Wir fahren als nächstes in die City. Meine Teelieferung ist angekommen", sagte er.

„Damit haben wir unser eigenes Beispiel für James Ashburnhams Handschrift."

* * *

„Ich bezweifele, dass je eine Dame einen Fuß in dieses Gebäude gesetzt hat", sagte Adam zu ihr, als seine Kutsche vor Nummer 23 Cheapstowe zum Halten kam. In einer zweifelhaften Straße des East Ends gelegen war es kein Ort, wo jemand von den Birminghams Geschäfte betrieb. Das Gebäude war eher eine Lagermöglichkeit für ihre Bauprojekte.

Er betrachtete das Gebäude mit neuen Augen und stellte fest, dass es etwas überholungsbedürftig war. Die roten Backsteine mussten hundert Jahre alt sein und die Mauern lehnten sich leicht zur rechten Seite. Ein frischer Anstrich war auch rund um die Traufe nötig. Er würde die Sache mit William besprechen, der - nachdem er nun verheiratet war - sich bei allen Angelegenheiten der Birminghams als Problemlöser betätigte. Lady Sophia hatte sich durchgesetzt und ihrem Mann verboten, illegale Unternehmungen durchzuführen, die ihn ins Gefängnis bringen könnten - oder ins Grab.

Der alte Riley ließ sie in das schlecht beleuchtete Lagerhaus. „Die Lieferung, die gestern noch spät eintraf, ist dort drüben, Sir."

Zum Glück war weit oben ein Fenster in den Obergaden, durch das Licht auf den Stapel Kisten fiel. Adam bat Riley um ein Messer. Dann schnitt er sauber das Feld mit der Adresse aus der obersten Kiste aus. „Das ist alles, was ich im Moment brauche. Nehmen Sie eine Kiste Tee für sich und Ihre Frau mit."

Riley riss die Augen auf. „Eine Kiste dieser Größe wird uns für den Rest unseres Lebens reichen!"

Adam lachte in sich hinein, als er fortging und seiner Frau den Arm bot. „Wir fahren jetzt zu Mr. Emmott zurück. Vielleicht hat er schon eine Meinung von seinem Handschriftexperten erhalten."

„Und jetzt wirst du den Experten brauchen, damit er sich dies ansieht."

Er klopfte auf seine Tasche. „Das, und die Nachricht, die angeblich von Harold Faukes geschickt wurde."

„Solltest du nicht etwas von Mr. Faukes Geschriebenes haben, um es zu vergleichen?"

„Ein großartiger Vorschlag, Liebes. Wir werden zuerst zur Ceylon-Tee-Gesellschaft fahren."

Sie schnappte nach Luft. „Ich weiß nicht, ob ich es ertragen kann, in der Nähe dieses schrecklichen Mörders zu sein."

„Ich weiß, Liebste. Aber er weiß nicht, dass wir es wissen." Er drückte ihre Hand. „Du hast keinen Grund, dich zu fürchten, wenn ich bei dir bin. Ich werde dich immer beschützen."

„Ich weiß", flüsterte sie.

Kapitel 13

Emma war so verängstigt bei der Vorstellung, sich James Ashburnham wieder gegenüber zu sehen, dass sie, als die Kutsche vor der Ceylon-Tee-Gesellschaft hielt, es nicht über sich brachte, auszusteigen.

Adam wandte sich ihr zu, nahm ihre beiden Hände und sprach mit sanfter Stimme zu ihr. „Ich schwöre, ich würde mein Leben opfern, bevor ich dir von irgendjemandem Schaden zufügen ließe."

Welche Frau hätte von einem solchen Versprechen unberührt bleiben können? Sie nickte und er half ihr aus der Kutsche. Adam an ihrer Seite zu haben, als sie bei der Teegesellschaft eintraten, ließ sie sich unbesiegbar fühlen - aber es bereitete ihr noch immer Unbehagen, so nahe beim Mörder ihres Onkels sein zu müssen.

„Ich weiß, dass du nervös bist," sagte er, „aber zwinge dich dazu, dich normal zu benehmen. Beachte ihn nicht, wenn du willst, aber lass dir nichts anmerken."

Oben sah er Ashburnham an und sprach mit dem Selbstvertrauen eines Menschen, der zum Befehlen geboren wurde. „Adam Birmingham möchte Mr. Faukes sprechen." (Sie war so stolz auf ihren Mann.)

Der Schreiber nickte, verließ seinen Schreibtisch und ging in das Büro seines Dienstherrn, wobei er diesmal die Tür offen ließ.

Sekunden später kam er heraus, während sein Dienstherr zur Tür kam, um seinen Besuch zu begrüßen. „Kommen Sie doch herein, Mr. und Mrs. Birmingham."

Adam achtete darauf, die Tür zu schließen, bevor er sich auf das Sofa setzte.

„Was kann ich heute für Sie tun?"

Adam zeigte die Nachricht vor. „Haben Sie das an Mr. Hastings geschickt?", fragte er mit gesenkter Stimme.

Faukes kniff die Augen zusammen, nahm eine Brille aus seiner Tasche und las den Brief, zwischen seinen Brauen entstand eine Falte, als er die Stirn runzelte. „Das habe ich noch nie gesehen, nie geschickt - obwohl es aussieht wie meine Handschrift."

Adam legte seinen Finger auf die Lippen und warf einen Blick in Richtung Tür.

Faukes nickte und senkte die Stimme. „Nicht nur habe ich das nicht geschrieben, ich bin auch nie in Simons Haus gewesen. Dazu bestand keine Notwendigkeit. Wir sahen uns an jedem Tag, sechs Tage die Woche."

Er untersuchte den Brief noch einmal und schüttelte seinen Kopf. „Wie zum Teufel könnte jemand meine Handschrift so genau nachahmen? Es sei denn ..." Sein Blick huschte zur Tür zum Vorzimmer, aber er klappte seinen Mund zu und sprach nicht weiter.

„Unterschreibt Mr. Ashburnham manchmal mit Ihrem Namen, wenn Sie beschäftigt sind - oder nicht im Büro?", fragte Adam.

„Das tut er in der Tat."

„Hat er gewöhnlich auch Mr. Hastings Unterschrift nachgemacht?"

Faukes nickte. „Wir vertrauten ihm beide. Er

arbeitet seit zehn Jahren hier. Es hat nie auch nur ein Penny gefehlt."

„Ich verstehe. Es ist unbedingt notwendig, Angestellte zu haben, denen man vertrauen kann."

„Lieber Gott!", rief Faukes aus. „War dieser Sonntag der Abend, an dem Simon starb?"

Adam und Emma nickten beide ernst.

Faukes erbleichte. „Wurde Simon ermordet?"

Adam legte erneut seinen Finger auf den Mund und sprach in heiserem Flüsterton. „Wir glauben, dass das der Fall sein könnte."

„Und der Mörder hat versucht, einen Beweis zu hinterlassen, der mich mit hineinzieht?"

„Wir glauben das, ja", antwortete Adam.

„Ich war es nicht", sagte Mr. Faukes. „Simon war mein Freund."

„Wir glauben nicht, dass Sie es waren", beruhigte Emma ihn.

Über Mr. Faukes Gesicht legte sich ein zorniger Ausdruck. „Dieser Mistkerl von einem Schreiber! Ich kann ihn nicht einmal entlassen, da er jetzt hälftiger Eigentümer ist!" Er musterte Emma und sprach flehend. „Sie müssen das Testament anfechten."

„Das haben wir bereits", sagte sie.

Faukes schloss die Augen, als litte er unter Schmerzen. „Wie soll ich mit jemandem arbeiten, von dem ich weiß, dass er ein Mörder ist, weiß, dass er meinen besten Freund umgebracht hat?"

Adam sprach mit leiser Stimme weiter. „Sie müssen vorgeben, nichts zu wissen, dass Sie keinen Verdacht haben."

Mit einem gequälten Ausdruck auf seinem Gesicht nickte Faukes. „Gibt es irgendetwas, womit ich Ihnen bei dieser scheußlichen

Angelegenheit behilflich sein kann?"

„Können Sie mir sagen, ob Ashburnham der Einzige im Geschäft ist, der die Lieferetiketten beschriftet?" fragte Adam.

„Ja, er ist der Einzige."

Adam stand auf. „Wir wollten sehen, ob wir jetzt das Büro des Onkels meiner Frau durchsuchen können."

„Sie könnten sich keinen besseren Zeitpunkt ausgesucht haben. Ashburnham will morgen in Simons Büro umziehen."

„Ich vermute, dass er schon alles vernichtet hat, was auf seine Schuld deuten könnte", flüsterte Emma, „aber wir möchten gerne nachsehen."

Faukes schrieb die Adresse seiner Privatwohnung auf ein Stück Papier und reichte es Emma. „Wenn Sie mich je außerhalb des Geschäfts erreichen müssen."

Als sie sein Büro verließen, erklärte Adam Ashburnham: „Meine Frau würde gerne ihre Briefe und andere persönliche Gegenstände aus dem Büro ihres Onkels mitnehmen, wenn Sie keine Einwände haben, Mr. Ashburnham."

„Bitte sehr", sagte er. Was aus seiner Stimme nicht an Boshaftigkeit auszumachen war, lag in seinem Blick.

Ein kalter Schauer rann Emma den Rücken hinunter, als sie sich schnell von der eisigen Nähe des Mannes abwandte.

Das Büro ihres Onkels war erheblich ordentlicher als seine Bibliothek. Alle seine Unterlagen befanden sich auf dem großen Schreibtisch, der dicht bei dem hohen Fenster stand. „Soll ich oben anfangen, während du in den Schubladen nachsiehst?", fragte sie.

„Wir benehmen uns wie ein lange verheiratetes Paar und können sozusagen gegenseitig Gedanken lesen."

Lächelnd warf sie ihm einen Blick zu. Ihre Augen versanken ineinander. In seinem Blick lag eine solche Wärme, dass sie einen Moment lang ihre Augen nicht abwenden konnte. Ihr Mann hatte die Kraft, sie mit einer Wärme zu erfüllen, die die eisige Kälte Ashburnhams auslöschte.

Sie blätterte einen Stapel Lieferscheine auf Onkels Tisch durch. Es gab Tabellen von Lieferdaten und -zeiten, jede von einer anderen Reederei. Ein anderer Stapel enthielt Rechnungen von verschiedenen Kaufleuten, angefangen von einer Zinnmiene in Cornwall bis zu einem Papierhändler in London.

Auf der anderen Ecke des Schreibtischs lag ein Haufen Briefe an verschiedene Lebensmittelhändler, Gasthäuser und Hotelbesitzer, die versuchten, Bestellungen für die Ceylon-Tee-Gesellschaft zu arrangieren, alle Briefe warteten noch auf Hastings Unterschrift. Ein elegant in Leder gebundenes Adressbuch enthielt Adressen aller Geschäftspartner ihres Onkels. Alle Eintragungen zeigten die unverwechselbare Handschrift ihres Onkels. Sie freute sich, auch ihre Adresse in Upper Barrington dort zu sehen, aber es stimmte sie auch traurig.

Es betrübte sie ebenfalls, sein Siegel direkt neben dem roten Wachs zu sehen.

Als sie fertig war, wandte sie sich an ihren Mann. „Hier ist nichts. Brauchst du Hilfe?"

Er war damit beschäftigt, ein kleines Buch zu lesen - viel kleiner als seine Hände - und beachtete sie nicht.

„Was ist das?"

Seine Lider hoben sich und er legte seinen Zeigefinger auf den Mund. „Ein Terminkalender."

„Und was steht für letzten Sonntag darin?"

Ihre Blicke trafen sich. „Die Seite wurde herausgerissen."

Ihr Herz raste. Sie fühlte sich verletzt. „Wir müssen hier weg, sofort." Wenn sie nicht gleich hier herauskäme, fürchtete sie, sich übergeben zu müssen.

* * *

Adam hatte sie nie zuvor so gesehen. Er zog die Vorhänge in der Kutsche zu und nahm sie in den Arm. Sie zitterte heftig. „Ist schon gut."

„Ich kann n-n-nie wieder dorthin gehen."

„Ich verspreche dir, dass ich dich nicht dazu zwingen werde." Er hob ihr Kinn an. „Was habe ich dir vorhin gesagt, Emma?"

„Du hast geschworen, dass du nie zulassen würdest, dass mir jemand schadet."

Er zog sie fester an sich und hüllte sie in seiner Umarmung ein. Er wollte, dass sie sich sicher fühlte. Obwohl sein Handeln durch das Bedürfnis geleitet war, sie zu beschützen, kam er sich vor wie ein Betrüger. Denn er war es, der sich zutiefst bewegt fand von dem Gefühl ihres schlanken Körpers in seinen Armen. Es war kein hilfloses Mädchen, das er hielt. Sie war eine Frau.

Eine begehrenswerte Frau.

Um seiner inneren Ruhe willen war er froh, dass die Fahrt zu Emmotts Büro nur kurz war. Als die Kutsche anhielt, lockerte er seine Umarmung. „Bei Mr. Emmott gibt es nichts, wovor du dich fürchten müsstest, Liebes."

Ihm fiel plötzlich auf, dass Emma ihm sehr lieb geworden war. Nicht in der gleichen Weise wie Maria. Völlig anders.

In Emmotts Büro erhielten sie willkommene Neuigkeiten. „Mein Handschriftenexperte wird bezeugen, dass das Testament eine Fälschung ist. Obwohl es eine sehr gute Fälschung war, vor allem die Unterschrift des Verstorbenen, sagt er, dass er die *Unterlängen* zeigen kann, die Buchstaben, die unter die Schriftlinie gehen, die sich deutlich von denen Mr. Hastings unterscheiden. Er sagte, es wäre unmöglich, dass Mr. Hastings dieses Testament geschrieben hätte."

„Aber sagten Sie nicht, dass diese Art des Beweises im Gericht nicht zulässig sein könnte?", fragte sie.

„Ich habe einen Plan. Ich werde Aussagen von einem halben Dutzend angesehener Persönlichkeiten sammeln, die die Glaubwürdigkeit unseres Experten bestätigen."

„Das klingt interessant, aber Sie werden mehr als das brauchen", sagte Adam.

Emmott musterte ihn. „Haben Sie etwas gefunden?"

Adam zuckte mit den Schultern. „Nicht wirklich." Er zog den gefälschten Brief von Faukes aus der Tasche, zusammen mit ein paar anderen Beispielen für Faukes Handschrift, und übergab ihn dem Anwalt. „Dies ist ein Brief, von der wir vermuten, dass er gefälscht ist. Mr. Faukes schwört, dass er ihn nicht geschrieben hat. Hier sind Beispiele für seine Handschrift." Adam erklärte den Hintergrund.

„Ich werde meinen Experten auch diese untersuchen lassen."

„Und", fügte Adam hinzu, indem er das Versandetikett der Ceylon-Tee-Gesellschaft vorlegte, „dies trägt die Handschrift des vermutlichen Fälschers. Schauen Sie, ob Ihr

Experte zwischen seiner Schrift und dem gefälschten Testament eine Verbindung herstellen kann."

* * *

„Wohin fahren wir als nächstes?", fragte sie.

„Ich werde dich bei Lady Fiona lassen. Sie möchte dir alles über Almack's erklären. Wir werden heute Abend dorthin gehen. Ich werde die Gelegenheit bekommen, meine schöne Frau vorzuführen."

Ihr Herz schlug laut. Sie war gleichzeitig aufgeregt und nervös. Adam erwartete, dass man sie in ihrem lavendelfarbenen Kleid und dem Bourbonenschmuck sehr bewundern würde, aber sie wusste, dass sie neben der schönen Lady Fiona und Lady Sophia wie eine Maus wirken würde - selbst mit ihrer atemberaubenden Amethysthalskette.

Trotz ihrer Bedenken war sie begeistert davon, zu einer der berühmten Gesellschaften bei Almack's zu gehen, über die sie so viel gehört hatte. Nur die hochrangigsten Mitglieder der Gesellschaft erhielten die begehrten Einladungskarten für den wöchentlichen Ball. Sie wäre sogar froh über die Gelegenheit gewesen, auch nur eine der Serviererinnen für den Punsch zu sein, um die *beau monde* anschauen zu dürfen.

„Und was wirst du heute Nachmittag tun?", fragte sie ihn.

„Ich werde meiner Bank einen längst fälligen Besuch abstatten."

„Es tut mir leid, dass du meinetwegen deine Pflichten vernachlässigt hast."

Er nahm ihre Hand und küsste sie. „Das muss dir nicht leidtun. Ich habe jeden Moment genossen."

* * *

Wie, fragte sie sich an diesem Abend, hatten die faden Gesellschaften, die sie früher besucht hatte, sie auf diesen Höhepunkt aller Gesellschaften vorbereitet - die in den hochgeschätzten Räumen von Almack's? Wenn sie zum Wetten neigen würde, hätte sie gewettet, dass jede Dame hier einen Tanzlehrer gehabt hatte. Da es weder in Upper Barrington noch in Lower Barrington Tanzlehrer gab, hatte ihre Cousine Annabelle, die Sir Arthurs Enkelin war und ihr Debut in der Londoner Gesellschaft gehabt hatte, Emma genug beigebracht, dass sie bei den Gesellschaften in Nottingham, der nächstgrößeren Stadt in der Nähe der Barringtons, eine sehr fesche Figur gemacht hatte.

Würden die Menschen hier ahnen, dass sie nur eine Betrügerin war? Auch, wenn sie eine Halskette anlegte, die von einer der großen königlichen Familien Europas stammte. Der liebe, liebe Adam wusste, wie unsicher sie sich fühlte und hatte versprochen, dass er sie sowohl für den ersten ländlichen Tanz wie auch den ersten Walzer auffordern würde.

Als sie den hell erleuchteten Ballsaal betraten, stellte Lady Sophia sie Lady Cowper und Lady Jersey vor. Emmas Herz klopfte so wild, dass sie befürchtete, die großen Damen der Londoner Gesellschaft könnten es hören. Seit sie denken konnte, hatte sie über Almack's und die aristokratische Patronessen gelesen, die jeden Bewerber so streng prüften wie ein Vater, der die Freier seiner Tochter begutachtet. Zu ihrem Erstaunen begrüßten die Patronessen sie mit freundlichem Lächeln und Komplimenten über ihre schöne Halskette. Sie hätte nie mit deren Herkunft geprahlt, aber Lady Sophia tat es. Selbst Lady Jersey, die vielleicht die reichste Erbin des Königreichs war, sprudelte vor Begeisterung darüber.

Sie fragte sich, ob sie ihnen Komplimente über ihre schönen Kleider und die funkelnden Diademe machen sollte, die sie trugen, aber sie war viel zu schüchtern.

Als das Orchester zu spielen begann, holte Adam sie für den ersten Tanz. Sie war erleichtert, denn selbst wenn sie einen falschen Schritt machte, würde er das verstehen. Er tadelte sie nie wegen ihrer einfachen Art. Obwohl sie zuerst nervös war, wuchs ihr Selbstvertrauen bald. Nicht nur das, sondern sie war auch außergewöhnlich stolz darauf, mit dem bestausehenden Mann unter den Anwesenden zu tanzen, außergewöhnlich stolz, seine Frau zu sein und außergewöhnlich stolz auf ihre eigene Erscheinung. Es wäre unmöglich gewesen, besser auszusehen, als sie es an diesem Abend tat. Sie hatte keine Illusion darüber, dass sie eine große Schönheit wäre (was Maria zweifellos war), aber sie war sich der Rolle einer begabten Friseurin, einer geschickten Schneiderin und nahezu unschätzbaren Schmucks bewusst, wenn es darum ging, die Illusion von Schönheit zu schaffen. Sie musste Adam für all dies danken.

Und für so viel mehr. Während sie tanzten, genoss sie ihr großes Glück. Wenn es nur einen Weg gäbe, ihm seine zahllosen Freundlichkeiten irgendwie zu vergelten. Für den Moment war alles, was sie tun konnte, aufzupassen, dass sie ihn nicht in Verlegenheit brachte.

Als sie einander in der langen Reihe

gegenüberstanden, während ein anderes Paar Tänzer ihre Schritte zwischen den beiden Reihen ausführten, war der Blick, der ihr Mann ihr zuwarf, genug, um ihr schwellendes Herz schmelzen zu lassen. In seinem warmen Blick lag solche Zärtlichkeit, dass sie sich in seine Arme werfen und ihn küssen wollte.

Nachdem die ersten beiden Tänze vorüber waren, versammelten sich die drei Birmingham-Brüder und ihre Frauen, um den berüchtigt dünnen Punsch bei Almack's zu trinken. Mit diesen neuen Verwandten zusammen zu sein, entschädigte sie für die Beklommenheit einer unvertrauten Situation. Nicht, dass ihre Nervosität ihre Freude in irgendeiner Weise gemindert hätte. Sie hatte nie gedacht, dass sie, die kleine Waise Emma aus Upper Barrington je in Almack's zwischen so vielen aristokratischen Matronen stehen würde, über die sie seit Jahren gelesen hatte. Nie hätte sie gedacht, dass sie so viele atemberaubende Kleider oder so viele fantastische Schmuckstücke sehen würde.

„Es ist offiziell", sagte Lady Fiona und schaute bewundernd zu ihrem Mann auf. „Nick hat seine Kandidatur für das Parlament eingereicht."

„Das sind großartige Neuigkeiten", sagte William.

Adam lächelte den Bruder an, der ihm so ähnlich sah. „Wir werden alles tun, was wir können, um dir zu helfen."

„Ich bin erfreut, dass ihr das sagt." Nicks Blick wanderte über seine Familie. „Ich muss später in dieser Woche zur Wahlkampagne nach Yorkshire und ich könnte etwas familiäre Unterstützung brauchen."

„Wir kommen", sagte Adam.

Emma hätte vor Freude jubeln können. Sie würde nach York kommen! Noch besser - ihr standen viele Tage mehr in seiner Nähe bevor.

„Ich denke, alle unsere schönen Frauen sollten auch mitkommen", sagte William. „Dann wird Nick mit Sicherheit gewinnen."

Lady Sophia nickte heftig. „Mein Bruder sagt mir, dass Wähler sich gerne mit den schönen Frauen von Kandidaten unterhalten - nicht, dass ich sagen will, dass ich schön bin, aber Lady Fiona und Emma sind es mit Sicherheit."

Wills Blick wurde weich, als er seine Frau musterte. „Jeder Mann mit Augen im Kopf würde wissen, dass ich das große Glück habe, die schönste Frau des Königreichs geheiratet zu haben …" Er hielt inne und sah zu Emma und Lady Fiona. „Ohne dabei eine der anderen schönen Damen, die anwesend sind, beleidigen zu wollen."

Alle lachten.

„Da es *deine* Wahlkampagne ist", sagte Adam zu Nick, „überlasse ich alle Arrangements für die Reise dir. Ich bringe natürlich meine Kutsche mit."

Nick stimmte zu. „Um Diener musst du dich nicht kümmern. Meine sind genug für uns sechs - deinen Kammerdiener und die Zofe ausgenommen."

„Es ist unsinnig, mit drei Kutschen zu fahren", sagte William. „Sophia und ich können bei einem von Euch mitfahren."

„Warum fahrt ihr dann nicht mit Adam und Emma?", schlug Lady Fiona vor. „Wir nehmen Emmie mit - sie will unbedingt das Baby ihrer Tante Verity sehen. Das liebe Kind nimmt mit seinen Puppen einen ganzen Sitz ein."

William schüttelte den Kopf. „Nein. Adam und Emma fahren mit mir."

„Ich hätte fast vergessen", sagte Lady Fiona mit einem leisen Lachen, „*wie* gut geeignet Wills Kutsche für lange Reisen ist."

Emma konnte kaum glauben, dass Williams Kutsche besser sein könnte als Adams. Keine konnte so bequem für eine lange Reise sein wie Adams.

Adam hob seine Brauen und richtete seine Bemerkungen an seine Frau. „Da mein jüngster Bruder glaubt, dass die Birminghams ein Ziel für Räuber sein könnten, reist er immer mit einem wahren Arsenal."

„Und", fügte Nick hinzu, „er weiß, wie man mit den Waffen umgeht."

Adam lachte leise. „Mama sagt immer, dass der Herr aus gutem Grund den jüngsten Sohn am zähesten mache."

„Wie viele Tage wird die Fahrt dauern?", fragte Emma.

„Wenn wir sehr früh losfahren", sagte Nick, „und wenn die Straßen gut sind und es nicht regnet, sollten wir in der Lage sein, die Fahrt in zwei sehr langen Tagen zu schaffen."

„Dann bleiben wir eine Nacht in einem Gasthof an der Straße?", fragte Lady Sophia.

Nick stimmte zu.

Es würde für Emma das erste Mal sein, dass sie in einem Gasthof übernachtete. Wie aufregend! Ihr Gesicht hellte sich auf, als sie zu ihrem Mann aufsah. „Dann lerne ich auch Verity kennen?"

Adam betrachtete sie liebevoll. „Und unsere Mutter."

Hatten ihre Abenteuer kein Ende? Wie aufregend, dass sie mehr von England sehen würde, als sie je erwartet hatte! Wie lustig es sein würde, in Williams schöner Kutsche zu reisen, vor allem mit ihrer wundervollen Schwägerin, Lady Sophia. Sie bewunderte auch William sehr. Wie aufgeregt sie war, dass sie Adams Schwester und seine Mutter kennenlernen würde.

Es würde noch aufregender werden, wenn das Orchester die nächsten Tänze anstimmte. Obwohl sie gedacht hatte, dass sie leider eher eine Zuschauerin als eine Teilnehmerin sein würde, entdeckte sie, dass sie von vielen der Herrn hier als interessant betrachtet wurde, wenn sie nach dem Strom der Männer zu urteilen hatte, die sie baten, mit ihr zu tanzen. So etwas war ihr noch nie vorgekommen. Zu dieser Verlegenheit kam noch hinzu, dass sie die Männer kaum unterscheiden konnte.

Adam erlöste sie aus diesem Dilemma. „Lord Drummond", sagte er zu dem ersten Mann, „ich würde Ihnen gerne meine Frau vorstellen."

Lord Drummond, der noch älter als Adam war, musterte sie. „Darf ich bitten, Mrs. Birmingham, dass Sie die Güte haben, mir diesen Tanz zu schenken."

* * *

Adam hatte keine Lust, mit einer anderen Frau als seiner eigenen zu tanzen. In der Tat war er dazu gezwungen, an der Wand zu stehen und zuzuschauen, wie sie mit Drummond tanzte. Er hätte stolz auf Emma sein sollen. Er wollte, dass sie in ihrer neuen Eleganz schön aussah. Aber er war nicht darauf gefasst gewesen, wie er sich fühlen würde, wenn andere Männer sich wegen *seiner* Frau zum Narren machten! Drummond war ein notorischer Frauenheld. Überhaupt nicht die Art Mann, die er in der Nähe seiner süßen jungen

Frau sehen wollte. Und Drummond war nicht der einzige. Mehrere bekannte Wüstlinge sabberten förmlich hinter Emma her, als wäre sie Frischfleisch. Er mochte die Art, wie die sogenannte Crème der feinen Gesellschaft ihre außerehelichen Affären pflegte, überhaupt nicht.

Jetzt gab es noch einen Grund, warum er auf ihr Wohlergehen achten musste.

Kapitel 14

Emma war am nächsten Morgen überrascht, als sie den Frühstücksraum betrat und Adam bereits dort vorfand. „Lieber Himmel, du warst wirklich als erster hier. Das ist etwas Neues!"

Er saß am Tisch, eine dampfende Tasse Kaffee in der Hand, einen Teller voller Toast vor sich, und betrachtete sie mit einem strengen Ausdruck.

Ihr Herz wurde schwer. Nach ihrem Erfolg am Vorabend hatte sie gehofft, dass er stolz auf sie sein würde.

„Ich muss heute in die Bank gehen."

War er deshalb so ernst? Bereute er es, dass sie den Tag nicht würden zusammen verbringen können? Sie holte sich selbst Kaffee von der Anrichte, bestrich einen Toast mit Butter und kam, um sich ihm gegenüber zu setzen. „Ich werde dich vermissen."

„Ich erwarte, dass du von Morgenbesuchern belagert werden wirst", sagte er mürrisch.

„Aber ich habe mit keiner Frau außer Lady Fiona und Lady Sophia gesprochen. Ich habe Lady Jersey und Lady Cowper begrüßt, aber ich glaube kaum, dass Frauen ihrer Stellung mir einen Besuch abstatten werden."

Er kniff leicht die Augen zusammen. „Ich spreche nicht über Frauen. Heute werden Männer kommen. Erwarte, auch einige Blumensträuße zu bekommen."

Ihre Augen wurden groß. „Das kann nicht dein

Ernst sein! Sie wissen alle, dass ich eine
verheiratete Frau bin."

„Das war für die Art, in der die Männer der
guten Gesellschaft flirten, noch nie ein Hindernis."

„Was kann ich tun, um solche Flirts
abzuschrecken?"

„Nichts. Aber ich muss dich warnen. Viele der
Männer, die gestern so begierig darauf waren, mit
dir zu tanzen, sind keine ehrenhaften Männer.
Wenn sie dich besuchen, musst du höflich zu
ihnen sein. Aber du darfst dir nie, niemals
erlauben, mit einem von ihnen alleine zu sein.
Niemals."

Sie war sprachlos. „Ich bin nicht ganz sicher,
ob ich verstehe, was du sagst, wovor du mich
warnst. Willst du sagen, dass die Lords des
Königreichs, die schöne Frauen und Familien
haben, versuchen würden, die Frau eines anderen
Mannes zu stehlen?"

„Nicht stehlen."

Zwischen ihren Brauen bildete sich eine Falte.
„Du meinst, sie würden es annehmbar finden,
sagen wir, im Hyde Park mit einer anderen Frau
als der eigenen spazieren zu fahren?"

Er räusperte sich. „Nichts so Öffentliches.
Tatsächlich prahlen einige dieser Männer, dass sie
mit verheirateten Frauen ... schlafen."

Sie konnte die Hitze in ihre Wangen steigen
fühlen. Ihr Mund wurde trocken. Ihre Augen
trafen die seinen. Obwohl er ihr Ehemann war,
machte es sie verlegen, mit ihm über ein so
privates Thema zu sprechen. Sie wollte sagen: ‚Es
gibt nur einen Mann, mit dem ich je das Bett
teilen würde, und das ist mein Ehemann.' Aber sie
war zu schüchtern dazu. Schließlich sagte sie:
„Sicher weißt du, dass ich nicht diese Art von

Frau bin."

Er nickte ernst. „Es ist nur so, dass viele Leute, vor allem solche, die nie in dieser glänzenden Gesellschaft gelebt haben, oft so beeindruckt in der Anwesenheit von altem Adel sind, dass sie mit Sachen einverstanden sind, die sie nie einem bloßen Mister erlauben würden."

Ihre Verlegenheit wandelte sich in Ärger. Sie stemmte die Hände in die Taille und schaute ihn böse an. „Ich mag nicht an feine Gesellschaft gewöhnt sein, aber ich bin weder dumm noch unmoralisch." Sie sprang von ihrem Stuhl auf und stürmte aus dem Zimmer.

In sich hineinfluchend eilte er ihr nach, wobei er seinen Stuhl umwarf. Er war schneller als sie. Als sie die Treppe halbwegs hinaufgelaufen war, stellte er sich ihr in den Weg und ergriff ihren Arm. „Verzeih' mir."

Sie wirbelte herum, um ihn anzusehen, ihre Augen blitzten noch vor Zorn.

Er ließ ihren Arm los. „Ich habe nie gedacht, dass du keine Moral hättest. Du hast nichts falsch gemacht. Es sind meine Gedanken, die sich auf dieses abscheuliche Thema eingelassen haben." Er holte tief Luft. „Ich ... ich habe mich über Drummonds Aufmerksamkeiten dir gegenüber geärgert. Ich war so stolz auf deine Schönheit ... bis mir klar wurde, dass andere Männer sich auch davon angezogen fühlen könnten." Er zuckte die Achseln und brachte ein schwaches Lächeln zustande. „Ich habe herausgefunden, dass es mir nicht gefallen würde, dich zu teilen."

Wäre sie nicht sicher gewesen, dass er Maria liebte, hätte sie gedacht, Adam müsste eifersüchtig sein. Bei dieser Vorstellung verrauchte ihr Ärger. Sie berührte seinen Arm. „Ich habe mich einem Mann versprochen, vor Gott, dem Pfarrer und deiner Familie. Nur einem Mann. Für immer und ewig.“

Seine schwarzen Augen waren unergründlich, als er sie ansah. Ein Muskel in seinem kantigen Gesicht zuckte. Er schluckte. Dann tat er etwas Merkwürdiges. Er hob ihre Hand und drückte einen Kuss darauf.

Ihr Herz wollte explodieren. Es war nicht der Kuss auf ihre Lippen, um den sie gebetet hatte, aber es war trotzdem wunderbar.

„Ich wünschte, ich müsste heute nicht wieder in die Bank gehen, aber da wir morgen nach Yorkshire reisen, muss ich einige Pflichten erledigen, bevor wir abfahren.“

Mit einem weichen Lächeln auf dem Gesicht nickte sie. „Wenn einer dieser schrecklichen Lords zu Besuch kommen sollten, werde ich vor ihnen das Lob meines Mannes singen.“

Er lächelte und bot ihr seinen Arm. „Bitte komm und frühstücke mit mir.“

* * *

Zu ihrem Erstaunen tauchte Lord Drummond bei ihr auf, nicht lange, nachdem Adam in die City gefahren war. Und ihr Mann hatte recht gehabt. Lord Drummond präsentierte ihr ein Bouquet aus Veilchen in schöner, weißer Spitze.

Morgenbesucher zu unterhalten war eine andere neue Erfahrung, auf die sie schlecht vorbereitet war. Was tat man da? „Bitte, nehmen Sie Platz, Mylord.“ Sie deutete auf einen schlankbeinigen, französischen Stuhl nahe dem seidenbezogenen Sofa, auf dem sie saß. Sie hatte keine Vorstellung, wie sie mit diesem Mann eine Unterhaltung beginnen sollte. Sie bewunderte ihn nicht im Geringsten, seit sie erfahren hatte, dass er seiner Frau untreu war. Sie hielt das Sträußchen in ihrer Hand. Wenn Studewood in den Raum kam, würde sie ihn bitten, dafür zu sorgen, dass es in Wasser gestellt würde. „Die Blumen sind wunderhübsch. Wie zuvorkommend von Ihnen." Ihrer Stimme fehlte die Aufrichtigkeit. Alles, woran sie denken konnte, war Adams Warnung, dass sie diesem Mann nicht erlauben sollte, mit ihr alleine zu sein. Würde dies als *alleine* angesehen werden? Das Haus war schließlich voller Diener.

Sie fühlte sich schon dadurch beschmutzt, dass sie im gleichen Zimmer saß wie er. Wie schade, dass sie Therese mit einer Besorgung weggeschickt hatte. Ansonsten hätte Therese im Zimmer bleiben können, um den Anstand zu wahren.

„Schöne Blumen für eine schöne Dame. Sagen Sie mir, Mrs. Birmingham, wie kommt es, dass ich Sie nie zuvor gesehen habe?"

„Ich habe mein ganzes Leben in einem kleinen Ort verbracht, Mylord."

Sein schwelender Blick wanderte lässig über ihren Körper und ruhte länger auf ihren Brüsten. „Birmingham ist überaus glücklich zu nennen, dass er Sie eingefangen hat, *bevor* Sie in die Gesellschaft kamen."

Dieser Richtung der Unterhaltung musste sie Einhalt gebieten. „Ich bin die Glückliche. Jede Minute des Tages bin ich mir bewusst, was für ein Segen es ist, dass mein lieber Mann mich als seine Frau erwählt hat."

Lord Drummond kniff leicht die Augen zusammen. „Gesprochen wie eine Braut."

Sie war dankbar, dass Studewood die Tür des

Raums offengelassen hatte. Sie schaute ständig dorthin in der Hoffnung, dass Studewood zurückkommen würde. Es wäre zu peinlich, wenn Adam erführe, dass sie mit diesem notorischen Wüstling alleine war. Schließlich ging sie zur Klingel hinüber und zog am Strang. „Ich fürchte, meine schönen Blumen werden verwelken, wenn wir sie nicht ins Wasser stellen."

Studewood kam sofort und sie bat ihn, sich um die Blumen zu kümmern. „Bringen Sie sie dann bitte zurück. Ich mag Veilchen so gerne." In Wirklichkeit zog sie Veilchen nicht anderen Blumen vor, aber je öfter sie nicht alleine mit Lord Drummond war, desto weniger aufgeregt würde sie sein. Und hoffentlich würde die Anwesenheit anderer seine unwillkommenen Avancen verhindern.

„Da Sie neu in London sind, Mr. Birmingham, wäre es mir ein großes Vergnügen, Sie in meiner Stadt herumzuführen."

„Wie überaus freundlich von Ihnen", sagte sie ohne Begeisterung, „aber wir bereiten uns auf eine Reise nach Yorkshire für die Wahlkampagne meines Schwagers Nicholas vor."

„Oh ja, ich hörte, dass er sich fürs Parlament hat aufstellen lassen. Ein Jammer, dass er sich den Whigs angeschlossen hat."

Sie griff hastig nach jedem Thema, das seine Gedanken davon ablenken würde, mit ihr alleine sein zu wollen. „Dann gehe ich davon aus, dass Sie ein Tory sind, Mylord?"

„Das bin ich in der Tat. Meine Familie hat immer auf Seiten der Torys gestanden. Diejenigen von uns, die unser Königshaus unterstützen, sind Torys."

„Die Tante, die mich aufgezogen hat,

bewunderte die Torys sehr."

„Eine intelligente Frau, mit Sicherheit."

Nachdem sie das Thema Parlament scheinbar erschöpfend besprochen hatten, saßen sie einen Moment schweigend da. Ihre Ohren spitzten sich, als sie dachte, dass sie eine Tür sich schließen hörte, gefolgt von Stimmen unten in der Eingangshalle.

„Ich denke, die schönste Frau, die gestern bei Almack's war, wird heute Hof halten", sagte er.

Sie schaute ihn fragend an. „Wen können Sie damit meinen, Mylord?"

Er lachte. „Sie, meine liebe Dame, waren die schönste Frau bei der Gesellschaft."

„Es ist sehr nett von Ihnen, das zu sagen, Mylord, aber ich muss ernsthaft widersprechen. Ihre Meinung wird davon beeinflusst, dass ich neu bin - und durch die schönen Kleider und Schmuckstücke, die das Vermögen meines Mannes mir erlaubt."

„Nicht wahr."

Schritte erklangen auf der Treppe und Sekunden später rauschte Lady Sophia, in weiches Rosa gekleidet, in den Raum. Ihr Blick blieb an Emmas Besucher hängen. „Lord Drummond, ich sehe, dass Sie Ihrem Ruf, sich bei ... frischen Schönheiten beliebt zu machen, alle Ehre machen."

Bevor er antworten konnte, ging sie auf Emma zu und küsste sie auf die Wange. „Wie schön du heute aussiehst, meine liebe Schwester."

Als sie sich neben Emma setzte, hätte Emma vor Dankbarkeit einen Kniefall vor ihr machen können.

„Ich bin angenehm überrascht, dich heute zu Hause anzutreffen. Adam hat dir jeden Moment seiner Zeit gewidmet, seit ihr geheiratet habt, um dir London zu zeigen." Lady Sophia musterte den Earl. „Ihr Mann ist in sie vernarrt."

Lord Drummond begegnete heiter Lady Sophias Blick. „Wie könnte man da nicht vernarrt sein?"

Lady Sophia wandte sich zu Emma. „Mir fiel heute Morgen noch dringend ein, dass du der Königin vorgestellt werden musst."

Emma wurde fast ohnmächtig. Konnte jemand, der nicht aus dem Hochadel stammte, überhaupt diese Ehre haben? „Bist du sicher, dass das etwas ist, was für mich möglich ist?"

„Ich wäre glücklich, Sie empfehlen zu dürfen", sagte Lord Drummond.

Lady Sophia sah ihn böse an. „Nicht notwendig, Mylord. Das hat mein Bruder schon getan. Ich komme gerade von ihm."

Die bloße Vorstellung, die Königin sehen zu können, vertrieb Emmas düstere Gedanken. „Ich könnte das lavendelfarbene Kleid tragen, das ich gestern anhatte!"

„Nein." Lady Sophia schüttelte den Kopf. „So schön, wie das Kleid ist, es ist nicht für den Hof geeignet. Kleider für den Hof sind … nun ja, altmodischer. Sie haben eher volle Röcke. Du solltest meines sehen. Es hat genug Stoff, um jedes Fenster in unserem Haus mit Vorhängen zu versehen."

„Du übertreibst sicher."

Lady Sophia lachte. „Ein wenig, aber ich denke, ich habe es gut erklärt."

Lord Drummond erhob sich. „Ich muss mich verabschieden, meine Damen. Es war mir ein Vergnügen." Er beugte sich für einen angedeuteten Kuss über ihre Hände und ging dann.

Als er fort war, flüsterte Emma ihrer Schwester ihren Dank zu. „Ich kann dir nicht sagen, wie sehr ich gebetet habe, dass mich noch jemand besuchen würde. Adam wollte nicht, dass ich mit diesem schrecklichen Mann alleine bin, aber ich wusste nicht, was ich tun sollte."

„Adam hat jedes Recht, über ihn verärgert zu sein. Drummond ist vermutlich der ehrloseste Mann von ganz London. Aber du hast nichts falsch gemacht. Hat er versucht, dich hier herauszuholen?"

„Er sagte, er wolle mir *seine* Stadt zeigen, aber ich habe ihm erzählt, dass wir uns auf unsere Reise nach Yorkshire vorbereiten."

„Das hast du gut gemacht. Konntest du dir ein Mittel ausdenken, um ihn zu entmutigen?"

Emma zuckte mit den Schultern. „Ich habe meinen Mann mit Lob überhäuft."

„Braves Mädchen." Lady Sophia seufzte. „Diese anderen Männer von Almack's letzte Nacht werden dich sicher heute auch besuchen. Wird dich das stören?"

„Oh ja. Es gibt nur einen Mann, mit dem ich zusammen sein möchte."

„Mit William und mir ist es genauso", sagte Lady Sophia mit weicher Stimme. „Warum gehen du und ich nicht aus und kümmern uns um dein Kleid für die Vorstellung bei Hof? Du gehst doch zu Madame De Guerney, nicht wahr?"

„Ja. Und du?"

„Nein."

Ein unbehagliches Schweigen folgte. Natürlich würde Lady Sophia wissen, dass Adam sie zu Madame De Guerney gebracht hatte, weil Maria ihre Kleider dort zu bestellen pflegte.

Zum ersten Mal in ihrem Leben wurde Emma

von Eifersucht zerfressen - auf eine Frau, die sie nie gesehen hatte.

Sie hätte der italienischen Opernsängerin dankbar sein müssen. Ihre Abweisung hatte Emmas Glück ermöglicht.

* * *

Lady Sophias weise Ratschläge bei Madame De Guerney waren sehr willkommen. Sie verbrachten eine Stunde dort damit, die Seide und alle Verzierungen für das Kleid zur Vorstellung bei Hof auszusuchen. „Ich hätte nie gewusst, was ich ohne dich hätte tun sollen", sagte Emma, als sie in Sophias Kutsche zurückfuhren.

„Es war mir ein Vergnügen. Ich liebe alles, was mit Mode zu tun hat."

Der Kutscher räusperte sich. „Ich dachte, Mylady, dass Sie wissen möchten, dass uns ein Mann zu Pferd folgt, seit wir Mr. Adams Haus verlassen haben."

„Wie eigenartig", sagte Lady Sophia. „Beobachte ihn während der Rückfahrt vorsichtig und lass uns wissen, wenn du ihn wiedersiehst."

„Hast du irgendeinen Grund anzunehmen, dass jemand dich verfolgen könnte?", fragte Lady Sophia Emma, sobald sie einander in der Kutsche gegenübersaßen.

Emma zuckte mit den Schultern. „Nein, aber ich sollte dir vermutlich erzählen - streng vertraulich - dass wir glauben, mein Onkel könnte ermordet worden sein."

„Lieber Gott, das ist ja schrecklich! Weißt du, wer der Mörder ist?"

„Wir denken, dass es der Mann ist, der als Erbe im Testament meines Onkels benannt ist - wir nehmen an, es ist gefälscht."

„Wie furchtbar, aber auch wie faszinierend!

Weiß er, dass ihr ihn verdächtigt?"

„Ich bin nicht sicher. Er weiß, dass ich das Testament angefochten habe, daher wird er vermutlich wissen, dass ich den Verdacht habe, dass es gefälscht ist. Da er nicht über besondere Intelligenz verfügt, ist es unwahrscheinlich, dass ihm klar ist, dass ich den starken Verdacht habe, dass mein Onkel ermordet wurde."

„Was für ein schlechter Mensch. Erlaubst du mir, diese Informationen an William weiterzugeben?"

„Aber natürlich. Es ist nur etwas, wovon wir derzeit nicht möchten, dass es weithin bekannt wird."

„Es ist genau das, was William schrecklich aufregend findet. Er liebt es, gefährlich zu leben."

„Das muss dir Angst machen."

„Das tut es, aber da wir Kinder haben möchten, weiß er, dass er aufhören muss, seinen Hals zu riskieren."

„Wie lange seid ihr schon verheiratet?"

„Sechs Monate. Ich habe die Hoffnung, dass du und ich zur gleichen Zeit guter Hoffnung sein werden. Wie viel Spaß das für die Cousins geben wird!"

Nichts hätte Emma glücklicher machen können, aber die bloße Erwähnung ließ sie in Trübsinn versinken. Wenn sie und Adam nur eine *normale* Ehe führen würden. „Das wäre wunderschön."

„Hat Adam dir schon einen eigenen Wagen gekauft?"

„Nein. Das war nicht nötig. Ich war so glücklich, jeden Tag mit ihm verbringen zu können, seit wir geheiratet haben."

Lady Sophia seufzte. „Adam muss zutiefst

verliebt sein."

„Ich wünschte, ich könnte sagen, dass es meine Anwesenheit war, die uns so viel Zeit zusammen hat verbringen lassen, aber um ehrlich zu sein, er ist davon besessen, den Mörder meines Onkels vor Gericht zu bringen."

„Ein Wunder, dass Adam heute zur Bank gegangen ist."

„Da wir morgen nach Yorkshire abreisen, hat er viele Pflichten, die er nicht aufschieben konnte."

„Trotzdem, du hattest Glück, ihn so viel bei dir zu haben. Ich würde meine Tage lieber mit William verbringen, als bei Rundell und Bridges Schmuck zu kaufen."

„Ich fühle das gleiche bei Adam", sagte Emma, ihre Stimme kaum lauter als ein Flüstern.

Als sie in der Curzon Street ankamen, hielt sie an und sprach mit Sophias Kutscher. „Haben Sie den Mann mit dem Pferd wieder gesehen?"

„Nein, Madam."

Wie merkwürdig. Sie überlegte, ob sie es Adam erzählen sollte, aber entschied sich dagegen. Er könnte denken, dass Lord Drummond hinter ihr her wäre. Je weniger über ein solches Thema gesagt wurde, desto besser. Sie war geschmeichelt, dass Adam eifersüchtig schien, aber sie wollte nichts tun, was seinen Zorn wecken könnte.

Kapitel 15

Es war unmöglich, das Lächeln auf ihrem Gesicht zu unterdrücken. Emmas Reise nach Norden war tausendmal erfreulicher als ihre kürzliche Reise *von* Norden - und das war bisher das Aufregendste gewesen, was sie je unternommen hatte. Nicht, dass sie ihre erste Reise eigentlich aufregend gefunden hatte, da die Postkutsche zudem unbequem überfüllt gewesen war. Sie war gezwungen gewesen, ihren Sitz mit einem sehr fülligen Mann zu teilen, der anscheinend nicht gerne badete und dessen riesiger Bauch auf seinen Oberschenkeln ruhte. Ihre begierige Vorfreude auf London und alle seine Sehenswürdigkeiten hatten sie jedoch leicht für alle Unbequemlichkeiten der Reise entschädigt.

Die heutige Reise in Williams luxuriöser Kutsche jedoch war so angenehm, dass sie sich nicht nur der Kälte nicht bewusst war, sondern sie ertappte sich auch dabei, wie sie wünschte, dass sie Yorkshire nie erreichen würden. Mit Adam in einer Kutsche zu fahren, machte ihr immer Freude. Sie dachte, dass ihre tiefe Zufriedenheit vielleicht mehr mit der großen Nähe ihres Ehemannes zu tun hatte als mit der Bequemlichkeit des Wagens, obwohl sie zugeben musste, dass sie nie auf so bequemen Sitzen gesessen hatte wie auf den üppig mit Samt bezogenen der Birmingham-Kutschen. Wie es seine Gewohnheit geworden war, saß Adam neben ihr, ebenso wie William neben Lady Sophia ihnen gegenüber saß.

Es war auch tröstlich, dass sie und Adam in den nächsten Tagen jede Minute zusammen verbringen würden. Sie fragte sich flüchtig, ob es etwas gäbe, das sie tun könnte, um ihn Maria vergessen zu lassen, etwas, das sie tun konnte, um sein Herz zu gewinnen. Unerfahren, wie sie in Liebesdingen war, kam sie zu dem Schluss, dass sie unfähig war, sein Herz zu manipulieren. Das Einzige, was sie kontrollieren konnte, waren ihre eigenen Handlungen. Sie konnte angenehm sein, sich intelligent benehmen und versuchen, ihn nicht in Verlegenheit zu bringen.

Es war auch aufregend, zusammen mit Will und der schönen Lady Sophia zu reisen. Als Einzelkind hatte Emma sich immer Geschwister gewünscht. Und nun hatte sie sie. Sie schätzte ihre Schwägerinnen und Schwäger sehr und freute sich darüber, dass sie sie so herzlich in ihrer Familie willkommen geheißen hatten.

Sie war vor allem Lady Sophia dankbar für die vielen Dinge, mit denen sie ihr geholfen hatte. Und wie geehrt sie sich fühlte, jemanden von Lady Sophias gesellschaftlicher Stellung, unfehlbarem Geschmack und außerordentlicher Schönheit als ... Freundin zu haben. Adam hatte ihr erzählt, dass die Hälfte aller Lords des Königreichs sie um ihre Hand zur Ehe gebeten hatten, bevor sie Will heiratete.

Wann immer Emma in ihrer Nähe war, studierte sie jedes Accessoire, den Schnitt jeden Kleides, jede Nuance der seidigen Stimme der Lady. Emma konnte kaum ihren Blick von Williams schöner Frau abwenden. Heute trug Lady Sophia einen roten Samtumhang über einem elfenbeinfarbenen Reisekleid. Mit ihren dunklen Locken sah sie in Rot umwerfend aus.

„Wisst ihr, was William heute im *Morning Chronicle* gesehen hat?", fragte Lady Sophia.

Adam begegnete ihrem fröhlichen Blick. „Meinst du die Ankündigung von Nicks Kandidatur?"

Lady Sophia stampfte mit ihrem wohlbeschuhten Fuß auf. „Lieber Adam, du stiehlst mir meine Pointe!"

„Tut mir leid. Erlaube mir, noch einmal anzufangen. Bitte, Lady Sophia, erzähle uns doch, was William heute Morgen im *Chronicle* gefunden hat."

William lachte leise.

Lady Sophia richtete ihre Aufmerksamkeit auf Emma. „Der Artikel gab nicht nur bekannt, dass Nick für das Parlament kandidiert, sondern er zählte auch alle die Whig-Größen auf, die ihn unterstützt haben. Ganz London wird jetzt über unseren Nicholas Birmingham sprechen."

„Ich denke, es ist schön, dass all die prominenten Whigs ihn so begeistert gelobt haben", sagte Emma.

Adam nickte. „Ja, sowohl Mr. Lamb und Lord John Russel haben sich für ihn eingesetzt."

„Sie sind nicht nur mächtige Whigs", sagte William, „sie sind auch schlau. Sie sind sich Nicks Stärken sehr wohl bewusst - wie sie es auch sein sollten. Er wird ihnen große Vorteile verschaffen."

„Tiefe Taschen zu haben ist ebenfalls sehr nützlich", fügte Adam hinzu.

„Es ist ein Jammer, dass Frauen nicht wählen dürfen", sagte Lady Sophia.

Emma nickte lächelnd. „Ja, ein so gutaussehender Mann würde dann sicher gewinnen.“

Sie hob dann den Vorhang, um aus ihrem Fenster zu sehen. „Welches Glück wir haben, dass die Straßen so gut sind. Kein Regen. Keine drohenden Wolken am Himmel.“

Lady Sophia zog eine Grimasse und rutschte näher zu ihrem Mann. „Nur stürmische Winde und bittere Kälte.“

„Wir werden vermutlich nur eine Nacht in einem Gasthaus verbringen müssen“, sagte Adam.

Ihr Herzschlag beschleunigte sich. Adam hatte ihr gesagt, dass er und Emma, wie Nick und William mit ihren Frauen, ein Schlafzimmer teilen würden. „Ich gebe dir mein Wort, dass ich mich wie ein Gentleman benehmen werde“, hatte er geschworen.

Sie wollte nicht, dass er sich wie ein Gentleman benähme; sie wollte, dass er ein Liebhaber wäre. Aber sie war viel zu schüchtern, um ihre tiefste Sehnsucht in Worte zu fassen. Nicht nur das, sie fürchtete, nachdem er bei der zweifellos üppigen Maria gelegen hatte, würde er sich nie zu einer Frau wie ihr hingezogen fühlen. Emmas neue Pracht war alles, was sie davor bewahrte, wie ein Mädchen auszusehen, das kaum alt genug war, um das Schulzimmer zu verlassen. Trotzdem erfüllte die Vorstellung, im selben Bett zu schlafen wie er, sie mit einem Gefühl von Glückseligkeit.

William hatte an diesem Tag seine Frau schon mehrfach mit Isadore angeredet. Beim vierten Mal brachte Emma den Mut auf zu fragen: „Bitte, William, warum nennst du Lady Sophia Isadore?“

Lady Sophias dunkle Augen trafen die ihres Mannes und beide lachten. „Das kommt davon, dass dieses kleine Luder, als ich sie kennenlernte, mir nichts als Lügen erzählte - vor allem über ihren Namen."

Emmas Augen wurden groß. „Sie hat dir erzählt, ihr Name wäre Isadore?"

„Ja", sagte Lady Sophia.

„Mir hatte man gesagt, eine schöne Frau namens Isadore würde mit mir Kontakt aufnehmen, und als diese ..." - Williams glühender Blick fing den Blick seiner Frau ein - „dieses angeblich leichte Mädchen zu mir kam und sagte, sie hätte auf mich gewartet, dachte ich natürlich, sie müsste Isadore sein."

„Mein Mann wollte sich mit dieser Frau wegen illegaler Geschäfte treffen, daher kann man nur raten, was für eine Art von Frau die echte Isadore war."

Adam wandte sich an Emma, um es ihr besser zu erklären. „Bevor Lady Sophia unseren Bruder zähmte, war er nie glücklich, solange er nicht ein Gesetz brach oder sich selbst in Gefahr brachte."

„Mein schlimmstes Verbrechen war es, illegal Goldbarren ins Land zu schmuggeln - eine Angewohnheit, die ich seither aufgegeben habe."

Emma wusste nicht, was sie sagen sollten. Sie richtete ihre Aufmerksamkeit auf Lady Sophia. „Wie lange hast du vorgetäuscht, Isadore zu sein?"

„Ein paar Wochen."

„Und", fügte William hinzu, „sie wies ihre Zofe an, sich als ihre stumme Schwester auszugeben."

Lady Sophia zuckte die Achseln. „Wenn sie den Mund aufgemacht hätte, wäre ihm klar geworden, dass sie nicht meine Schwester sein konnte. Deshalb habe ich sie gezwungen, die Stumme zu spielen. Es war wirklich klug von mir, meine ältere Schwester die ganze Zeit bei mir zu haben, um mich vor diesem skrupellosen Mann zu beschützen."

William nahm die Hand seiner Frau. „Selbst als ich sie noch für eine zweifelhafte Dame hielt, habe ich mich doch in Isadore verliebt."

„Ich finde, das ist sehr romantisch", sagte Emma. Sie erinnerte sich, dass Adam ihr erzählt hatte, dass zwei seiner Geschwister sich in Angehörige adliger Familien verliebt hatten, ohne ihre wahre Identität zu kennen. „Adam erzählte mir, dass Verity sich auch in Lord Agar verliebte, ohne zu wissen, wer er war."

Lady Sophia seufzte. „Und sie sind noch immer so verliebt. Du wirst Gelegenheit haben, das selbst zu erleben."

„Ich freue mich schon sehr darauf."

„Hast du Adam von deiner Vorstellung bei Hof erzählt?", fragte Lady Sophia.

Emma drehte sich zu ihrem Mann. „Wusstest du, dass Lord Devere meine Vorstellung arrangiert hat?"

„Das ist wunderbar."

„Und Lady Sophia war so freundlich, mich zu Madame De Guerney mitzunehmen, damit sie mein Kleid nähen kann. Ich hoffe, das ist dir recht."

Er lachte leise, als er seinen Arm um sie legte und sie dichter an sich zog. „Du weißt doch, dass ich dir nichts abschlagen kann, Liebes."

Lady Sophia verdrehte die Augen. „Ehrlich, Adam, du bist ebenso vernarrt wie Lord Agar in Verity."

„Er und ich haben unglaubliches Glück", sagte Adam.

Wenn er das doch nur ernst meinte.

„Emmas Kleid auszuwählen, bewahrte deine liebe Frau davor, diese unangenehmen Besucher wie Lord Drummond unterhalten zu müssen."

Adam setzte sich auf. Er zog die Brauen zusammen. „Ist Drummond gekommen?", fragte er Emma mit eisiger Stimme.

Sie nickte ernst.

„Du musst nicht befürchten", sagte Lady Sophia, „dass Emma, nur, weil sie mit der Lebensweise der guten Gesellschaft nicht vertraut ist, Drummonds Aufmerksamkeiten ermutigen würde. Sie konnte den schrecklichen Mann kaum ertragen und war gerade nur höflich zu ihm. Wir konnten nicht schnell genug nach draußen kommen. Das Letzte, was deine Frau wünschte, war, mit lüsternen Männern dieser Art beisammen zu sein."

„Also warst du da?", fragte er Lady Sophia.

„Ja. Und ich habe betont, wie sehr ihr beide euch liebt."

Emma fühlte, wie ihre Wangen brannten.

Er nahm Emmas Hand und sprach sanft zu ihr. „Ich bin froh, dass Lady Sophia und du einen Weg gefunden habt, euch aus der Gesellschaft dieses Mannes zu befreien."

Sie lächelte. „Ich werde sehr ärgerlich über diese Bank werden. Ich hätte lieber *dich* Tag und Nacht bei mir."

„Du wirst lernen müssen - wie Lady Fiona es musste - dass du deinen Mann mit einer Geliebten teilen musst. Einer Geliebten, die ein Backsteinhaus ist", sagte Will.

„Ich kann es kaum erwarten, Lady Fiona mein Leid zu klagen." Emma fragte sich, ob Adam erkennen würde, dass sie die Wahrheit sagte, oder würde er meinen, dass sie nur schauspielerte, um die anderen davon zu überzeugen, dass sie eine normale Ehe führten?

„So dankbar ich bin, dass Lady Sophia dich zu

Madame De Guerney mitgenommen hat, sehe ich, dass es Zeit ist, dass du deinen eigenen Wagen bekommst, mein Liebes."

Sie schmollte. „Ich würde es bei weitem vorziehen, wenn du mich überall hin begleiten würdest, wo ich hingehen möchte." Sie war fast sicher, dass ihr Mann glauben würde, dass sie die hingebungsvolle Frau spielte. Er ahnte ja nicht, dass sie wirklich eine hingebungsvolle Frau war.

Er drückte ihre Hand und sie dachte, ihr Herz würde explodieren. „So gerne ich das würde, du weißt, dass unsere gemeinsame Zeit während des Tages bald ein Ende haben wird." Adam musste das, was er für ihre Schauspielerei hielt, nachzuahmen versuchen.

Sobald die Angelegenheit mit dem Tod ihres Onkels erledigt war, würde Adam nie wieder seine Tage mit ihr verbringen. Würde der aufregendste Teil ihres Lebens vorüber sein, bevor sie einundzwanzig war? Das war ein bitterer Gedanke.

* * *

So sehr er es genoss, die Kutsche mit Lady Sophia und William zu teilen, war er doch glücklich, als ihnen der Gesprächsstoff ausging und sich eine friedliche Ruhe über ihnen ausbreitete. Lady Sophia gab schließlich dem unwillkürlichen Senken ihrer Lider nach, legte ihren Kopf an Williams Schulter und schlief, den Arm ihres Mannes um ihre Schultern, ein.

Adam fühlte sich seltsam gedrängt, seinen Arm wieder um Emma zu legen. Wie konnte so ein kleines Frauchen einen so großen Kerl wie ihn mit einer solchen Welle von Emotionen überwältigen? Seit dem Moment, wo sie sich kennengelernt hatten, verspürte er das Bedürfnis, sich um sie zu kümmern. Aber jetzt beherrschten ihn diese Beschützergefühle, so, wie er früher von Marias Sinnlichkeit beherrscht worden war.

Wenn er jedoch Emmas schlanken Körper festhielt, begehrte er sie inzwischen ebenso, wie er Maria begehrt hatte - und doch war es etwas ganz anderes.

Was er für Maria empfunden hatte, war rein körperlich gewesen. Was er für Emma fühlte, war rein. Die eigene Frau war ein völlig anderes Wesen als eine Geliebte.

Aber natürlich würde er Maria bis zu seinem letzten Atemzug lieben. Diese Gefühle, die Emma bei ihm auslöste, waren nur eine Reaktion auf sein Verlangen nach Maria.

Er sah zärtlich zu, wie Emmas Lider schwer wurden. Das war alles, was es brauchte. Er zog sie an sich und ertappte sich dabei, wie er sanfte Küsse auf ihren Kopf drückte. Bald schlief sie.

Es fühlte sich so gut an, sie im Arm zu halten.

Er war der einzige in der Kutsche, der noch wach war. Nachdem der Nachmittag zum Abend geworden war und die Räder der Kutsche weiter über die Straße nach Norden rumpelten, wurde die Luft in der Kutsche kühl. Er fragte sich, wie lange sie noch fahren würden. Sie saßen seit vierzehn Stunden in der Kutsche, mit nur kurzen Pausen.

Seine Frage wurde bald beantwortet, als ihre Kutsche neben Nicks hielt und der Kutscher die Information weitergab, dass sie im nächsten Dorf anhalten würden, wo es einen passenden Gasthof gab.

Alle wurden wach und setzten sich auf. Er war enttäuscht, das schöne Gefühl seiner jungen Frau in seinem Arm zu verlieren.

In weniger als zehn Minuten fuhr die Kutsche in den Hof der Poststation ein. Der Wind ließ das Aushängeschild für das „Goldene Vlies" hin und her schlagen. Er war besorgt, dass keine Räume verfügbar sein könnten, weil es so spät war, wurde aber angenehm überrascht, da nur zwei andere Kutschen vor ihnen angekommen waren.

* * *

In ihren zwanzig Jahren war Emma noch nie in einem Postgasthof gewesen, aber sie wollte ihre Reisegefährten nicht unbedingt das Ausmaß ihrer Unerfahrenheit wissen lassen. Wie es sich traf, hatte sie wenig Gelegenheit, die öffentlichen Bereiche des Gasthofes zu beobachten. Als Nicks Diener drei Zimmer für „feine Leute" beschafft hatte, wurden sie alle nach oben in ein großzügiges Wohnzimmer gebeten, das mit einem großen Eck-Schlafzimmer verbunden war. Sie erkannte schnell, dass sie an dem Tisch dieses Zimmers essen würden - weit weg von den Menschen unterer Klassen, die in der Gaststube unten aßen und tranken.

Wegen des Strohdachs, das den weißgetünchten Gasthof krönte, hatte Emma sich vorgestellt, dass die Zimmer niedrige Kaninchenlöcher wären, aber das war nicht der Fall. Obwohl die Decken niedriger hingen, als sie es gewöhnt war, waren diese beiden Räume außergewöhnlich groß. Flackernde Feuer in den Kaminen wärmten sie bereits.

Als sie Umhänge und Hüte noch nicht einmal abgelegt hatten, brachten zwei junge Zimmermädchen warmes Ale und eine Kanne heißen Tee. Dieselben Mädchen kamen mit Tellern, Besteck und heißen Speisen zurück, bevor die sechs ihre Plätze rund um den Tisch eingenommen hatten.

Emma sah zu, als die ausgehungerten Birmingham-Brüder ihr Lammfleisch in Angriff nahmen. Alle waren so mit Essen beschäftigt, dass niemand während der ersten fünf Minuten des Essens sprach. Es war fast acht Stunden her, dass sie zuletzt gegessen hatten.

Emma schaute in das angrenzende Schlafzimmer und erstarrte. Lady Fionas Zofe bedeckte das große Himmelbett im Zimmer mit dem feinsten Leinen ihrer Herrin.

War es ein riesiger *faux pas*, wenn jemand von Stand vergaß, seine eigenen Laken mitzubringen? Ihr Magen verknotete sich. Sie verlor völlig ihren Appetit. Wie gedemütigt sie vor ihrem Mann sein würde, wenn er erfuhr, dass sie wegen ihrer Unfähigkeit gezwungen sein würden, auf minderwertiger Bettwäsche zu schlafen. Lieber Gott, was, wenn sie nicht sauber war? Sie wollte im Erdboden versinken.

Flüchtig hoffte sie, dass ihre eigene Zofe dafür gesorgt haben würde, dass frische Leintücher aus Beständen der Birminghams auf dem Bett aufgezogen würden, in dem sie und Adam (ein Gedanke, der ein rasendes Flattern ihres Herzens auslöste) schlafen würden. Aber die liebe Therese war ebenso ein Neuling in den Häusern der Reichen wie Emma selbst.

Erst, als Adam seinen Teller leer gegessen hatte, bemerkte er, dass sie ihr Essen nicht anrührte. „Magst du das Essen nicht, Liebes?"

Sie hob die Schultern. „Es ist nichts falsch daran. Ich scheine nur meinen Appetit verloren zu haben."

„Ich wage zu behaupten, dass unsere Emma, so klein sie ist, keine großen Mengen Nahrung braucht", sagte Lady Fiona.

„Sie isst gewöhnlich mehr als dies", blaffte Adam. „Geht es dir nicht gut, meine Liebste?"

Sie war über seine Besorgnis gerührt. *Das wird vermutlich das letzte Mal sein* - wenn ihre Unzulänglichkeiten sich erst wie Holz auf einem Scheiterhaufen sammeln würden. Es war nur eine Frage der Zeit, bevor er beginnen würde, sie zu verabscheuen und diese Ehe mit jedem seiner Atemzüge zu bereuen.

„Vielleicht hat sie ein wenig Reisekrankheit", vermutete Nick.

William schüttelte den Kopf. „Es ging ihr während der Fahrt gut."

„Ja", stimmte Lady Sophia zu. „Ihre Farbe war gut."

Warum sprach jeder über sie, als wäre sie nicht anwesend?

Adam schaute sie ständig an, die Sorge stand ihm auf das schöne Gesicht geschrieben.

Sie konnte kaum den Grund ihres Missmuts erklären. Wie ihre eigene Unwissenheit alles ruinierte. Die Familienzusammenkunft in der Gemütlichkeit des Gasthofs, auf die sie sich so gefreut hatte, verwandelte sich plötzlich in einen Alptraum. Jetzt war alles, was sie wollte, sich von dem zurückzuziehen, was sicher missbilligende Blicke waren.

Ich gehöre nicht hierher. Die Worte summten durch ihren Kopf wie Teile eines Lieblingslieds. So nett diese Menschen auch waren, mussten sie sie doch peinlich finden.

Sie schaute Adam an. „Ich denke, ich sollte in … unser Zimmer gehen."

Er sprang auf. „Ich komme mit dir."

Sie schüttelte den Kopf. „Ich kann es alleine

finden."

„Ob du das kannst oder nicht, ich komme mit."
Er ergriff ihren Arm.

Als er sie durch den engen, mit Holz belegten
Flur führte, zitterte sie und in ihren Augen
sammelten sich Tränen. Sie sollte es besser
gestehen, bevor er ihr unverzeihliches Versäumnis
entdeckte. Sie hielt unter dem Wandleuchter an,
sah ihm aber nicht ins Gesicht. Sie wollte nicht,
dass er sah, wie nass ihre Augen waren. „Ich
muss dich warnen, dass ich kläglich versagt
habe."

„Worin hast du denn versagt, meine liebe
Frau?"

„Ich wusste nicht, dass man Leintücher
mitbringen muss. Ich habe nie in einem Gasthof
übernachtet. Bis zu diesem Monat bin ich nie
irgendwohin gereist. Ich bin elend unfähig, deine
Frau zu sein, und ich könnte verstehen, wenn du
…"

Er begann zu lachen.

„Bitte, Sir, was erheitert dich so?"

„Meine Allerliebste, du wirst unser Bett mit den
besten Leintüchern ausgestattet finden, die man
kaufen kann."

„Aber …"

„Reisevorbereitungen sind nicht die Aufgabe
der Hausherrin. Für so etwas haben wir erfahrene
Dienstboten. Mein Kammerdiener hat sich um
alles gekümmert. Er hat auch deine Zofe unter
seine Fittiche genommen, um ihr zu erklären, wie
alles in einem Haushalt wie unserem läuft."

Alle Spannung in ihrem Körper löste sich. Sie
kicherte. „Du kannst dir nicht vorstellen, wie
unglücklich ich war, als ich Lady Fionas Zofe beim
Bettenmachen sah. Ich war völlig sicher, dass

meine Unwissenheit für dich fürchterlich peinlich werden würde."

Er hob ihr Kinn und lächelte. „Das niemals."

Sie gingen weiter zu ihrem Zimmer. Es waren tatsächlich zwei kleine, miteinander verbundene Zimmer, wie Nicks und Lady Fionas, nur kleiner. Ein loderndes Holzfeuer war im Kamin angezündet worden, und Therese war dabei, eine Kerze auf dem Nachttisch im angrenzenden Raum aufzustellen. Ein schneller Blick dorthin bestätigte, dass frische Bettwäsche hoher Qualität auf dem Himmelbett aufgezogen worden war.

„Es ist so schön, das brennende Holz zu riechen, nach der scheußlichen Kohle in London", sagte er.

„Holzfeuer sind das einzige aus Upper Barrington, das ich vermisse."

Er gähnte. „Ich bin eigentlich glücklich, dass du vor den anderen zu Bett gehen wolltest. Ich fühle mich so erschöpft wie jemand, der den ganzen Tag Holz gehackt hat."

Sie begann zu kichern. „Wann, mein lieber Mann, hast du je Holz gehackt?"

Ein schräges Grinsen glitt über sein Gesicht. „Ich glaube, niemals."

„Ich verstehe aber, was du meinst. Den ganzen Tag in einer Kutsche zu sitzen, ist sehr ermüdend."

„Ich lasse dich allein, um deiner Zofe zu erlauben, dich zum Schlafengehen fertig zu machen. Erwarte mich in zehn Minuten zurück. Bereit zum Schlafen."

Ihr Herz raste, als sie ihn fortgehen sah.

Kapitel 16

„Welches würdest du tragen, wenn du für deinen Mann hinreißend aussehen wolltest - wenn du einen Ehemann hättest?", fragte Emma Therese.

Ihre Zofe warf ein weiches, wollenes Nachthemd beiseite, ging direkt zu Emmas neuer, eleganter Reisetasche und zog ein Nachthemd aus schneeweißem Leinen, dünn und zart wie Gaze, heraus. „In diesem hier werden Sie wunderschön sein, Madame, und Mr. Birmingham wird von Ihrer Schönheit überwältigt sein."

Sie übertrieb offensichtlich, um ihrer Herrin zu gefallen. Emma holte tief Luft. Sie bebte noch in der Vorfreude, dieses Zimmer mit Adam zu teilen. „Dann hilf mir bitte, blendend auszusehen." *Wie schade, dass ich nie so begehrenswert sein werde wie Maria.*

Nachdem sie sich zum Schlafen umgezogen hatte und Therese gegangen war, kletterte Emma in ihr Bett und vergrub sich unter den Decken. Trotz des Feuers, das das Zimmer wärmte, bot der dünne Leinenstoff nur wenig Schutz vor der Kälte, die durch das Fenster mit den vielen Scheiben in den Raum kroch.

Sie würde die Kerze nicht ausblasen. Wenn er ins Bett gekommen war, konnte er das tun. *In ihr Bett.* Der bloße Gedanke daran war berauschender als französischer Champagner. Ihre Brüste fühlten sich schwer an und in ihrem

Unterleib fühlte sie ein leises Kribbeln - fremde, aber doch überraschend angenehme Gefühle.

Sollte sie ihn fröhlich begrüßen, wenn er ins Zimmer kam? Oder sollte sie vortäuschen, schon zu schlafen? Weil er ihr sein Wort gegeben hatte, wusste sie, dass er heute Nacht keine Intimitäten beabsichtigte.

Würde sie es schaffen, in ihm leidenschaftliche Gefühle zu erwecken? Sie lachte bitter auf. Jemand, der so jung aussah wie sie, konnte kaum leidenschaftliche Gefühle in einem Mann erwecken, der daran gewöhnt war, mit einer ... erfahrenen Geliebten zu schlafen.

Adam würde ihr sicher nur eine gute Nacht wünschen, sich umdrehen und einschlafen. Sie lächelte, wenn sie an jene erste Nacht dachte, als er auf dem Sessel ihres Zimmers zusammengefallen und in einen alkoholbedingten Schlaf gefallen war. Sie konnte sein Schnarchen noch hören.

In jener ersten Nacht hatte das Schnarchen eines Mannes sie schockiert. Jetzt sehnte sie sich danach, es wieder zu hören.

Ihr Herz hämmerte, als sie die Schritte eines Mannes den Flur entlang kommen hörte. Sie hielten vor ihrer Tür. Er betrat das Wohnzimmer, versuchte leise aufzutreten, als er ins Schlafzimmer kam.

Sie setzte sich auf.

„Oh, du bist noch wach."

Sie kicherte. „Es waren doch nur zehn Minuten! Ich bin nicht fähig, sofort einzuschlafen - wie jemand anders, den ich zufällig kenne."

Er kam zur anderen Seite ihres Betts, setzte sich mit dem Rücken zu ihr hin und begann, seine Stiefel auszuziehen. „Wirst du dich immer an mich als an diesen dummen, sinnlos betrunkenen Kerl erinnern?"

„Aber natürlich. Er war sehr nett zu mir."

„Ich hätte deinen guten Ruf sehr böse beschädigen können."

„Man hat nur einen Ruf, wenn man Leute kennt. Ich kannte in London keine Menschenseele."

„Du hättest es dir nie erlaubt, in deiner Anonymität deine Moral zu lockern, noch hätte ich das zugelassen." Er stand auf. „Ich werde die Kerze ausblasen, meine Hosen ausziehen und ins Bett steigen."

* * *

Sie hatte teilweise recht gehabt mit seiner Fähigkeit, sofort einzuschlafen. Normalerweise fiel er - auch ohne Branntwein - Sekunden, nachdem er sich hingelegt hatte, in den Schlaf. Aber nicht an diesem Abend. Er drehte ihr den Rücken zu, im Versuch, ihre Wirkung auf ihn zu verringern. Denn trotz seines Schwurs dachte er ständig in der aufreizendsten Weise an sie.

Volle fünfzehn Minuten, nachdem er sich hingelegt hatte, flüsterte sie: „Du schläfst noch nicht?"

„Du auch nicht." Er stellte sich weiter ihre elfenbeinfarbenen Schultern vor und den Schatten ihrer Brustwarzen unter dem zarten Leinen ihres Nachthemds. Wie lieblich hatte sie im trüben Licht der einzigen Kerze im Raum ausgesehen. Er wollte sie küssen. Er wollte ihre Brüste in seinen Händen wiegen. Er wollte sich selbst in ihr spüren.

„Ich weiß, dass es für einen erfahrenen Mann wie dich nicht aufregend ist, aber ich bin so aufgeregt darüber, das Bett mit meinem Mann zu teilen, dass ich nicht einschlafen kann."

„Bitte, was ist so aufregend?"

Sie seufzte. „Die Nähe, denke ich. Ich bin noch nie so dicht bei jemand anderem gewesen wie jetzt bei dir. Würde es dir viel ausmachen, wenn ich sagte, dass du mein bester Freund bist?"

Die Vorstellung erwärmte ihn ähnlich wie das Streicheln seiner Mutter, als er ein krankes Kind war. Er konnte nicht umhin, sich daran zu erinnern, wie Nick ihm erzählt hatte, dass Lady Fiona seine beste Freundin ebenso wie seine Geliebte wäre, und William ihm dann dasselbe gesagt hatte.

„Natürlich macht mir das nichts aus. Ich bin geschmeichelt." Schade, dass er ihr nicht sagen konnte, dass er das gleiche fühlte. Die Tatsache war, dass er nur in einer eher väterlichen Art an sie gedacht hatte. Aber in diesen letzten beiden Tagen war sie für ihn viel weniger ein Kind und viel mehr eine Frau geworden.

Und sie war zum Gegenstand seines Verlangens geworden.

Seine gegenwärtige Erregung war der Beweis dafür. Seine Begierde nach ihr pochte in seinem Körper. Aber es war eine Begierde, die er nicht ausleben würde. Er täuschte ein Gähnen vor.

„Gute Nacht, mein Liebster", sagte sie.

Gott, wie sehr er sie in seine Arme ziehen wollte. „Gute Nacht, Liebes."

Es dauerte viele Stunden, bis er einschlief. Da ihre Atemzüge sich nie änderten, wusste er, dass auch sie nicht fähig war zu schlafen.

Am Morgen würde sie beide sich todmüde fühlen.

* * *

Nick hatte ihnen am Abend zuvor mitgeteilt,

dass sie den Gasthof bei Sonnenaufgang verlassen würden. Emma war nicht die einzige, die ihr Gähnen unterdrücken musste, als die Kutsche durch die trübe Morgendämmerung raste. Sie war sich wohl bewusst, dass Adam auch Schwierigkeiten gehabt hatte, einzuschlafen. Anders als sie, deren Gedanken sich alle um ihn gedreht hatten, war er vermutlich besorgt gewesen, wie es seiner Bank ohne ihn ergehen würde.

Obwohl sie erschöpft gewesen war und sich die ganze Nacht nach Schlaf gesehnt hatte, würde sie diese Nacht gerne wiederholt haben, um noch einmal das gemütliche Schlafzimmer mit Adam zu teilen. Wie glücklich verheiratete Paare waren, die jede Nacht mit ihrem Liebsten schlafen konnten.

Es entging ihrer Aufmerksamkeit nicht, dass Lady Sophias Hand, heute in rote Handschuhe gehüllt, in Williams lag. Sie sahen beide so völlig zufrieden aus.

„Wie viele Nächte werden wir bei Lord und Lady Agar bleiben?", fragte Emma.

William zog die Brauen zusammen. „Du wusstest das nicht?"

„Was?"

„Nick hat beschlossen, dass er nicht lange der Börse fernbleiben kann", sagte William.

Sie fragte sich, wie er es schaffen würde, an den Sitzungen des Parlaments teilzunehmen, aber Adam hatte gesagt, dass diese gewöhnlich nicht vor vier Uhr nachmittags begannen. „Die Aristokraten, habe ich gehört, stehen selten vor Mittag auf", sagte er ihr. Sie fand, schlafen wäre eine schreckliche Verschwendung von Tageslicht.

Adam berührte ihren Unterarm. „Ich hoffe, dass du nicht zu enttäuscht bist."

„Auch, wenn ich enttäuscht *bin*, bin ich doch dankbar, dass ich deine Mutter und Verity kennenlernen kann." Emma kniff leicht die Augen zusammen. Sie schaute ihren Mann an. „Ich werde sie als Lady Agar anstatt Verity ansprechen müssen, nicht wahr? Wie nennt ihr Jungs eure Schwester?"

„Verity", sagten beide gleichzeitig.

„Sagt ihr nie zu anderen Leuten, *meine Schwester, Lady Agar*?", fragte Emma.

Beide Brüder lachten. „Es klingt ... angeberisch, finde ich", sagte Adam. „Ich war nie jemand, der unbedingt Verbindungen zum Adel haben wollte." Er wandte sich an Lady Sophia. „Nicht, um abwertend über deinen Stand zu sprechen, meine Liebe. Ich bin sehr glücklich, mit dir verwandt zu sein."

Lady Sophia begann zu kichern.

„Ich stelle mir Verity so vor, wie Lady Fiona und Lady Sophia", sagte Emma. „Makelloser Geschmack und Manieren mit Anmut und Liebenswürdigkeit."

Die Blicke der beiden Brüder trafen sich. William hob eine Braue. „Meinst du, dass deine Frau falsch liegt?", fragte er Adam.

Adam nickte. „Mit Sicherheit. Verity ist ... Verity. Sie ist überhaupt nicht wie ihre Brüder."

Lady Sophia hob eine Hand. „Außer, dass sie den ebenso unfehlbaren Geschmack hat - wie alle Birmingham-Brüder."

„Das ist wahr", stimmte William zu. „Aber unsere Schwester ist schüchtern. Sie ist eine ungewöhnliche Frau, die sehr wenig spricht."

Lady Sophia versetzte ihrem Ehemann einen Rippenstoß.

„Und obwohl sie hübsch ist, immer schön

gekleidet und hoch intelligent, macht sie den Eindruck, dass es ihr an Selbstvertrauen mangelt", sagte Adam.

William nickte zu jedem Wort, das Adam sagte. „Du hast unsere Schwester genau beschrieben."

Emma verstand. Trotz aller Vorteile durch den Reichtum, in den sie hineingeboren war, fühlte Verity sich zwischen den Adligen nicht gleichwertig. Obwohl sie in ihre Klasse hineingeheiratet hatte.

„Die Agars und eure Mutter werden uns zu der Wahlversammlung begleiten?", fragte Emma.

„Ja. Verity ist ganz wild darauf, uns ihr Baby zu zeigen", sagte William.

„Und unsere Mutter, die nie etwas in Worte fasst oder Gefühle zeigt, würde die Gelegenheit, Nick auf einem Podium zu sehen, nicht verpassen wollen."

William stimmte Adam zu. „Sie würde nie darüber sprechen, wie stolz sie auf Nick ist, aber glaube nicht, dass sie das nicht ist! Ich habe immer gedacht, dass sie ihren Erstgeborenen ein wenig vorzieht."

„Das denke ich auch", sagte Adam, „aber sie würde das nie zugeben."

Lady Sophia lenkte ihre Aufmerksamkeit auf Emma. „Lass dich von der Kälte diese Frau nicht abschrecken. Sie ist einfach so."

Dieser Kommentar wurde mit noch mehr Nicken quittiert.

„Wir werden uns morgen früh in Stenson Keyes im Versammlungsraum treffen", sagte Will. „Mama und die Agars werden auch dorthin kommen. Für sie ist es nur eine Fahrt von zwei Stunden."

„Nick sagte, wir sollten es bis heute Abend um

neun zum Gasthof der Stadt schaffen - wenn die Straßen gut bleiben", fügte Lady Sophia hinzu.

Noch eine Nacht in einem Gasthof! Emma freute sich darauf.

* * *

Der Gasthof in Stenson Keyes war völlig anders als das „Goldene Vlies". Er war viel größer und neuer. Keine Fachwerkwände oder Strohdächer hier. Das U-förmige Gebäude aus grauem Stein bot einen großen Mietstall und der Wirtsbereich des „Blauen Hahns" umfasste mehrere Räume, jeder mit einem lodernden Holzfeuer.

Die erschöpften Reisenden verzehrten eine gute und reichliche Mahlzeit in ihrem privaten Wohnzimmer im Erdgeschoss, bevor sie die hölzerne Treppe zu ihren Zimmern hinaufstiegen. Zuerst kam Nicks und Fionas, dann Adams und Emmas und zuletzt Williams und Lady Sophias.

Da sie alle zur gleichen Zeit nach oben gekommen waren, wäre es unangenehm für Adam gewesen, zu zögern, bis seine Frau für die Nacht umgezogen war. Als sie ins Schlafzimmer kamen, entließ er Therese.

Als sie fort war, sagte er: „Ich werde mich umdrehen, während du dich fürs Bett fertigmachst." Er wandte sich dann ab und sah zu der Tür, durch die sie gerade hereingekommen waren.

Als Emma ihre Strümpfe auszog, sagte sie sich ständig, dass er nicht ihre nackten Beine oder sonst etwas Nacktes an ihr sehen würde, aber sie war trotzdem verlegen, sich nur wenige Fuß von einem Mann entfernt auszukleiden. Auch wenn dieser Mann ihr Ehemann war.

Außerdem war es furchtbar kalt.

Ihr Herz klopfte unregelmäßig und ein Schauer

durchfuhr sie wie Eiswasser, als ihr Kleid und ihr Unterhemd zu Boden fielen und sie nur in Korsett und Unterhosen dastand. Sie versuchte, das Korsett im Rücken aufzuschnüren, aber es war unmöglich. Was sollte sie tun?

Sie *könnte* Adam um Hilfe bitten. Es war nicht so, als ob er das noch nie getan hätte. Sie hätte wetten mögen, dass ihr Ehemann häufig Marias Kleider ausgezogen hatte. Der Gedanke, wie Adam ihre Kleider auszog, ließ Emmas Atem stoßweise gehen.

Bis Maria in ihren Gedanken auftauchte. Wie sie diese Frau verabscheute!

Sie fummelte an demselben Nachthemd herum, das sie in der Nacht zuvor getragen hatte. Sie versuchte, ihren Mut zusammenzunehmen, um Adam um Hilfe zu bitten.

„Warum zum Teufel brauchst du so lange?"

Sie räusperte sich. „Ich habe ein Problem."

„Oh Gott. Dein Korsett."

„Ja."

Jetzt räusperte er sich. „Ich kann dir helfen. Das muss dir nicht peinlich sein. Ich bleibe hinter dir. Ich werde nicht auf deine ..." Er unterbrach sich. „Ich werde nur hinter dir stehen und dein Korsett aufschnüren."

„Ich vertraue dir."

Er drehte sich um.

Ihre Blicke trafen sich. Sein Blick senkte sich und huschte über sie.

Sie errötete. In einer angenehmen Weise. So verlegen, wie sie war, fühlte sie sich doch weiblich, und das war mit Sicherheit wünschenswert.

Er riss seinen Blick los. „Gut, wenn du einfach umdrehst, werde ich meine Arbeit erledigen."

Sie dreht ihm den Rücken zu und er kam auf sie zu. Als die Schnüre sich lösten, wurde ihm plötzlich klar, dass ihre Brüste, wenn sie hieraus befreit würden, völlig bloß sein würden.

Wenn er vor ihr stünde.

Sie begann zu zittern.

Das Korsett sank nach unten. Ihre Brüste sprangen heraus. Sie schluckte.

„Das hätten wir." Er sprach, als hätte er nur seinen Hund gefüttert.

Wie konnte er so gelassen sein, während sie sich fühlte, als ob sie vor all diesen seltsamen, aber wundervollen Empfindungen, die sie zu überwältigen drohten, explodieren würde?

Ihre Hände zitterten, ihr Gesicht glühte, als sie sich schnell auszog, ihr Nachthemd ergriff und hineinschlüpfte. „Du kannst dich jetzt umdrehen."

Langsam wandte er sich um. Sein Blick huschte zu ihr, dann lenkte er seine Aufmerksamkeit auf die andere Seite des Betts von ihr weg. Er setzte sich auf das Bett, mit dem Rücken zu ihr, als er begann, seine Stiefel auszuziehen.

„Tragen Männer keine Nachthemden?", fragte sie.

Ein Stiefel schlug auf dem Holzboden auf. Er drehte sich zu ihr um. „Einige tun das. Meine Mutter zwang uns alle dazu, als wir noch Jungen waren, aber als wir älter wurden … nun, ich denke, Männer neigen dazu, dass ihnen unter den Decken heiß wird. Wir tragen … nicht viel."

„Wie letzte Nacht? Ich habe bemerkt, dass du nur deine Hosen anhattest. Kein Hemd. Ich hätte gefroren."

„Die Hosen waren deinetwegen."

„Ich versteh…" Sie unterbrach sich und ihre

Augen wurden groß. „Meinst du ...?"

„Dieses Thema eignet sich nicht für die Ohren eines jungen Mädchens."

Sie wollte herausschreien, dass sie eine Frau war, eine verheiratete Frau, aber sie war zu schüchtern. Sie schlüpfte unter die Decke.

Augenblicke später tat er das gleiche und löschte dabei die Kerze. „Heute Nacht werde ich wie tot schlafen."

„Es war sehr schwierig, bei der Fahrt in der Kutsche heute die Augen offenzuhalten", sagte sie. „Es schien, dass jede Umdrehung der Räder mich einschlafen lassen wollte."

„Das ging mir genauso. Heute Nacht werde ich kein Problem mit dem Einschlafen haben."

„Ich glaube, ich hätte gerne einen Gutenachtkuss von dir."

Er stöhnte. „Bestimmt nicht."

Seine Worte könnten sie zerstört haben, aber in seinem Ton lag eine Leichtigkeit, die sie überraschte. „Dann willst du nicht mein bester Freund sein."

„Beste Freunde küssen sich nicht."

„Was ist dann mit Ehefrauen?"

„Eigentlich bist du ja nicht wirklich ..."

„Deine Frau." Sie schmollte. „Ich verspreche, ich werde mir Mühe geben zu lernen, wie man gut küsst. Ich weiß, dass ich beim ersten Mal riesenhaft enttäuschend war."

„Ich möchte nicht über das Küssen reden. Ich möchte schlafen."

Seine Worte verletzten sie. Sie würde ihm nicht einmal gute Nacht sagen, wenn er ein solches Ungeheuer sein wollte.

* * *

Sie lag in tiefem Schlaf, als ein lautes Klopfen

sie weckte. Ihr Gehirn war zu umnebelt, um festzustellen, was für ein Geräusch es war oder woher es kam. Adam stieg fluchend aus ihrem Bett, stolperte zur Tür und riss sie auf.

Wer würde sie zu dieser Stunde stören? Sie saß kerzengerade in ihrem Bett auf und zog die Decke hoch, um ihre Schultern zu bedecken.

„Tut mir so leid, Sie zu stören, Sir", sagte eine Frau, „aber ein Gentleman in der Gaststube sagt, es wäre ungeheuer wichtig, dass er sofort mit Ihnen sprechen könnte."

„Sie müssen sich im Zimmer geirrt haben."

„Sind doch Mr. Birmingham? Mr. Adam Birmingham?"

„Das stimmt."

„Er sagt, er kommt aus London. 'was Wichtiges mit Ihrer Bank."

Adam fluchte wieder. „Bin gleich unten."

Danach zu urteilen, wie weit die Scheite in ihrem Kamin verbrannt waren, hätte sie geschätzt, dass es etwa Mitternacht war. Das Kerzenlicht flackerte über Adams schlanken Oberkörper, als er sein Hemd über den Kopf zog.

„Kann ich dir irgendwie helfen?", fragte sie.

„Nein. Versuche, weiterzuschlafen." Er setzte sich aufs Bett und unternahm den Versuch, seine Stiefel anzuziehen.

Sie stand auf, kam zu ihm, kniete sich auf den Boden vor ihrem Mann. „Hier, lass mich das machen."

Einen Moment später zog er seinen Rock über. Mit der Hand auf dem Türknauf drehte er sich wieder zu ihr um. „Bin gleich wieder da."

Sie war gerade wieder in ihr Bett geschlüpft, als die Tür zu ihrem Zimmer geöffnet wurde.

„Du warst aber schnell ..." Dann sah sie, dass

es nicht Adam war. Ein fremder Mann mit einer Klappe über dem linken Auge stürmte in ihr Zimmer.

„Sie sind im falschen Zimmer!"

Er schloss die Tür hinter sich und kam näher zu ihr. „Nein, bin ich nicht, Mrs. Birmingham."

Schrecken durchfuhr sie. Wollte der Mann sie vergewaltigen? Sie sprang aus dem Bett und ging rückwärts in die Ecke.

Nicht der klügste Schachzug.

Er kam immer näher. Dieser Mann war nicht groß wie Adam, aber überaus muskulös. Und bedrohlich. Und sie wusste nicht, wie sie sich gegen ihn schützen sollte. Wenn sie nur eine Waffe gehabt hätte.

Bis sie sich an den Rat des Bruders von Anne Fortescue erinnerte, wie man mit dem Knie in den Unterleib stößt, hatte der Mann mit der Augenklappe sie vollständig in die Ecke gedrängt. Kein Blatt hätte zwischen ihnen Platz gefunden. Ihr Herz raste in Panik, als sie sich gegen sein Bemühen wehrte, ihr ein großes Tuch um den Mund zu binden. Er wollte nicht, dass jemand sie schreien hörte. Ihre Kraft reichte gegen seine nicht aus. Ihre Schreie wurden erfolgreich erstickt.

Lieber Gott, will er mich umbringen? Sie erinnerte sich plötzlich an all diese Irren im verruchten London, von denen Tante Harriett ihr erzählt hatte. Sie dachte flüchtig an den Mann auf dem Pferd, der ihr an dem Tag gefolgt war, als sie zu Madame De Guerney gefahren waren. War er ihr nach Yorkshire gefolgt?

Der Mann hob ihren Körper vom Boden auf und warf sie über seine Schulter. Sie versuchte zu schreien, aber das Tuch dämpfte jedes ihrer

Geräusche. Hatte Adam nicht gesagt, er würde gleich zurück sein? Sie betete, dass er durch die Tür kommen und sie retten würde.

„Ich bring' dich hier raus, noch bevor dein Mann da 'was merkt und wiederkommt."

Kapitel 17

Wo zum Teufel war der Mann, der ihn sprechen wollte? Adam ging von einem der Zimmer im Erdgeschoss zum nächsten, aber sie waren alle leer. Waren *alle* schlafen gegangen? Wieviel Uhr war es denn, zum Teufel? Als er sich dem Schankraum näherte - dem letzten Raum hier - hörte er Stimmen. Nicht so viele, wie es früher gewesen waren, aber wenigstens war noch jemand wach. Dort würde er mit Sicherheit den Mann finden, der für die Störung seines Schlafs verantwortlich war.

Von seinem unterbrochenen Schlaf abgesehen, konnte er nicht umhin, besorgt zu sein. Er dachte an seine Bank wie andere Männer an ihre Kinder. Während des letzten Jahrzehnts war sie sein Leben gewesen. Was könnte schief gegangen sein?

Ein Mann mit Schürze stand hinter der Bar; zwei ihm gegenüber. Alle drei schauten auf, als er den Raum betrat, setzten dann aber ihre Unterhaltung fort, ohne auf seine Gegenwart zu reagieren. Dass keiner von ihnen versuchte, ihn anzusprechen, sagte ihm, dass keiner von ihnen der Mann sein konnte, der ihn suchte.

Er wartete noch ein paar Augenblicke. Als niemand versuchte, sich ihm anzunähern, ging er zur Theke.

„Was darf es sein, Sir?", fragte der Mann dahinter.

„Eine Frau, von der ich annehme, dass sie hier

arbeitet, hat mich vor ein paar Minuten geweckt und mir gesagt, dass ein Mann mich hier unten wegen einer besonders wichtigen Angelegenheit sprechen möchte."

Die buschigen Augenbrauen des Barkeepers zogen sich zusammen. „Sind Sie sicher, dass die Frau zu meinen Angestellten gehört? Seit mehr als einer Stunde arbeitet keine Frau mehr hier."

„Ich bin nicht ganz sicher. Mein Name ist Adam Birmingham. Hat jemand nach mir gefragt?"

Der Mann schüttelte ernst den Kopf. „Niemand außer mir und diesen beiden Männern ist in der letzten halben Stunde hier gewesen."

Die beiden anderen Männer nickten zur Bestätigung.

Adam atmete zornig durch. Was sollte er tun? Sein erster Gedanke war, hier in der Gaststube auf den Mann zu warten.

Aber aus einem Grund, den er nicht in Worte hätte fassen können, fühlte er plötzlich die Notwendigkeit, in das Schlafzimmer zurückzugehen, das er mit Emma teilte. Etwas sagte ihm, dass sie in Gefahr wäre. Bei diesem Gedanken rannte er durch die dunklen Räume und dann die Treppe je zwei Stufen auf einmal hinauf. Sein Herz raste - *nicht* wegen der Anstrengung - als er das Stockwerk erreichte.

Die Tür zu ihren Räumen stand offen.

Er raste hinein, durch das Wohnzimmer hindurch und stand dann vor dem Bett; ihm wurde übel.

Emma war fort.

Er kämpfte gegen die optimistische Hoffnung an, dass sie ihn suchen gegangen war. Das Kleid, das sie an diesem Abend getragen hatte, hing noch über einem Haken an der Wand. Sie hätte nie ihre Räume nur im Nachthemd verlassen. Selbst, wenn es keine so gemein kalte Nacht gewesen wäre.

Sein Magen drehte sich um. Wut stieg in ihm auf. Jemand hatte seine Frau entführt. Guter Gott, würde sie so enden wie ihr Onkel? Bei diesem Gedanken zerriss ihm ein Schmerz, so greifbar wie ein Schwert, das Herz. Unwillkürlich heulte er auf.

William! William würde wissen, was zu tun war. Er eilte zum Zimmer seines Bruders und hämmerte an die Tür. Jetzt war nicht der Zeitpunkt, um Rücksicht auf andere zu nehmen. „Wach auf!", brüllte er.

William, seine Nacktheit hinter der Tür verbergend, riss sie auf. „Was zum Teufel?"

„Jemand hat Emma entführt!"

Lady Sophia schrie auf.

„Ich werfe mir nur etwas über." Die Tür schloss sich vor Adam.

Nicks Tür wurde aufgerissen. „Was zur Hölle ist hier los?"

Adam ging zu ihm. Nick hatte seine Hosen angezogen, hielt sie aber nur mit den Händen zu. „Emma. Jemand hat sie entführt."

„Bin gleich bei dir."

Einen Moment später trafen sich die drei Birmingham-Brüder, jetzt vollständig angezogen, im Gang. Lady Sophia, die den größten Teil ihres Körpers hinter der Tür verbarg, streckte ihren Kopf heraus. „Das muss etwas mit dem Mann zu tun haben, der uns in London verfolgt hat."

Adam fühlte sich, als würde der Inhalt seines Magens hochkommen. „Welcher Mann? Du wusstest, dass meine Frau in Gefahr war?"

„Tut mir leid", sagte sie mit schwankender

Stimme.

„Wie sah er aus?", verlangte Adam zu wissen.

„Wir haben ihn nicht gesehen. Mein Kutscher sagte uns, dass ein einzelner Mann auf einem Pferd uns von eurem Haus zu Madame De Guerney gefolgt wäre."

Adam zuckte zusammen. „Lieber Gott."

„Schnell!", sagte William. „Wir können uns aus dem Versteck unter dem Sitz meiner Kutsche Waffen besorgen. Ich lasse Thompson kommen."

Williams Kammerdiener war weit mehr als ein Kammerdiener. Er war die Art von Mann, die man sich im Kampf an seiner Seite wünscht.

Während sie darauf warteten, dass ihre Pferde gesattelt würden, fragte Adam den schläfrigen Stallknecht, ob er einen Mann gesehen hätte, der eine Frau trug.

„Das habe ich tatsächlich! Als ich hörte, wie Hufschläge sich so schnell entfernten, fürchtete ich, dass jemand eines von unseren Pferden gestohlen hätte. Ich sah aus dem Fenster. Ich konnte nicht sehr gut sehen, aber es war schon sehr merkwürdig, eine Frau mit so wenig Kleidern am Leib in einer so kalten Nacht. Und ich könnte schwören, dass da etwas um ihren Mund gebunden war."

Adams Stimme war brüchig, als er fragte: „Welche Straße haben sie genommen?" Arme kleine Emma. Sie könnte sich in diesem Wetter den Tod holen - wenn der nicht von der Hand dieser Halsabschneider kam.

„Sie ritten nach Süden."

„Zurück nach London", murmelte William.

Adam zäumte sein eigenes Pferd auf. Er musste sofort los - bevor seiner Frau etwas Undenkbares zustieß. Sich nur vorzustellen, wie sehr sie frieren musste, gab ihm das Gefühl, wie eine Frau weinen zu wollen.

Aber dies war nicht die Zeit zum Weinen. Es war Zeit zum Handeln. Fluchend stieg er auf und galoppierte davon, ein Schwert an der Seite, ein Messer im Stiefelschaft und eine Muskete an den Sattel gehängt.

Seine Brüder und Williams Kammerdiener - alle halsbrecherische Reiter - hatten ihn bald eingeholt.

* * *

Der grässliche Mann, der sie entführt hatte, hatte Emma über sein Pferd geschleudert, als wäre sie ein zusammengerollter Teppich. Das Blut stieg ihr in den Kopf. Es gab keine Möglichkeit für sie, das Tuch abzustreifen, das sie knebelte, weil ihre Hände hinter ihrem Rücken mit einem Hanfstrick gefesselt waren.

Selbst, wenn es bedeutete, dass sie auf ihren Kopf fallen würde, war sie bereit, sich auf den Boden gleiten zu lassen, um von ihm wegzukommen. Erst mal am Boden war jedoch der Erfolg nicht garantiert, wenn sie ihre Unmöglichkeit zu schreien bedachte.

Bevor sie ihre Körpermitte zu einer Seite des Pferdes rutschen lassen konnte, stieg ihr Entführer auf und spornte das Pferd zu einem rasenden Galopp an. Bei dieser Geschwindigkeit vom Pferd zu springen, wäre Selbstmord gewesen.

Sie war zuerst vor Angst so erstarrt gewesen, dass sie nicht einmal an ihr körperliches Elend gedacht hatte. Aber als sie durch die kalte Nachtluft preschten, wurde ihr nur zu deutlich bewusst, wie furchtbar kalt ihr war. Ihre Zähne klapperten. Sie fühlte sich, als ob die Kälte in ihre Knochen kröche. Ihre Haut war kurz vor dem

Erfrieren. Noch nie hatte sie sich so schlecht gefühlt. Sie könnte zu Tode frieren.

Was sicher einer Vergewaltigung durch diesen verabscheuungswürdigen Mann vorzuziehen war. Es kam ihr merkwürdig vor, dass er, wenn er sie vergewaltigen wollte, das nicht innerhalb von Minuten tat, nachdem sie den Gasthof verlassen hatten.

Ein erschreckender Gedanke löschte alles andere aus. Vielleicht war es nicht sein Ziel, sie zu schänden. Vielleicht hing ihre Entführung mit dem Mord an ihrem Onkel zusammen. Vielleicht wollte Ashburnham die Frau töten, die ihm im Weg stand, um sein zu Unrecht Erworbenes zu beanspruchen.

Angst lähmte sie.

Wenn ihr Mund nicht zugebunden gewesen wäre, hätte sie den Mann mit der Augenklappe fragen können, wohin er sie brachte. Sie hätte fragen können, wie viel er bezahlt bekam. Mit Sicherheit würde Adam mehr für ihre Sicherheit und Freiheit zahlen. Dessen war sie sich sicher. Was für ein Jammer, dass sie nicht mit dem ekelhaften Kerl reden konnte.

War er ein Mörder? Hatte er den Auftrag, sie umzubringen?

Tränen wallten auf, wenn sie daran dachte, so jung zu sterben. Wenn sie nur Adams Herz hätte erobern können, bevor sie starb. Wenn sie sich nur in seinen schützenden Armen wiederfände.

Als das überladene Pferd seine Gangart verlangsamte und ihr Körper von der bitteren Kälte heftig zu zittern begann, stellte sie sich vor, dass sie wieder in dem Bett wäre, das sie mit Adam geteilt hatte. Wie sicher sie sich gefühlt hatte, wie völlig zufrieden sie gewesen war. Wenn sie ihn nur ein letztes Mal sehen könnte. Wenn sie ihm nur sagen könnte, wie sehr sie ihn lieben gelernt hatte.

Selbst, wenn er sie nie so lieben könnte, wie er Maria geliebt hatte, wusste sie in ihrem Herzen, dass er sie in geringerer Weise doch liebte. Er würde über ihren Tod traurig sein.

Jetzt weinte sie. Um sich und um Adam.

* * *

Adam fühlte sich schuldig, als sein Pferd durch die karge Landschaft unter einem von dicken Wolken verdeckten Mond galoppierte, da er einen schweren Umhang hatte, während seine unglückliche Frau nicht einmal ein wollenes Kleid trug, um sich warmzuhalten. Er betete, dass er sie finden würde, bevor ... bevor jemand ihr etwas antun konnte, bevor sie vor Kälte umkam.

Nicht lange, nachdem sie den Stall des Gasthofs verlassen hatten, holten seine Brüder und Williams Kammerdiener ihn ein. Er betete, dass vier schwer bewaffnete Männer in der Lage sein würden, Emmas Entführer zu überwältigen. Er betete, dass der Schurke Mitleid mit seinem zierlichen Opfer haben und ihren kaum bekleideten Körper bedecken würde. Er betete, dass es nicht zu spät sein würde, um sie zu retten.

Die Birmingham-Brüder hatten in Zeiten der Krise immer aufeinander zählen können. In dieser Nacht rasten seine Brüder mit derselben Zielstrebigkeit dahin wie er selbst. Es war, als ob jeder so reagierte, wie sie es getan hätten, wären ihre eigenen geliebten Frauen in derselben Gefahr, wie Emma es war. Seine Brust wurde eng. Wo er nun gerade begonnen hatte, eine tiefere Verbindung mit seiner eigenen Frau zu empfinden, fühlte er sich noch übler dabei, sie zu verlieren, erst recht, da er ihr kein echter Ehemann gewesen war. Wie er wünschte, dass er sie am letzten Abend in seine Arme genommen und im wahrsten Sinne des Wortes zu seiner Frau gemacht hätte.

Er würde all seine Zukunft geben, nur, um diese eine Nacht wiederzubekommen.

Es zerriss ihm das Herz, sich daran zu erinnern, wie sie ihm gesagt hatte, dass er ihr bester Freund wäre. Jetzt wünschte er, dass er ihr sagen könnte, dass sie seine liebste Freundin war und immer sein würde. Er durfte sie nicht verlieren - nicht jetzt, nicht, wo ihm gerade klar wurde, wie lieb sie ihm war.

Jetzt, wo ihre Existenz bedroht war, erinnerte er sich liebevoll an die vielen schönen Stunden, die sie zusammen verbracht hatten. Er hatte nichts mehr so sehr genossen, seit er ein cricketverrückter Junge gewesen war, der es hasste, abends die Sonne untergehen zu sehen. Jeder neue Augenblick mit Emma war schöner als der zuvor.

Er bedauerte, dass er sich jeden Abend an ihrer Schlafzimmertür von ihr verabschiedet hatte. *Warum hatte er nicht versucht, der Mann ihres Herzens zu werden?*

Jetzt wurde ihm klar, dass seine junge Frau die Frau *seines* Herzens war.

Wut durchfuhr ihn, als er daran dachte, dass dieser Mann sie verletzen könnte. Adam würde ihn ohne Skrupel töten. Die Vorstellung, wie Emma ermordet würde, ließ Adam sich fühlen, als hätte sein eigenes Herz plötzlich zu schlagen aufgehört.

Adam wünschte, dass er zum Teufel wüsste,

wie viel Zeit vergangen war zwischen ihrer Entführung und dem Moment, an dem er losgeritten war. Es waren wohl fast zwanzig Minuten. Er holte tief Luft. Zwanzig Minuten Vorsprung, die er aufholen musste. Das könnte ein paar Stunden dauern, aber sein Pferd dürfte wesentlich schneller sein als eines, das von einem Mann geritten wurde, der von einer Frau, die er trug, behindert wurde. Selbst, wenn sie klein war.

* * *

Alles, was Adam kümmerte, war, seine Frau in Sicherheit und ins Warme zu bekommen. Er wusste, dass er sich auf William verlassen konnte, alles zu tun, was notwendig war, um Emmas Entführer zu erledigen.

Wenn sie ihn einholten. Er konnte nicht einmal sicher sein, dass sie auch nur auf dieser Straße waren. Was, wenn der Mann sie in ein Haus mitgenommen hatte ... aus üblen Gründen? Bei diesem Gedanken rann Adams Blut wie Eis durch seine Adern.

Seine Gedanken in eine etwas hoffnungsvollere Richtung lenkend, glaubte er, dass Emma und ihr Entführer unmöglich so schnell reiten könnten wie er und seine Brüder. Warum zum Teufel hatten sie sie dann noch nicht eingeholt?

Er fühlte sich entmutigt, aber als er am fernen Horizont ein einzelnes Pferd bemerkte, wurde sein Puls heftiger. Er ritt schneller. Er würde bald mit unschöner Gewissheit wissen, ob er seine Frau gefunden hatte.

Als sie nahe genug herangekommen waren, um zu sehen, wie sie über dem Pferd hing, dachte er, sie wäre tot. Es war, als würde jedes Organ seines Körpers sofort den Dienst verweigern. Überwältigende Trauer betäubte ihn.

Dann sah er, wie sie ihren Kopf drehte, als ob sie einen Blick auf ihre Verfolger werfen wollte. *Gott sei Dank.*

Mörderische Gedanken prasselten auf ihn ein, wegen der unmenschlichen Art, wie sie behandelt worden war. Ihre Arme und Beine waren bloß - in dieser bitteren Kälte. Als er näherkam, sah er, dass ihre schmalen Hände hinter ihrem Rücken gefesselt waren. Wenn der Unmensch ihre Hände gebunden hatte, warum zur Hölle erlaubte er ihr nicht, auf dem Pferd zu sitzen? Sie hätte kaum fliehen können.

Und warum zur Hölle hatte der Mistkerl nicht genug Mitgefühl gehabt, um ihr wenigstens eine Decke anzubieten?

Adam sehnte sich danach, die Situation umzukehren. Würde der dort gerne gezwungen sein, fast nackt durch die eisige Nacht zu reiten, während ihm das Blut in den Kopf stieg?

Dass sie in der Lage waren, den Schurken einzuholen, brachte Freude auf mehrere Art - vor allem und am wichtigsten: Emma war noch am Leben. Und der Mann konnte ihr nicht die Unschuld geraubt haben.

Als sie nahe genug waren, schrie William dem Mann zu, dass er anhalten sollte.

Ohne sich auch nur umzudrehen, um sie anzusehen, grub der Entführer lediglich seine Fersen in die Flanken des armen Tieres. Er hatte nicht die Absicht, anzuhalten oder sie herauszugeben.

Das hielt William nicht auf. Wieder brüllte er den Mann an zu halten. Diesmal fügte er hinzu: „Wenn du nicht anhältst, stirbst du."

Adam war verblüfft. So groß sein eigener Hass auf diesen Mann war, der seine Frau so misshandelt hatte, wollte er ihn nicht tot sehen. Sie brauchten ihn. Adam war fast sicher, dass Ashburnham Emmas Entführung befohlen hatte, und sie brauchten einen Beweis für die Verderbtheit dieses Mannes.

William versuchte wohl, den Mann zu erschrecken. In dieser Lage musste Adam sich auf William verlassen. William hatte große Erfahrung im Umgang mit skrupellosen Männern. Ashburnham war der einzige skrupellose Mann, dem Adam je von Angesicht zu Angesicht gegenübergestanden hatte.

William bewegte sich so schnell, dass Adam keine Zeit zum Reagieren hatte. Williams Hand glitt zu der Scheide in seinem Stiefel und in einer flüssigen Bewegung schleuderte er ein silbernes Messer auf die Schulter des Mannes.

Adam atmete aus. William wollte den Mann nur außer Gefecht setzen - nicht, ihn töten.

Der Mann fluchte. Williams Plan musste funktioniert haben, denn der Mann begann, Emma herabgleiten zu lassen.

Adam raste zu der Seite, auf der ihr Kopf hinabhing. Er wollte sie auffangen, bevor sie zu Boden geschleudert wurde.

Dann geschah etwas Merkwürdiges. Das Pferd hielt an.

Der Mann, der Adams Frau entführt hatte, fiel in sich zusammen und rutschte zu Boden.

„Emma", sagte Adam, „ich bin hier. Lass mich dir helfen." Er stieg ab und hob sie vom Pferd. Als er das Blut auf ihrem Kleid sah, stieg Panik in ihm auf.

Dann merkte er, dass es das Blut ihres Entführers war.

Er musste sie wärmen. Er musste das Seil von

ihren Händen schneiden. Aber was er in diesem Moment am wichtigsten fand, war, ihren kleinen Körper in seine Arme zu schließen und sie festzuhalten.

Kapitel 18

Die Temperaturen waren nahe am Gefrierpunkt und die Dunkelheit der Nacht war noch nicht vorbei, aber einen kurzen Moment schien es Emma, als stünde sie auf einem sonnigen Feld voller Wildblumen. Das war es, wie es sich für sie anfühlte, von Adams Armen gehalten zu werden. Das und viel mehr. Euphorie. Erleichterung. Sicherheit. Und überwältigende Liebe.

Sie hätte fast ihr scheußliches Unbehagen vergessen können.

Sie musste sich keine Sorgen um sich machen, nicht, wenn Adam hier war. Er war so großartig darin, sich um sie zu kümmern.

Er richtete sie auf und trat zurück, sein Blick war feierlich, als ihre Augen sich trafen. Ohne ein Wort zu sagen, nahm er seinen eigenen, riesigen Umhang ab und legte ihn über ihre Schultern. Er reichte ihr über die nackten Füße und schleifte über den Boden.

„Ich kann doch nicht deinen Umhang nehmen", protestierte sie. Es war ihr auch unangenehm, dass sein Umhang wegen ihr schmutzig wurde.

„Oh doch." Er half ihr, ihn umzulegen und begann, ihn zu befestigen.

„Aber du wirst frieren."

„Du bist diejenige, die fast nichts anhat", sagte er schroff. „Deine Zähne klappern und deine Haut ist eisig."

Der Umhang fühlte sich so gut an. Ihr war viel

zu kalt, als dass sie hätte streiten mögen.

Er hob sie auf seine Arme und versuchte, den Umhang um ihre eiskalten Füße herumzulegen. „Ich wünschte, ich könnte dir ein warmes Feuer anbieten."

„Das wünschte ich auch."

Obwohl der Umhang half - ebenso wie seine Nähe - würde es viel mehr brauchen, bis sie wirklich wieder auftauen würde. Nachdem sie sich jetzt weniger unbehaglich fühlte, dachte sie daran zu sehen, was mit dem grässlichen Mann mit der Augenklappe geschah.

Sie wandte ihren Kopf. Zuerst sah sie nur Nick, der über den beiden anderen Männern aufragte. William hatte sich auf ein Knie niedergelassen und ihr Entführer lag auf dem Boden.

„Mein Gott, ich glaube, er ist tot", sagte William. „Ich wollte ihn nur langsamer werden lassen, damit er Emma losließe. Mein Messer traf ihn an der Schulter. Das hätte keine tödliche Wunde sein dürfen."

Nick schüttelte langsam den Kopf. „Außer, wenn er ein Bluter ist."

Große Mengen Bluts sickerten aus dem liegenden Mann heraus und bildeten eine Pfütze auf dem Boden.

Während der fast unerträglichen Stunden in der Gefangenschaft des Mannes, hatte Emma (ziemlich mitleidslos) daran gedacht, wie sehr sie ihn hasste, wie sehr sie wünschte, dass ihm etwas Schreckliches zustoßen sollte. Aber es war kein Trost für sie, dass jetzt etwas Schreckliches *tatsächlich* sein Leben gefordert hatte.

Adam fluchte. „Jetzt werden wir nie mit Sicherheit erfahren, für wen dieses Stück Dreck gearbeitet hat, obwohl er es weiß Gott verdiente zu sterben."

Ihr Herz sank. Daran hatte sie nicht gedacht.

„Ich weiß nicht, was Ihr Männer jetzt vorhabt", sagte Adam, „aber ich muss meine Frau irgendwo ins Warme bringen. Sind wir nicht fast in Wickley Glen?"

Will nickte. „Wir können nicht mehr als zwei Meilen davon entfernt sein."

„Hier, lass mich dir beim Aufsteigen helfen", sagte Nick.

Adam ging zu seinem Pferd zurück und übergab sie Nick, während er aufstieg, dann hob Nick sie in den Sattel. „Sie wiegt wirklich fast nichts!"

Emma wünschte, sie wäre nicht so klein. Männer neigten dazu, sie wie ein Kind zu behandeln, und sie wollte wie eine Frau behandelt werden. Eine verheiratete Frau.

„Ich möchte, dass einer von euch mit mir kommt", sagte Adam. „Ich kann sie kaum so hineintragen. Jemand wird uns ein Zimmer besorgen müssen."

„Ich komme mit", sagte Nick. „William wird seinem Kammerdiener Anweisung geben, wie mit der Leiche dieses Schurken zu verfahren ist."

Die drei waren nicht mehr als zehn Minuten geritten, als sie eine Ansammlung von Häusern sahen, die eine Stadt erkennen ließen.

Nick musste den Wirt aufwecken, als sie das „King's" Arms erreichten, aber er vergütete dem Mann die Unannehmlichkeiten großzügig. Er bat um die besten verfügbaren Zimmer und darum, dass sofort heiße Schokolade für *seine* Frau nach oben gebracht werden sollte.

Er ging nach draußen, um Adam den Schlüssel zu geben. „Jeder glaubt ohnehin, dass wir

Zwillinge sind, daher habe ich mich für dich ausgegeben. Ihr seid in Zimmer 1, dem ersten am Ende der Treppe. Während wir hier sprechen, wird ein Feuer gemacht und ich habe eine Kanne heißer Schokolade bestellt."

„Du hast bezahlt?", fragte Adam.

„Fürstlich. Man wird euch wie königliche Hoheiten behandeln."

Das wäre nichts Neues, dachte Emma. Die Birminghams wurden immer wie königliche Hoheiten behandelt.

Adam reichte sie zu Nick hinab, stieg ab und zog sie wieder in seine Arme. Zumindest das war ein Trost dafür, in einer sehr kalten Nacht sehr kalte Füße zu haben - und es war ein guter Trost.

„Ich fürchte, wir werden deine Wahlversammlung verpassen", sagte Adam.

„Ja, aber ihr werdet trotzdem Veritys Baby sehen - und Mama wird nicht erlauben, dass ihr zurückfahrt, ohne dass sie deine Frau kennengelernt hat." Nick lächelte Emma an. „Ich schicke Williams Kutsche nach euch - mit allen euren Sachen. Ihr müsstet es bis zum Nachmittag nach Stenson Keyes schaffen."

„Warum reitest du nicht mit deinem Bruder zurück?", sagte sie zu Adam. „Ich komme schon zurecht."

Adam betrachtete sie aus zusammengekniffenen Augen. „Gerade jetzt weiß ich nicht, ob ich dich je wieder alleine lassen kann."

Seine Worte waren willkommener als eine Daunendecke.

„Mir würde es genauso gehen, wenn es um Fiona ginge", fügte Nick hinzu und schaute schnell zur Tür des Gasthofs. „Wenn du hineingehst, kannst du nach links oder nach rechts gehen. Wenn du nach rechts gehst, findest du dort die Treppe. Es ist ziemlich dunkel, sei also vorsichtig, wenn du sie die Stufen hochträgst."

„Wenn wir erst einmal drinnen sind", sagte Emma, „kann ich selbst gehen."

Nick warf ihr einen mitleidigen Blick zu. „Ich wünschte, ich hätte ein Paar Wollsocken für dich bestellen können."

Adam schaute böse. „Bist du nicht derjenige, der immer sagt, dass man alles haben kann, wenn die Taschen nur tief genug sind?"

Nick zuckte die Achseln und begann aufzusteigen.

Nachdem sie den Gasthof betreten hatten, setzte Adam sie ab, führte sie nach oben, immer noch ihre Hand haltend, als sie die Treppe hinaufstiegen. Die Tür zu ihrem Zimmer war offen und ein junges Dienstmädchen war dabei, ihre Arbeit zu beenden. Sie schaute sie an. „Ihr Zimmer wird in kürzester Zeit brühwarm sein."

Adam zog eine Guinee aus der Tasche. „Eine Guinee für dich, wenn du ein Paar Wollsocken für meine Frau besorgen kannst."

„Ich bringe gleich welche, Sir. Meine Mutter strickt sie für alle in der Familie. Wir haben eigene Schafe, sehen Sie."

Nachdem sie gegangen war, zog Adam das Sofa des Wohnzimmers vor das Feuer und brachte eine schwere Decke aus dem danebenliegenden Schlafzimmer. „Setz dich hier vors Feuer. Ich helfe dir, dich hierin einzuwickeln." Nachdem er sie zugedeckt hatte, zog er seine eigenen Handschuhe aus und legte sie in ihre eisigen Hände. „Ich weiß, dass sie so groß sind, dass du beide Hände in einen stecken könntest."

Sie kicherte. Komisch, vor einer Stunde hätte sie gedacht, sie würde nie wieder kichern können.

Obwohl das Zimmer noch nicht warm war, war es doch tausend Mal besser als das, was sie in der ganzen Nacht durchgemacht hatte.

Adam kam, um sich zu ihr auf das Sofa zu setzen. „Es tut mir so leid, was du heute Nacht ertragen musstest. Hat der Mann dich verletzt, außer durch seine völlige Rücksichtslosigkeit?"

Sie schüttelte den Kopf. „Ich dachte, er wollte mich vergewaltigen, aber anscheinend lag das nicht in seiner Absicht."

„Gut. Hat er etwas gesagt, irgendetwas, das dir einen Hinweis gegeben hätte, was seine Absicht war? Hat er gesagt, dass er dich zu jemandem bringen würde?"

„Wie Ashburnham?"

„Dann bist du zu dem gleichen Schluss gelangt wie ich."

Sie nickte. „Es dauerte nicht lange, bis mir klar wurde, dass wir die gleiche Straße zurückritten, auf der wir gekommen waren, daher vermutete ich, dass London sein Ziel war, aber schon vorher hatte ich erraten, dass das Ashburnhams Plan war."

„Er hat nichts gesagt?"

„Nichts. Ich nehme an, wäre mein Mund nicht zugebunden gewesen, wäre es zu einer Unterhaltung gekommen. Ich hätte ihm mit Sicherheit gesagt, dass mein Mann ihm weit mehr zahlen würde als Ashburnham."

„Ich hätte ihm alles gegeben, um deine sichere Freilassung zu erreichen." Seine Stimme war seltsam sanft, fast so, als würde er zärtliche Gefühle unterdrücken.

Dieser Moment war jede Sekunde der Not und

Angst, die sie erlebt hatte, wert. Wie kostbar sie sich fühlte, jetzt, wo sie wusste, dass er sein Vermögen geben würde, um ihr Leben zu retten. Wie gemütlich es in dieser geschützten Umgebung war, mit dem Mann, den sie anbetete.

Das Dienstmädchen - oder war es eine Frau? - kam zurück, ein breites Grinsen, das ihre Zahnlücken sehen ließ, auf ihrem Gesicht, als sie Adam ein paar graue Strümpfe hinhielt. „Die sind nagelneu", sagte sie stolz.

„Sie sind großartig und wir sind dir sehr dankbar." Er gab ihr eine Guinee.

Adam setzte sich ans untere Ende des Sofas, deckte Emmas Füße auf und begann, ihr die Strümpfe anzuziehen. „Mein Gott, du fühlst dich eisig an!"

„Mir wird bald warm werden. Das Feuer wird schon stärker."

Ihr Atem ging stoßweise. Sie war völlig außer sich durch die Nähe, wie er ihr langsam die Strümpfe anzog, sie über ihre Knöchel, dann über ihre Unterschenkel hinaufrollte. Das hätte peinlich sein können, wenn er nicht ihr Ehemann gewesen wäre.

Als beide Strümpfe ihre Beine bedeckten, nahm er einen Fuß in seine Hände und begann, ihn zu reiben. „Ich mache mir wirklich Sorgen um dich."

Sie seufzte. „Ich bin wie ein streunendes Hundejunges, das du aufgenommen hast."

„Ich dachte in dieser Weise an dich", sagte er mit einem kurzen Auflachen. Dann schaute er in ihre Augen, sein Blick war eindringlich. „Aber jetzt nicht mehr. Irgendwie habe ich angefangen, an dich als an meine Frau zu denken."

Ihr Herz schlug schneller. In einer angenehmen Weise. Ihre Blicke hingen noch immer aneinander.

„Seit jenem Tag in St. George's", sagte sie mit dünner Stimme, „habe ich nicht anders an dich gedacht als an meinen Ehemann."

Er hob eine Braue. „Und ich dachte, du denkst an mich als deinen besten Freund."

Ihre Augen versanken ineinander. „Man sagte mir, dass in den besten Ehen der Ehegatte der beste Freund *ist*."

„Das sagen meine Brüder." Er schluckte. Es war, als ob das, was er als nächstes sagen wollte, schwierig wäre. „Ich ... habe angefangen, an dich als meine beste Freundin zu denken." Er rieb ihren Fuß noch zärtlicher, mit engen, unerträglich sanften Kreisen. Er steckte diesen Fuß wieder unter die Decke, zog den anderen heraus und begann, ihn zu massieren.

Er holte tief Luft. „Nachdem du entführt worden warst, tat es mir leid, dass ich dir nicht gesagt hatte, dass ich an dich als meine beste Freundin dachte." Jetzt versagte ihm die Stimme. „Ich hatte Angst, ich würde es dir nie mehr sagen können."

Sie konnte nicht glauben, wie ihr geschah. Ihr Mann war so ... so fast romantisch. Sie hatte immer gewusst, dass er sich wirklich etwas aus ihr machte, aber sie war überglücklich zu erfahren, dass der Gegenstand seiner Zuneigung aus einem Hündchen zu seiner Frau geworden war.

Ihre Ehe würde also doch eine echte Ehe werden! Er würde noch immer Zeit brauchen, seine Denkweise zu ändern, aber sie war mehr als willig zu warten. Selbst, wenn es ein ganzes Leben lang dauern würde. Sie konnte sich niemanden vorstellen, mit dem sie den Rest ihres Lebens lieber verbringen würde.

Was die schlimmste Nacht ihres Lebens gewesen war, hatte ihr den glücklichsten Augenblick ihres Lebens beschert. Das war jede Sekunde dieses Elends wert gewesen.

Wie viele Male, seit Adam und sie geheiratet hatten, war ihr schon der Gedanken gekommen: *Dies ist der glücklichste Moment meines Lebens?* Fast jeder Tag mit ihm war noch schöner als der vorhergehende gewesen. Sie konnte natürlich nicht erwarten, dass der Rest ihres Lebens in immer größerem Glück weiterliefe.

Warum waren den schönsten Momenten immer üble Ereignissen vorausgegangen? Natürlich, wenn es nicht der schändliche Mord an Onkel Simon gewesen wäre, hätte sie Adam nie kennengelernt, hätte ihn nie geheiratet, würde nie erfahren haben, wie es war, jemanden so wahnsinnig zu lieben wie sie ihren Ehemann liebte.

Sie streckte die Hand aus, um seine zu berühren. „Du hast mich sehr glücklich gemacht."

Danach schwiegen beide. Sie verstand, dass es für ihn nicht einfach gewesen war, über seine Gefühle zu sprechen. Anscheinend musste er ziemlich betrunken sein, um das zu tun. Er hatte aber genug gesagt, um das schlimme Erlebnis, das sie in dieser Nacht gehabt hatte, fast aus ihrer Erinnerung zu löschen.

Nachdem er mit dem Massieren ihrer Füße fertig war, wandte er seine Aufmerksamkeit ihren wunden Handgelenken zu. Er begann zu fluchen, als er die nässende rote Haut dort sah, dann zwang er sich aufzuhören. „Ich will nicht in Gegenwart einer Dame fluchen, aber in diesem Moment bin ich froh, dass der Mann, der dir das angetan hat, tot ist."

„Ich wünschte ihm auch den Tod, aber jetzt wäre mir lieber, er wäre nur verletzt worden. Williams wegen."

Adam nickte. „Mein Bruder wird es schwer verkraften, dass er für den Tod eines anderen Menschen verantwortlich ist." Sein Blick fiel wieder auf ihre geröteten Handgelenke. „Tut es sehr weh?"

„Nur, wenn ich daran denke." Sie zuckte die Achseln. „Mach dir keine Gedanken darüber. Nur die Zeit kann solche Wunden heilen."

„Ich wünschte, ich könnte etwas tun, um den Schmerz zu lindern."

Ungekünstelt setzte sie ein fröhliches Gesicht auf. „Dann könntest du einfach weiter diese wundervollen Dinge zu mir sagen. Wenn du das tust, denke ich nicht an meine Beschwerden."

Mit einem amüsierten Ausdruck auf seinem Gesicht fragte er: „Und was für wundervolle Dinge meinst du?"

„Beste Freunde sein ... sich darüber sorgen, dass du mich nie wiedersehen würdest ... und vor allem liebte ich es, als du sagtest, du wüsstest nicht, ob du mich je wieder allein lassen könntest."

Er warf den Kopf zurück und brüllte vor Lachen. „Meine Liebste muss sich erstaunlich gut erholt haben." Sein Gesicht wurde ernst. „Und dafür bin ich überaus dankbar."

Er streckte seine Hände über die Breite des Sofas hinweg aus und legte sie um ihr Gesicht. „Du hast die ganze Nacht nicht geschlafen. Bitte, meine liebe Frau, du musst versuchen zu schlafen."

„Du hast auch nicht geschlafen."

„Wenn du versprichst zu schlafen, tue ich es

auch.“

* * *

Die anstrengende Nacht hatte seine Frau erschöpft. Sekunden, nachdem sie ihre Augen geschlossen hatte, war sie in tiefen Schlaf gefallen. Müde wie er war, konnte er doch nicht schlafen. Sein Verstand sagte ihm, dass niemand in dieses ruhige Schlafzimmer stürmen und seiner Frau etwas antun würde. Aber die Ereignisse der vergangenen Nacht hatten ihn des rationalen Denkens beraubt. Er wurde noch immer von der lähmenden Angst beherrscht, die er empfunden hatte, als ihm klar wurde, dass jemand Emma entführt hatte. Er gab sich immer noch die Schuld, weil er sie allein gelassen hatte, war immer noch voller Angst, dass dieses furchtbare Ereignis sich wiederholen könnte.

Er konnte es sich nicht erlauben, seine Augen zu schließen - nicht, bevor er seine kostbare Frau auf wohlbewachtem Birmingham-Boden hatte, einem Boden, der nun noch besser bewacht werden würde. Die Birminghams unterhielten schließlich ihre eigene gut ausgerüstete und gut ausgebildete Truppe.

Alles, woran er denken konnte, war, Emma zu beschützen. Für jetzt war es ihm ernst mit dem, was er gesagt hatte, dass er nicht mehr von ihrer Seite weichen würde. Nichts, absolut nichts, könnte ihn dazu bringen, sie auch nur einen Moment zu verlassen.

Er ließ die Kerze brennen, damit er ihr schönes Gesicht im Schlaf beobachten konnte. Die Worte, die zwischen ihnen in diesem Raum gewechselt worden waren, gehörten zu den willkommensten, die er je gehört hatte. Er rief sich ihre süße Stimme ins Gedächtnis, als sie gesagt hatte: „Seit jenem Tag in St. George's habe ich an dich nie anders als an meinen Ehemann gedacht."

Ihre Worte hatten eine ähnliche Wirkung, als ob sein Pferd das Derby gewonnen hätte. Diese schiere Euphorie!

Obwohl er so voller Sorge um sie war, erfüllte es ihn mit Zufriedenheit, so dicht bei Emma vor dem Feuer zu sitzen. Er hatte ein paar Stunden, um über seine Ehe nachzudenken, was er zuvor nicht bewusst getan hatte. Das ursprüngliche Gefühl, um eine Liebesehe betrogen worden zu sein, war verschwunden wie der Morgentau. Er hatte diese Ehe nicht wirklich gewollt, aber jetzt konnte er sich ein Leben ohne Emma nicht mehr vorstellen. Die letzte Nacht hatte ihn gelehrt, wie lieb sie ihm wirklich war.

Er erkannte jetzt, wie leer sein Leben vor Emma gewesen war. Ja, zwischen ihm und Maria hatte es etwas gegeben, aber dieses Etwas war rein körperlich. Ihre Schönheit tat unter den Männern von Rang seinem Ego gut. Er schämte sich jetzt, dass etwas Derartiges für ihn einmal so wichtig gewesen war.

Wenn er die Uhr bis zu der Zeit zurückstellen könnte, als er noch unverheiratet war, und wenn er die Wahl bekäme, Maria oder Emma zur Frau zu nehmen, würde er keine Sekunde zögern. Emma war die Frau, mit der er den Rest seines Lebens verbringen wollte.

Er dachte an Nicks und Wills gute Ehen und merkte, dass er sich immer nach einer liebenden Partnerschaft gesehnt *hatte,* wie sie seinen Brüdern vergönnt war. Tief im Inneren hatte er sich auch nach einer Frau gesehnt, die auch sein bester Freund sein würde.

In Emma würde er das finden. Diese

Erkenntnis ließ ihn sich vollständig fühlen.

Es fehlte in ihrer Ehe nur ein Punkt. Ein sehr wichtiger Punkt. Wie hart war es für ihn früher an diesem Abend gewesen, sie nicht in seine Arme zu ziehen, sie mit seiner ganzen aufgestauten Leidenschaft zu küssen und in ihr *gemeinsames* Bett zu tragen.

Nach der Tortur dieser Nacht hätte er nie seine fleischlichen Bedürfnisse über ihr Wohlbefinden gestellt. Es war jedoch unglaublich schwer gewesen, sie nicht zu lieben, als sie ihn so liebevoll anschaute, wie sie es tat, vor allem, wenn sie ihre Zuneigung zu ihm andeutete.

Er dachte, vielleicht - nachdem sie außer Gefahr wäre - könnte ihre doch eine echte Ehe werden. Die bloße Idee erregte ihn.

Er glaubte, dass sie nichts dagegen hätte, in jeder Hinsicht seine Ehefrau zu sein.

Aber dieser letzte, endgültige Schritt zur Vervollkommnung ihrer Ehe konnte nicht schnell in einem Postgasthof gemacht werden. Noch durfte er aus seinem glühenden Verlangen für sie heraus handeln.

Er hatte vor, seiner Frau den Hof zu machen.

Kapitel 19

Er hatte gedacht, er würde seine Werbung beginnen, indem er ihr auf der Fahrt zurück nach Stenson Keyes ein paar Küsse raubte, aber Lady Sophia hatte diesen Plan vereitelt. Sie hatte darauf bestanden, ihre „liebe Schwester" nach dem schrecklichen Erlebnis der vergangenen Nacht zu begleiten.

Ihr Eindringen in ihr kleines, fahrendes Liebesnest verstimmte Adam. Statt intime, süße Worte und knabbernde Küsse mit seiner Frau zu wechseln, musste er Lady Sophias allzu dramatische Schimpfrede gegen den Mann, der Emma aus ihrem Schlafzimmer geraubt hatte, anhören. „Es ist nur gut, dass diese abscheuliche Kreatur gestorben ist, nachdem er dich so behandelt hat! Sag mir, liebe Schwester, warst du nicht völlig verängstigt, als er dich aus deinem Bett raubte?"

„Ja, das war ich."

„Ich wage zu behaupten, dass es das Schlimmste war, was geschehen konnte. Dachtest du, er könnte dich umbringen wollen?"

„Das kam mir natürlich in den Sinn."

„Ich habe gedacht", sinnierte Lady Sophia laut, „da er ja ein einzelner Mann auf einem Pferd war ... könnte es sein, dass er derselbe Mann gewesen sein könnte, der uns an dem Tag zu Madame De Guerney gefolgt ist?"

Emmas Blick huschte zu ihm hinüber. „Adam

und ich denken, dass es möglicherweise einen Zusammenhang zwischen der Entführung in der letzten Nacht und dem Mord an meinem Onkel gibt."

Lady Sophia schrie auf. „Wie furchtbar!"

„Der Entführer war nicht der Mann, den wir verdächtigen, aber wir denken, er könnte für ihn gearbeitet haben", sagte Adam.

Lady Sophias Brauen zogen sich zusammen. „Dann wollte er dich nach London bringen, damit dieser grässliche Mann dich töten könnte?"

„Wenn unsere Vermutungen richtig sind", sagte Emma, „bin ich sicher, dass er vorhatte, mich zu töten - aber nicht, bevor er nicht erführe, ob ich meinen Verdacht anderen mitgeteilt habe."

„Ich bin nur so erleichtert, dass du nicht ernsthaft verletzt bist." Lady Sophias Blick fiel auf die wunden Ringe um Emmas Handgelenke. „Und ich muss zugeben, dass ich fürchtete, dass der schreckliche Mensch versucht haben könnte, sich … Freiheiten bei dir herauszunehmen. Ich denke, deshalb musste ich einfach kommen. Ich wollte dich trösten."

„Ich bin dir so dankbar für deine Besorgnis."

Adam hasste es, über Emmas furchtbare Nacht zu sprechen. Er wollte sie aus seinem Gedächtnis verbannen, obwohl er nie wieder in seiner Wachsamkeit nachlassen wollte, nicht, wenn es um die Sicherheit seiner Frau ging.

Die letzte Nacht hätte schlimmer ausgehen können. Viel schlimmer. Er stieß ein stilles Dankgebet aus, dass Emma in Sicherheit war, dass ihre Unschuld nicht angetastet worden war und sie keine ernsthaften Verletzungen erlitten hatte.

Trotz seines Grolls über ihre Anwesenheit war

auch Adam dankbar dafür, dass Lady Sophia seine Frau so herzlich in der Familie willkommen geheißen hatte. Bevor seine Geschwister in den Adel eingeheiratet hatten, hatte er Menschen von hohem Rang nie wirklich vertraut. Aber der Earl of Agar und seine Schwester, ebenso wie Lady Sophia, deren Familie eine der ältesten des Königreichs war, hätten nicht freundlicher zu ihm und seinen Verwandten sein können.

Adam lächelte, als er daran dachte, wie liebevoll Lord Agar sich um ihre Schwester Verity kümmerte. Jemand mit einem so lieben Charakter wie Verity verdiente eine glückliche Ehe.

* * *

An diesem Nachmittag sah er die Agars, zusammen mit seinem Babyneffen, dem Erben der Grafschaft des Earls. Er war dankbar, dass weder sie noch seine Mutter den elenden Zwischenfall erwähnten, der dazu beigetragen hatte, dass er und seine Frau erst verspätet eintrafen. Er wollte nicht, dass irgendetwas den Moment störte, als er stolz seine Frau dem Rest seiner Familie vorstellte.

Als er auf Verity zuging, die Hand seiner Frau haltend und das Baby auf dem Arm seiner Schwester betrachtend, sagte er: „Es scheint, dass wir neue Familienmitglieder vorzustellen haben."

Veritys fröhlicher Blick huschte zu Emma, aber sie antwortete Adam. „Du zuerst." Ihre feminine Stimme hüpfte vor Freude.

„Meine liebste Schwester ...", er verbeugte sich fast unmerklich und hüstelte spöttisch, „Lady Agar, darf ich Ihnen meine Frau, Emma, vorstellen?"

Emma machte einen Knicks, sagte aber nichts, bevor Verity sie nicht ansprach.

Veritys Augen, die seinen so sehr ähnelten, glänzten, als sie Emma betrachtete. „Wie glücklich wir jetzt sind, dass Adam auch eine Frau hat, wir freuen uns so, dich kennenzulernen."

Das war ein überaus langer Satz für die schüchterne Verity. Vielleicht steigerte es ihr Selbstbewusstsein, Gräfin zu sein. Sie hatte immer Gelassenheit ausgestrahlt - erstaunlich, wenn man bedachte, dass sie mit drei lärmenden Brüdern aufgewachsen war.

„Ich freue mich so, dich endlich kennenzulernen! Du bist eine wunderschöne Ausgabe des Mannes, den ich am meisten auf der Erde bewundere."

Er fühlte sich, als wäre er einen Fuß gewachsen. Er war so stolz auf Emma, so erfreut über ihren nie ausbleibenden Überschwang, und unglaublich gerührt über die Art, wie sie von ihm gesprochen hatte. *Der Mann auf Erden, den ich am meisten bewundere.*

Meinte sie das ernst? Oder spielte sie nur die Rolle einer vernarrten Braut? Wie er Emma kannte, konnte er sich nicht vorstellen, dass sie etwas anderes als die Wahrheit sagte. Ihre jugendliche Begeisterung musste ansteckend sein. Er fühlte sich, als würde er schweben.

„Und jetzt", sagte Verity mit Stolz in ihrer Stimme, als sie das Baby in ihren Armen anbetend betrachtete, „möchte ich euch Viscount Duckworth vorstellen."

Adam verzichtete darauf, den Erben Duckie zu nennen – das war der Spitzname, den sein Vater in Eton getragen hatte.

Emma stürzte sich fast auf das Baby. „Wie perfekt er ist! Bitte, sei nicht böse, wenn ich sage, dass er wunderschön ist."

Verity senkte ihre Wimpern und sagte leise: „Das denke ich auch. Und Randy auch."

„Bitte", sagte Emma, „darf ich ihn auf den Arm nehmen?"

Verity lächelte und reichte ihn hinüber. „Natürlich."

Adam hätte nichts so Winziges festhalten wollen. Wie zur Hölle konnte Agar der Vater von einem so kleinen Ding sein?

„Oh, sieh nur, Liebster", sagte Emma zu ihm, „wie wundervoll er ist!"

Er stellte sich neben seine Frau und wurde von zärtlichen Gefühlen fast überwältigt. Eine kurze Sekunde wünschte er sich, dass Emma seinen Sohn im Arm hielte, wünschte, dass seine Familie so voller Liebe wäre wie Agars und Veritys.

Es war schwer zu sagen, ob das Baby mehr wie Agar oder mehr wie die Birminghams aussah. Seine Haare - die paar, die er hatte - waren jedenfalls dunkel wie Veritys. Er konnte nicht sagen, welche Farbe die Augen des kleinen Kerls hatten, da er weiterschlief, trotz allen Lärms, der ihn umgab.

„Ich glaube nicht, dass der kleine Duckworth wie irgendjemand in der Familie aussieht", verkündete er.

Verity lachte leise. „Du bist nicht an Babys gewöhnt. Er hat die Nase der Agars, und man sagte uns, er würde so groß werden wie die Birminghams."

Adams Mund formte ein O. „Aber er ist so klein!"

Emma und Verity lachten beide.

„Er ist doch erst einen Monat alt!", sagte Emma.

Wie zufrieden Emma mit einem Baby im Arm

aussah. Die geborene Mutter. Er würde nie mehr an sie als ein Mädchen denken. Seine Brust wurde eng.

„Er ist ein feiner Junge, mein erster Enkel."

Adam wirbelte herum und fand sich seiner Mutter gegenüber. Zu seiner Überraschung hielt sie Nicks kleine, uneheliche Tochter Emmie an der Hand. Er hatte seine Mutter nie zuvor prahlen hören. Großmutter zu sein musste die strenge Frau milder gestimmt haben. Er küsste sie auf die Wange. „Mutter, ich möchte, dass du meine Frau kennenlernst, Emma."

Der Blick seiner Mutter glitt über sie und sie nickte anerkennend. Er wünschte, sie hätte etwas zu ihrer neuen Schwiegertochter gesagt, aber seiner Mutter fehlte es an Umgangsformen.

Emma ließ sich nicht beirren. „Ich habe mich schon so lange darauf gefreut, die Frau kennenzulernen, die drei so großartige Söhne großgezogen hat. Sie müssen die beste Mutter in England sein - denn Adam ist mit Sicherheit der beste Mann, den ich je kennengelernt habe."

Natürlich kannte seine behütete Frau nur wenige Männer. Er hätte wegen Emmas häufigen Übertreibungen fast laut aufgelacht. Er nahm an, dass dies eines der Dinge war, die sie ihm so lieb hatte werden lassen. Jeder Tag war für sie *der beste* denn je. Könnte sie doch diese Feststellung für den Rest ihrer Tage machen.

Bei der Vorstellung, dass sie für den Rest ihrer Tage zusammenbleiben würden, erglühte etwas in seinem Inneren.

„Mir scheint, Adams Frau neigt zu Übertreibungen", sagte seine Mutter zu Emma. Sein Herz sank. Würde Mama seine wohlmeinende Frau schelten? Dann fuhr sie fort.

„Aber es ist nett von dir, so etwas zu sagen." Sie streckte ihre Arme aus. „Darf ich meinen kleinen Engel halten?"

Emma übergab ihr Veritys Baby. Die kleine Emmie hob sich auf die Zehenspitzen, um die Haare des kleinen Randolph zu streicheln.

Hatte seine Mutter je ihre eigenen Kinder als *kleine Engel* bezeichnet? Niemals. Was zum Teufel war in sie gefahren?

Emma musterte Nicks Kind. „Du musst Emmie sein! Ich wollte so gerne das kleine Mädchen kennenlernen, das den gleichen Namen trägt wie ich."

Das Kind sah auf und traf Emmas liebevollen Blick, ein schüchternes Lächeln breitete sich über seinem kleinen Gesicht aus. „Du heißt auch Emmie?"

Emma ließ sich auf ihre Knie hinab. „Nicht genau. Ich bin Emma. Niemand hat mich je Emmie genannt, obwohl ich das geliebt hätte. Das ist die Art von Name, den jemand vergibt, der ein Kind sehr liebt."

„Mein Papa hat mich so genannt."

Nick war in das Kind vernarrt - so, wie das Kind in seinen Vater vernarrt war. Lady Fiona hatte die Bewunderung von jedem in der Familie auch durch ihre tiefe Zuneigung zu Nicks unehelicher Tochter gewonnen. Lady Fiona war das erste Mitglied des Adels gewesen, das Adams vollständige Anerkennung erworben hatte. Dann überzeugte die tiefe Hingabe ihres Bruders an Verity ihn, dass nicht alle Adligen gefühllos und arrogant waren. Lady Sophia war auch ein Liebling aller Mitglieder der Birmingham-Familie.

„Und wie gefällt dir das Baby deiner Tante Verity?"

„Ich habe es sehr lieb. Meine Tante erlaubt mir, ihn auf den Arm zu nehmen - solange ich sitze."

„Komm, Püppchen, und ich lasse dich ihn wieder halten", sagte ihre Großmutter. Sie sah Emma an und sagte: „Es war mir ein Vergnügen, dich kennenzulernen, Emma."

Emma trat näher und drückte ihre Lippen auf die Wange des kleinen Randolph, dann auf die ihrer Schwiegermutter. „Das Vergnügen ist ganz meinerseits. Ich bin so glücklich, ein Teil Ihrer Familie zu sein."

Adam stellte sich neben seine Frau und legte seinen Arm um ihre Schultern. „Meine Frau war ein Einzelkind."

„Mir tun Einzelkinder leid", sagte seine Mutter und schaute zu Emmie hinab, die an ihren Röcken hing. „Emmie braucht Brüder und Schwestern."

Emmies Augen wurden groß. „Ich hätte gerne eine Schwester oder einen Bruder."

Adam lächelte breit und schüttelte den Kopf. „Mir scheint, unsere Mutter findet großen Gefallen daran, Großmutter zu sein."

„Das stimmt." Sie ging weg.

* * *

In demselben großen Gasthof, aus dem Emma entführt worden war, versammelte sich die ganze Familie an diesem Abend, um zusammen an einem langen Gasthaustisch, der parallel zu dem großen Backsteinkamin des Raums aufgestellt war, eine Mahlzeit einzunehmen. Im Raum war so viel Wärme, dass Emma sich nicht mehr an das Gefühl ihrer eiskalten Glieder in der Nacht zuvor erinnern konnte.

Lord Agar machte einen guten Eindruck auf Emma, vor allem wegen der Zärtlichkeit, die seine

Frau in ihm hervorrief. Obwohl er mit einem sehr hohen Rang geboren war, hatte Lord Agar mit den Söhnen eines ungehobelten Geschäftsmannes doch viel gemeinsam. Sie waren alle hingebungsvolle Ehemänner.

Emma entdeckte eine leise Ähnlichkeit zwischen Lady Fiona und ihrem Bruder, aber es überraschte sie, dass er nicht annähernd so gut aussah wie die Birmingham-Brüder. Da Lady Fiona so wunderschön war, hatte Emma erwartet, dass Lord Agar weit überdurchschnittlich aussehen müsste.

„Wo ist Mutter?", fragte Emma. Es war das erste Mal in ihrem Leben, dass sie eine Frau mit *Mutter* anredete, und eigentlich gefiel ihr das, obwohl Adams Mutter nicht übermäßig freundlich zu ihr gewesen war. Sie hatte sich davon nicht kränken lassen, da Adam betont hatte, dass der Mangel an Wärme bei seiner Mutter nur noch durch ihren Mangel an Manieren übertroffen wurde.

„Sie hat sich geweigert, uns zu erlauben, das Kindermädchen des kleinen Randolph mitzubringen", sagte Verity. „Sie kümmert sich viel zu gerne selbst um ihn - mit *Hilfe* von Emmie!"

„Unsere Tochter ist verrückt nach Babys", sagte Lady Fiona.

Wie rührend, dass Lady Fiona Nicks kleine Tochter wie ihre eigene behandelte.

„Vielleicht kommt Mutter nie wieder nach Great Acres zurück", scherzte Adam.

Lady Sophia schüttelte den Kopf. „Ich denke, du irrst dich. Wenn erst Lady Fiona oder ich - oder Emma - ein Kind haben, wird eure Mutter ganz schnell wieder nach Süden kommen. Sie ist ebenso verrückt nach Babys wie die kleine Emmie."

Emma sprudelte innerlich vor Freude bei dem Gedanken, ein Kind von Adam zu bekommen, über.

Adam musterte Nick. „Ist euch aufgefallen, dass ein anderer Mensch, eine gütige Frau, von unserer Mutter Besitz ergriffen hat?"

Alle brachen in Gelächter aus.

Nick und William nickten beide.

„Wie lief die Wahlversammlung?", fragte Adam.

Lady Fionas sanfter Gesichtsausdruck wandelte sich zu Erregung. „Oh, ihr hättet Nick hören sollen! Er war wundervoll."

Obwohl jede Frau am Tisch wahnsinnig in ihren Mann verliebt war, glaubte Emma, dass Lady Fionas Anbetung für Nick noch alle anderen übertraf.

William nickte. „Ich glaube, alle waren beeindruckt."

„In der Tat", fügte Lord Agar hinzu. „Lord Petersham sagte, Nick könnte besser zu den Leuten reden als irgendjemand sonst, den er früher gehört hat." Er musterte seine Schwester. „Und ohne zu sehr wie ein Aufschneider zu klingen, muss ich sagen, dass meine Schwester unglaublich charmant war. Nach der Rede, als alle sich in dem Versammlungsraum mischten, hat sie persönlich jedem Mann in der Reihe Punsch serviert und war sehr eindrucksvoll, wie sie jeden nach seiner Familie fragte."

„Ja, ich glaube, die Hälfte der Männer im Raum hat sich in sie verliebt", sagte William.

„Ihr bringt mich alle zum Erröten", sagte Lady Fiona. (Obwohl Emma keine Spur von Röte auf dem elegant blassen Gesicht dieser Dame sah.)

Nick, mit vor Liebe glänzenden dunklen Augen, schaute seine Frau an. „Und du errötest wunderschön, meine Liebe."

„Du darfst nicht vergessen, welche gute Figur Verity gemacht hat", sagte Lady Fiona. „Sie ist diejenige, die fast jeden Mann beim Namen kannte."

Lord Agar strahlte. „Ich bin immer stolz auf meine Frau."

Anders als Lady Fiona, die vom Erröten nur gesprochen hatte, wurde Verity wirklich rot.

Emma hätte seufzen können. Allein von so viel Liebe umgeben zu sein, machte sie glücklich. Vielleicht trug auch die liebevolle Aufmerksamkeit ihres Mannes den ganzen Tag zu ihrem Entzücken bei.

Emma schaute Lord Agar an. „Also sieht es aus, als würde Nick gewinnen?"

„Ich glaube schon", sagte Lord Agar.

Nick hob eine Hand. „Ihr seid alle übermäßig zuversichtlich. Mein Gegner ist hochqualifiziert."

Lady Fiona schmollte. „Er kann dir nicht das Wasser reichen."

„Gesprochen wie eine liebende Ehefrau", sagte Nick und hob die Hand, um ihre Wange liebevoll zu streicheln.

Lord Agar begann, sich zu erheben. „Ich hasse es, dass wir aufbrechen müssen. Wir haben heute Morgen versucht, Zimmer hier zu bekommen, aber der Gasthof ist voll, vermutlich voller Birminghams! Wir haben eine zweistündige Fahrt vor uns, die uns nicht vor Mitternacht nach Hause bringen wird."

Verity sah Emma an. „Ich wäre den ganzen Tag gefahren, um meine liebe neue Schwester kennenzulernen."

Emma war überwältigt. „Es geht mir genauso. Ich wäre eine Woche lang gefahren."

„Aber", fügte Adam hinzu, „meine Frau hat das Unglück, mit einem Mann verheiratet zu sein, der sich nicht so lange Zeit von seinen Geschäften entfernen kann."

„Dann bin ich sehr glücklich, dass ich einen Mann geheiratet habe, der nicht arbeiten muss", sagte Verity und sah ihren Ehemann anbetend an.

Emma versuchte, Adam anbetend anzusehen. „Ich würde nie ohne dich reisen - schon gar nicht für Wochen."

„Nach der letzten Nacht würde ich das nie zulassen!"

Dass jemandem so offenkundig viel an ihr lag, war wundervoll. Sie hatte gewusst, dass Tante Harriett sie liebte, aber ihre Tante hatte das nie gezeigt oder darüber gesprochen.

Emma liebte es, Teil der Birmingham-Familie zu sein.

* * *

Adam wollte Emma genug Zeit lassen, um sich fürs Schlafengehen fertig zu machen. Es wäre am besten, wenn sie schon schlafen würde, wenn er in ihr Zimmer käme, so dass ihn die erregende Wirkung, die sie neuerdings auf ihn hatte, nicht in Versuchung führen würde. Es wäre besser, aber es war nicht, was er wirklich wollte. Sein Atem ging schneller, als er daran dachte, wie ihr Gesicht sich aufhellte, wenn er in das Zimmer trat, wie er den Schatten ihrer Brustwarzen unter dem feinen Leinen des Nachthemds ahnen konnte, wenn er in ihr Bett kletterte.

Nachdem er sie bis an die Zimmertür gebracht hatte - er würde nicht riskieren, dass irgendetwas

Bedrohliches im Flur oder ihren Räumen auf sie lauerte - und sie sicher dort eingeschlossen wusste, zog William ihn beiseite und sprach ihn mit leiser Stimme an. „Nick und ich müssen mit dir reden."

Er folgte seinem Bruder zu einem kleinen, schwach beleuchteten Salon, wo Nick auf sie wartete; drei frische Krüge Ale standen auf dem rohen Holztisch, ein Feuer brannte in einer Ecke des Raums.

Nachdem sie sich hingesetzt hatten, fing William an. „Wir wollten mit dir über die Sache mit dem Mord an Emmas Onkel sprechen. Wer ist der Kerl?"

„Wir glauben, dass es der Schreiber ist, der bei der Ceylon-Tee-Gesellschaft unter Simon Hastings arbeitete, ein Mann namens Ashburnham. Wir haben ziemlich viele Anhaltspunkte dafür, dass er Hastings neues Testament gefälscht hat und wir haben den starken Verdacht, dass er Hastings mit Gift ermordet hat." Er brachte sie über alle Einzelheiten, die Emma und er in der Zeit von mehreren Tagen herausgefunden hatten, aufs Laufende.

„Ich vermute, dir ist eingefallen, dass Ashburnham hinter Emmas Entführung stecken könnte", sagte Nick.

„Ja. Emma und ich denken beide, dass das der Fall ist."

Williams Augen wurden schmal. „Es muss dich in Schrecken versetzen, dass sie die Absicht hatten, deine Frau umzubringen, nachdem dieser Ashburnham herausgefunden hatte, was er wissen musste."

Adam fühlte sich, als hätte eine Kanonenkugel ihn getroffen. „Allerdings, das ängstigt mich."

„Emma und du könnt nicht auf unbestimmte Zeit in solcher Angst leben. Du kannst sie nicht jede Minute des Tages bewachen", sagte Nick.

„Wir haben die bestausgebildeten, bestbewaffneten Männer des Königreichs in unseren Diensten", entgegnete Adam.

Nick runzelte die Stirn. „Es ist Emma gegenüber kaum fair, sie ständig von schwer bewaffneten Männern verfolgen zu lassen."

„Nick und ich haben darüber gesprochen und wir denken, ihr müsst diesen Ashburnham herauslocken."

Adam lehnte sich zurück und betrachtete seine Brüder, als wären ihnen gerade Hörner gewachsen. „Wie schlagt ihr vor, dass ich das machen soll?"

„Du stellst ihm eine Falle", sagte William.

Adam dachte einen Moment nach. „Ich kann mir keine Möglichkeit vorstellen, bei der ich nicht meine Frau in Gefahr bringen würde."

Williams Gesicht war unergründlich. „Der einzige Weg, wie das funktioniert, ist, Emma als Köder zu benutzen."

Zorn stieg in Adam auf. „Auf keinen Fall!"

Nick hob eine Hand. „Hör uns bis zum Ende an."

„Wir würden sie nie in Gefahr bringen", fuhr William fort. „Du - und unsere allerbesten Söldner - werden ihr insgeheim die ganze Zeit folgen. Wir werden es nur so *aussehen* lassen, als würde sie alleine in der Stadt herumfahren."

Adam stand auf, Fäuste geballt. „Nichts kann mich davon überzeugen, meine Frau in Gefahr zu bringen. Niemals." Er stürzte aus dem Raum.

Als er in ihr Schlafzimmer kam, schlief Emma schon fest.

Kapitel 20

Auf der anderen Seite der Kutsche berührten sich Williams und Lady Sophias Oberschenkel und sie hielten sich an der Hand. Solches Eheglück hätte den überzeugtesten Junggesellen seine Meinung ändern lassen können.

Adam rutschte auf seiner Bank weiter, bis er die Wärme von Emmas Bein an seinem fühlte. Er legte seine beiden Hände um ihre. Nur einen Hauch des Rosendufts seiner Frau zu erhaschen, verstärkte Adams neu gefundene Zufriedenheit mit seiner Ehe. Er wäre nirgendwo lieber auf der Welt gewesen als in diesem Moment in dieser Kutsche mit dieser Frau.

Er war dankbar, dass ihnen Regen erspart blieb. Jede Verzögerung würde ihnen einen weiteren Tag auf der Straße einbringen, einen weiteren Tag weg von seiner Bank. Er hörte auf, seine Gedanken in diese Richtung laufen zu lassen. Die Bank war nicht länger das Wichtigste in seinem Leben. Bis er geheiratet hatte, war das Geschäft sein Leben gewesen. Jetzt war es Emma. Er würde nicht in die Bank zurückkehren können, bis er nicht wusste, dass sie sicher war.

Sie hatten Stenson Keyes bei Morgengrauen verlassen und waren mit kurzen Aufenthalten am Weg unter blauem Himmel durch die schöne Landschaft gefahren. Die Menschen, die in den Postkutschen reisten, die von einer Stadt zur anderen rasten, ohne Rücksicht auf die

Bequemlichkeit ihrer Passagiere, taten ihm leid.

„Bist du mit der Postkutsche nach London gefahren?", fragte er seine Frau.

„Ja. Es war das erste Mal, dass ich eine nennenswerte Strecke gereist bin, und ich muss sagen, dass es den Vergleich zur Fahrt in einer Birmingham-Kutsche *nicht* aushält."

„Dann war es eine unangenehme Erfahrung für dich?", fragte er.

Sie hob die Schultern. „Ich vermute, es hätte unangenehm sein können, wenn ich nicht so aufgeregt gewesen wäre. Nach London zu fahren war das große Abenteuer meines Lebens. Nichts hätte meine Freude beeinträchtigen können."

„Bitte Emma", sagte Lady Sophia, was war das Schlimmste an deiner Fahrt in der Postkutsche?"

Emma kicherte. „Der dicke Mann, der neben mir saß."

Lady Sophia kicherte auch. „Hoffen wir, dass er wenigstens sauber war."

„Keineswegs", sagte Emma mit leichtem Kopfschütteln. „Ich konnte nicht feststellen, ob er nach ranziger Schweinepastete oder harter Arbeit roch, so wie ..." Sie schaute ihren Mann an, ein heiteres Lächeln erhellte ihr Gesicht, „wie Holzhacken."

Jetzt brach Adam über ihren eigenen privaten Scherz in Gelächter aus. „Meine Frau macht sich über mich lustig, weil ich nie mit einer Axt auf ein Holzscheit geschlagen habe."

Lady Sophia wandte sich zu ihrem Mann. „Hast du das?"

„Zählt es, eine Tür mit einer Axt einzuschlagen?"

„Nein", antwortete seine Frau.

Emmas Augen wurden groß, als sie William

anschaute. „Wann, bitte, hast du je eine Tür mit einer Axt einschlagen müssen?"

„Du wusstest nicht, dass mein Mann seine … Dienste dem Außenministerium anzubieten pflegte?"

„Nein."

Lady Sophia zuckte die Achseln. „Ich auch nicht, erst, als wir verheiratet waren."

William zuckte die Achseln. „Jetzt bin ich hoffnungslos zahm. Man stellte mir ein Ultimatum. Entweder meine schöne Isadore oder meine geheimen Aktivitäten."

„Ich kann verstehen, wie Lady Sophia sich gefühlt haben muss." Emma schaute William mit einem Hauch von Bewunderung in ihren Augen an. „Aber deine geheimen Aktivitäten klingen außerordentlich spannend."

Lady Sophia funkelte sie an. „Es ist nichts Spannendes daran, wenn Leute dich umbringen wollen."

„Das verstehe ich", sagte Emma mit leiser Stimme und drückte Adams Hand.

Der Ernst in ihren Worten ließ sie alle an ihre eigene Begegnung mit Männern, die sie tot sehen wollten, denken. Ein paar Momente lang sprach niemand in der Kutsche.

„Erlaubt mir eine Frage", sagte Emma schließlich mit einem angenehmen Lächeln in ihrer Stimme, „ist *einer* von euch je in einer Postkutsche gefahren?"

Alle sagten: „Nein."

Etwas später sagte Emma: „Ich fühle mich so elend, dass Lady Sophia, Adam und ich nicht in Stenson Keyes sein konnten, um Nick zu unterstützen."

„Es ist, als ob die ganze Reise und der

schreckliche Zwischenfall völlig umsonst waren",
sagte Adam.

„Oh, aber es waren ja nicht *nur* schreckliche
Erfahrungen", sagte seine Frau. „Außer in dieser
einen Nacht, ansonsten hatte ich so viel Freude."
Sie seufzte. „Ich glaube, so viel Freude hatte ich
noch nie."

Alle in der Kutsche lächelten sie an.

„Meine Frau hat nicht nur ein langweiliges
Leben geführt, sie neigt auch dazu, sich mit
Übertreibungen auszudrücken." Adam lächelte sie
an. „Emmas fröhliche Art gehört zu den Dingen,
die sie so charmant machen."

Charmant. Ja, das Wort *passte* zu seiner Frau.

„Danke." Emmas Stimme war fast ein
Quietschen.

„Ich bin euch beiden wirklich dankbar, dass ihr
so freundlich zu meiner Frau wart."

Emma begann zu gähnen, legte ihren Kopf an
seine Schulter und war kurze Zeit später
eingeschlafen. Ihre Nähe und die Bewegungen der
Kutsche verschafften ihm eine Zufriedenheit wie
noch nichts, das er bisher erlebt hatte.

Er schaute weiter aus dem Fenster. Langsam
wurde es dämmrig, dann wurde die Dämmerung
von einem Schleier der Dunkelheit abgelöst.

Sie hielten für die Nacht im gleichen Gasthof
an, den sie schon auf ihrer Reise nach Norden
beehrt hatten. Bei ihrem letzten Besuch hatte
Nick schon im Voraus seinen Kammerdiener die
Zimmer für diese Nacht reservieren lassen.

Sie waren alle erschöpft davon, so viele
Stunden in der Kutsche eingesperrt gewesen zu
sein. Das Essen war gut und reichlich, eine
Unterhaltung kam kaum zustande.

Nach dem Essen sagten alle einander gute

Nacht und verschwanden in ihren jeweiligen Zimmern.

Als Adam und Emma alleine in ihrem waren, drehte sie sich um und sah ihm mit ernstem Ausdruck ins Gesicht. Sie holte tief Atem. „Ich weiß, dass ich noch Übung brauche und es nicht sehr gut kann, aber ich möchte so furchtbar gerne, dass du mich küsst."

Es war, als bräche eine Lawine aufgestauten Verlangens über ihm zusammen. Sein ganzer Körper zitterte, er zog sie in seine Arme und küsste sie gierig. Ihr Atem ging ebenso hastig wie seiner, als sie sich auf Zehenspitzen hob und ihre Arme um ihn legte und alle Anzeichen dafür sehen ließ, dass sie dies ebenso genoss wie er.

Mit einem tiefen Atemzug verringerte er den Druck ihrer Lippen und knabberte zärtlich an ihrem Mund. Leises, lustvolles Stöhnen entrang sich ihr. Sie drängte sich noch näher an ihn. Er fühlte sich, als ob er vor Verlangen nach dieser Frau, *seiner Frau*, bersten könnte. Ihre Lippen öffneten sich übereinander - ein Vorspiel für diese innigste Vereinigung.

Sie küsste nicht wie eine Jungfrau. Selbst, als seine Zunge in die Wärme ihres Mundes glitt, zuckte sie nicht zurück, sondern hieß sie so gierig willkommen wie ein Kind, das an der Brust seiner Mutter saugt.

„Du brauchst keinen Unterricht im Küssen", murmelte er schließlich. „Deine Küsse sind perfekt." Er seufzte. Er begehrte sie so sehr, aber begehrte sie ihn in der gleichen Weise? Er wusste nicht, wie er fragen sollte. Er wollte sie nicht beleidigen.

„Ich habe es sehr genossen." Ihre Stimme war so atemlos wie von jemandem, der ... Holz gehauen hatte!

Er legte seine Hand um ihr schönes, kleines Gesicht. „Ich könnte mir keine andere Frau als meine Frau wünschen." Das war keine Liebeserklärung, aber doch dicht daran. Er hatte nie einer Frau gesagt, dass er sie liebte. Er glaubte jedoch, dass er tatsächlich dabei war, sich in Emma zu verlieben, aber er hätte nie diese Worte aussprechen können, bevor er sich nicht sicher war.

Ihr Körper presste sich an ihn. *Gott helfe mir,* dachte er.

„Erinnerst du dich an die Worte, die wir vor dem Pfarrer in St. George's an unserem Hochzeitstag gesprochen haben?", flüsterte sie.

„Welchen Teil?"

„Den Teil, dass wir beide ein Fleisch sein würden."

Sie will mich wirklich!

Ihre Augen trafen sich. Er zitterte so und sein Atem ging so heftig, dass er nicht sicher war, ob er würde sprechen können. „Heißt das, dass du nichts dagegen hättest, wenn ich ... nun, in jeder Weise dein Ehemann würde - so, wie der Pfarrer sagte?"

„Ich hätte nichts dagegen."

Er hob sie auf seine Arme und trug sie zum Bett. *Ihrem gemeinsamen Bett.*

Kapitel 21

Er hatte es in der letzten Nacht nicht gesagt, aber Emma wusste, dass Adam sie liebte. Jetzt wusste sie, wie es sich anfühlte, so geliebt zu werden. Jede Zärtlichkeit, jeder Kuss zeigte seine zärtlichen Gefühle für sie. Sie wusste auch, was es bedeutete, eine Ehefrau zu sein. Sie wusste, was es hieß, zu lieben.

Aber sie hatte diese Worte auch noch nicht zu ihm gesagt. Er musste sie als erster sagen. Sie hatte schon alle Schritte gemacht.

An diesem, dem letzten Tag ihrer Reise, saßen sie in der Kutsche eng beieinander und weder sie noch ihr Mann schienen in der Lage zu sein, die Hände vom anderen zu lassen. Sie konnte das Lächeln nicht von ihrem Gesicht wischen oder das wilde Rauschen in ihrem Herzen zum Schweigen bringen. Sie hätte ihre Liebe zu Adam vom Turm jeder Kirche zwischen hier und London schreien mögen. Was hatte sie je getan, um solches Glück zu verdienen?

Genau wie am ersten Tag ihrer Reise wünschte sie sich, dass sie nie enden würde. Sein Haus war so schrecklich groß und so schön es war, zog sie doch die Intimität dieser Kutsche vor. Sie ließ sie so nahe beieinander bleiben, dass kein Blatt Papier zwischen sie gepasst hätte.

„Freust du dich nicht schon auf zu Hause?", fragte Lady Sophia sie.

Emma schüttelte den Kopf. „Ich habe jede

Minute dieser Reise genossen - außer dieser einen, grässlichen Nacht." Ihr Blick fiel auf die roten Ringe nässender Haut um ihre Handgelenke. Sie heilten. Sie fragte sich, ob Adams zärtliche Küsse in der letzten Nacht nicht zu ihrer sichtbaren Besserung beigetragen hatten.

Obwohl diese eine Nacht wirklich schrecklich gewesen war, all ihre körperlichen und innerlichen Leiden waren ausgelöscht worden, als Adam sie in seine Arme gezogen hatte. Er hatte ihr zu verstehen gegeben, dass sie zu verlieren ihn hatte verstehen lassen, wie wichtig sie für ihn war.

Es war jede Sekunde ihrer Qual wert gewesen, denn es hatte ihre Liebe zueinander gefestigt.

„Was könntest du daran genießen, tagelang hier eingesperrt zu sein?", fragte Lady Sophia.

„Vieles. Ich habe die Erfahrung gemacht, wie es ist, in einem Gasthof zu übernachten. Und weil es für mich eine neue Erfahrung war, war die Vorfreude fast ebenso aufregend wie der tatsächliche Aufenthalt."

Der Ausdruck auf Williams Gesicht sprach von völligem Unglauben. „Du meinst, es hat dir wirklich gefallen, in einem Gasthof zu übernachtcn?"

Adam lachte leise. „Etwas so simples, wie Baumaterialen, die den Strand hinabtransportiert werden, findct meine Frau aufregend."

„Das liegt daran, dass ich mein ganzes Leben in einem Dorf mit weniger als hundert Leuten verbracht habe."

„Ach du meine Güte", rief Lady Sophia aus. „Das beschränkt allerdings auch die Heiratsaussichten erheblich."

Emma lachte. „In der Tat. Ich hatte nur einen

Verehrer, und der arme Kerl war außerordentlich dämlich. Er jagte mir einen Schrecken ein, als er mir erzählte, dass er seine Liebe zu mir verkündet hätte, indem er etwas in den Königin-Elizabeth-Baum auf der Gemeindewiese eingeschnitten hätte. Ich war erleichtert, als ich sah, dass er meinen Namen falsch buchstabiert hatte."

„Wie kann man Emma falsch buchstabieren?", fragte Lady Sophia mit zusammengezogenen Brauen.

„I-M-A."

Alle lachten.

„Bitte", fragte William, „was ist der Königin-Elizabeth-Baum?"

„Die Königin sollte auf ihrem Zug nach Norden einen Baum auf der Gemeindewiese pflanzen, aber irgendwie fuhr sie an Upper Barrington vorbei - wie die meisten. Um nicht eine gute Eiche zu verschwenden, ging einer meiner Lippencott-Vorfahren her und pflanzte sie stattdessen, und seither heißt sie der Königin-Elizabeth-Baum."

„Ich würde meinen", sagte Lady Sophia, „dass es ein sehr glücklicher Umstand ist, dass du Nord-Barrington verlassen hast und nach London gekommen bist, um Adam im Sturm zu erobern."

Es freute Emma, dass sie dachten, dass ihre Ehe mit Adam als Liebesehe begonnen hatte. Sie hoffte von ganzem Herzen, dass das von nun an die Wahrheit war. Emma schob ihren Arm unter den seinen. „Ich habe sehr viel Glück gehabt." Sie hatte sagen wollen, dass sie das glücklichste Mädchen in ganz England war, aber ihr Mann würde ihr sicher wieder vorwerfen, dass sie übertriebe. Nur glaubte sie ganz sicher, dass sie das glücklichste Mädchen nicht nur in *England*, sondern im ganzen Universum war.

Dank des guten Wetters und der guten Straßen erreichten sie London vor Einbruch der Dunkelheit. Bevor sie die Kutsche verließen, spähte Adam heimlich aus seinem Fenster in der Kutsche, um zu sehen, ob er entdecken könnte, dass jemand das Haus beobachtete. Er hatte ihnen nicht gesagt, was er tat, aber Emma kannte ihn inzwischen ziemlich gut - so, wie er sie.

Diese gedankliche Nähe war auch ein Teil der Ehe. Es gab nichts am Verheiratet Sein, das sie nicht genoss.

„Irgendwelche Männer, die herumlungern und unser Haus beobachten?", fragte sie. Es war das erste Mal, dass sie das Haus in der Curzon Street als *unser* Haus bezeichnete. Heute fühlte sie sich zum ersten Mal wirklich als Adams Frau.

„Nicht, dass ich sehen könnte."

Sie verabschiedeten sich von William und Lady Sophia und kletterten aus der Kutsche. „Wir sind wieder in unserem Heim, mein Liebes."

Er hatte es gesagt! Alles, was ihm gehört hatte, war jetzt *unser.* Sie fühlte sich, als würde sie auf Wolken schweben, als sie am Arm ihres Mannes zu *ihrer* Vordertür schritt.

* * *

Am nächsten Morgen, nachdem sie in ihrem Schlafzimmer in den Armen des anderen erwacht waren, sagte Adam ihr, dass er einen sehr geschäftigen Tag haben würde.

„Ich muss zur Bank, aber vorher sollten wir zu Emmott fahren. Es ist fast eine Woche her, dass wir ihm diese Handschriftproben dagelassen haben. Inzwischen sollte eine Antwort da sein."

„Ich kenne die Antwort schon."

„Ich glaube, ich auch." Ihre Blicke trafen sich. „Du kommst im Übrigen mit mir, gleich, wohin ich gehe." Er kletterte aus dem Bett und begann, sich anzuziehen.

Sie setzte sich auf und sah ihm zu. „So sehr ich James Ashburnhams hasse, ich werde ihm dankbar sein müssen, weil er mich bei dem Menschen sein lässt, mit dem ich am liebsten mein Leben verbringen möchte." *Da!* Sie hatte fast dieselben Worte zu ihm gesagt, wie er ihr in der Nacht gesagt hatte, als sie sich zuerst geliebt hatten.

„Du bist noch nicht lange genug in meiner Nähe gewesen. Du wirst froh sein, wenn Ashburnham zur Rechenschaft gezogen worden ist und du mich wieder los wirst."

Sie schmollte. „Ich könnte fast wünschen, dass er nie zur Rechenschaft gezogen würde."

Mit einem glühenden Ausdruck auf seinem Gesicht kam er quer durch das Schlafzimmer und zog sie aufstöhnend in seine Arme. „Hast du irgendeine Vorstellung davon, was für eine Wirkung du auf mich ausübst?" Er presste hungrig seinen Mund auf ihren.

Dessen würde sie auch nie müde werden, das wusste sie.

* * *

So sehr sie die viertägige Kutschfahrt mit William und Lady Sophia genossen hatte, zog Emma es doch vor, mit ihrem Mann allein in ihrem Wagen zu sitzen. An diesem Morgen zog er sie auf seinen Schoß und sie gönnten sich flüsternde, knabbernde Küsse zwischen Mayfair und Holborn. Es störte sie nicht einmal, als ihre Kutsche für einige Minuten auf dem Strand völlig zum Stehen kam, weil die vielen Gefährte sich gestaut hatten.

Weder wütende Mietkutscher, Jungen, die

heiße Kastanien ausriefen, noch das Klirren zerbrechenden Glases konnten sie bei der kurzen Fahrt durch London von ihrem Vergnügen ablenken. Der peitschende Wind draußen an diesem kalten Tag trug nur zu ihrem Wohlgefühl bei, das sie im Schutz der Kutsche geborgen empfand - mit dem Mann, den sie liebte.

Als sie sich Mr. Emmotts Büro näherten, wurde sie traurig. Sie befanden sich so nahe dem Ort, wo die Gesellschaft ihres Onkels ansässig war. Er musste viele Male durch dieselben Straßen gefahren sein. Sie konnte nicht an Onkel Simon denken, ohne sich betrogen zu fühlen, weil sie ihn nicht hatte kennenlernen dürfen, und zornig, dass sein Leben vorzeitig beendet worden war.

Bevor sie aus der Kutsche ausstiegen, knöpfte Adam ihr die warme Pelisse bis unters Kinn zu und sie legte ihre Hände in den Hermelinmuff. Er packte sich auch warm ein. „Es ist ein stürmischer Tag. Ich möchte nicht, dass du dir ein Lungenfieber holst", sagte er.

Sie hatte sich nicht mehr so umsorgt gefühlt, seit sie ein kleines Mädchen war.

In Mr. Emmotts Büro wurden sie wieder sehr enthusiastisch begrüßt. „Ich fühle mich sehr geehrt, dass Sie meine Räume besuchen, Mr. und Mrs. Birmingham. Ich wäre sonst heute zu Ihnen gekommen, Sir", sagte er zu Adam. „Bitte setzen Sie sich. Ich war nicht sicher, dass Sie in der Bank sein würden. Seit Sie verheiratet sind, scheinen Sie weniger Zeit in ihrem Unternehmen zu verbringen."

Adam nickte. „Ich hoffe, dass meine Geschäfte nicht darunter leiden."

„Niemals! Es ist die erfolgreichste Bank im Königreich. Etwas, was auf so festem Fundament steht, wird nicht so schnell zusammenbrechen."

„Tatsächlich waren wir diese Woche in Yorkshire, um meinem Bruder bei seiner Wahlkampagne zu helfen."

„Ja, ich habe von Nicholas' Kandidatur gelesen. Er wird im Parlament viel beitragen können."

„Wenn er gewählt wird", sagte Adam.

„Der beste Mann muss gewinnen, und das wird Nicholas sein, da bin ich mir ziemlich sicher."

„Haben Sie irgendwelche Antworten von Ashburnham in unserer Abwesenheit erhalten, bezüglich Simon Hastings' Testament?"

Mr. Emmott schüttelte den Kopf. „Aber ... ich habe einige Informationen für Sie, die hoffentlich willkommen sein werden."

Adams Brauen hoben sich. „Über diese Handschriftproben?"

„Ja."

Emma setze sich aufrechter hin und konnte ihre Neugier kaum zügeln.

„Alle Ihre Vermutungen haben sich bestätigt."

Sie und Adam tauschten glückliche Blicke aus.

„Laut unserem Experten enthält dieses Adressetikett alle Unterlängen, die in dem gefälschten Testament zu finden sind. Sie werden sich erinnern, sie passten nicht zu der Handschrift in dem alten Testament."

„Und der Brief, der angeblich von Faukes stammt?", fragte Adam.

„Gefälscht. Meine Experten bestätigten ihren Verdacht. Obwohl auch das eine gute Fälschung war, gleichen doch die Unterlängen genau denen auf dem Adressetikett. Sie gleichen nicht denen, die tatsächlich von Mr. Faukes geschrieben wurden."

„Dann deutet all dies auf die Tatsache hin, dass

das Testament von James Ashburnham gefälscht wurde", sagte Adam.

„Allerdings."

„Was kommt als nächstes?"

„Wenn wir ihn nicht davon überzeugen können, seine Ansprüche fallen zu lassen, werde versuchen, ihn vor Gericht zu bringen."

Ihre Augen wurden rund. „Würde das nicht Jahre dauern?"

Emmott nickte. „Nicht nur das, es würde auch das Geld aufzehren, das das Testament verschaffen würde."

„Dennoch", sagte Adam, „möchte ich, dass Sie Ashburnham informieren, dass wir Beweise gegen ihn haben und bereit sind, diese Angelegenheit vor Gericht zu bringen."

Mr. Emmott nickte. „Der Brief wird heute noch aufgesetzt und ihm zugestellt."

„Ich hasse es, dies zu erwähnen", sagte Adam, „aber wir befürchten, dass Mr. Ashburnham den Onkel meiner Frau vergiftet haben könnte. So sehr mir der Gedanke missfällt, vielleicht sollten wir Hastings Leiche exhumieren und untersuchen lassen."

„Zu beweisen, dass ihr Onkel vergiftet wurde, wird nicht bewiesen, wer ihm das Gift beigebracht hat", sagte Mr. Emmott.

„Das stimmt", gab Emma zu. „Ich bin nicht sicher, dass wir das zum jetzigen Zeitpunkt durchziehen sollten." Sie seufzte. „Ich bin nicht sicher, dass ich das ertragen könnte."

Adam nahm ihre Hand und drückte sie.

* * *

Kurze Zeit nachdem sie in der Bank eingetroffen waren, wo Adam Emma allen seinen Angestellten vorstellte, kam Nick. „Ich dachte mir, dass du hier sein würdest", sagte er zu Adam.

„Und ich wusste, dass du nicht von der Börse fernbleiben könntest. Gibt es etwas, das du mit mir besprechen möchtest?", fragte Adam.

„Nein. Ich war früh dran, daher dachte ich, ich könnte kommen und euch begrüßen." „Wenn du einiges mit deinen Mitarbeitern zu besprechen hast, kann ich ein paar Minuten bleiben und mit deiner charmanten Frau plaudern."

Adam nickte. „Danke. Ich muss mit Johnson sprechen." Sein Blick blieb für einen Moment auf ihr ruhen, bevor er wegging.

„Möchtest du dich nicht zu mir auf das Sofa setzten?", fragte Nick.

Manchmal fand sie es lustig, wenn Nick sprach. Weil er Adam so ähnelte, dachte sie, die beiden müssten sich auch genauso anhören, aber dem war nicht so. Nick sprach viel schneller und der Klang seiner Stimme war völlig anders als der ihres Mannes.

„Ich hatte gehofft, dich alleine sprechen zu können", sagte er.

Zwischen ihren Brauen bildete sich eine Falte. „Ist etwas nicht in Ordnung?"

Er zuckte mit den Schultern. „Wir machen uns natürlich alle große Sorgen um dich und Adam. Ihr könnt kaum ein normales Leben führen, solange diese Bedrohung bestehen bleibt. Ich weiß, dass Adam fast krank vor Sorge ist."

„So sehr ich es liebe, jede Minuten mit meinem Ehemann zu verbringen, weiß ich doch, dass diese Situation unhaltbar ist."

„William und ich haben eine Lösung vorgeschlagen, aber Adam wurde wütend, als wir sie ihm erklärten.

Ihre Augen wurden schmal. „Warum?"

„Weil er sagte, das würde dich in Gefahr bringen."

„Sprich weiter."

„Wir denken, dass wir dich als Köder für diesen Ashburnham benutzen könnten."

„Ich denke, das bin ich schon."

„Aber mit Adam ständig an deiner Seite ist es nicht wahrscheinlich, dass Ashburnham je etwas unternehmen wird."

„Er muss zur Rechenschaft gezogen werden. Was schlagen William und du vor?"

„Adam muss es so *aussehen* lassen, als würdest du alleine in London herumlaufen. Du wärest nicht wirklich alleine. Die Birminghams haben eine nennenswerte Truppe von äußerst fähigen Männern, die dich ständig beobachten würden. Sie können als alles Mögliche verkleidet sein, vom Schornsteinfeger bis zum Mietkutscher."

„Lass mich eine Frage stellen. Wenn Lady Fiona in einer Lage wie der meinen wäre, würdest du sie alleine in London herumlaufen lassen? Würdest du ihre Sicherheit diesen *Söldnern* der Birminghams anvertrauen?"

Einen Moment zögerte er zu antworten. „Ich weiß nicht, ob ich das könnte."

„Ich kann dir versichern, Adam empfindet dasselbe. Er glaubt nicht, dass jemand mich so gut beschützen könnte, wie er es kann."

Ein leises Lächeln huschte über Nicks Gesicht. „Ich wusste am ersten Abend, als ich dich kennenlernte, dass Adam sich unsterblich in dich verlieben würde. Es geschah nur schneller, als ich dachte."

„Ich war nie mit Vermögen oder großer Schönheit gesegnet, aber aus einem unerfindlichen Grund wurde ich damit gesegnet, Adams Zuneigung erringen zu können."

„Fiona und ich haben es genossen zuzusehen, wie ihr beide euch verliebt."

Er wollte aufstehen.

„Geh nicht. Wir müssen über diesen Plan sprechen. Ich bin durchaus willens, den Köder zu spielen. Ich vertraue Adam völlig, wenn es um mein Wohlergehen geht. Die Schwierigkeit wird sein, einen Weg zu finden, dass er mich beobachten kann, ohne dass Ashburnham oder dessen Mietlinge ihn sehen." Sie sah zu Nick auf. „Denn Adam wird nie zustimmen, meine Sicherheit anderen Händen zu überlassen."

„Jetzt verstehe ich es. Ich könnte Fiona unter solchen Umständen auch nicht aus den Augen lassen. Ich werde mit William reden. Er weiß, was zu tun ist. Er hat Jahre auf dem Kontinent damit verbracht, Männern auszuweichen, die ihn töten wollten."

Kaum hatte er über William gesprochen, kam dieser in die Bank geschlendert.

Nick erzählte ihm, dass Emma bei ihrem Plan mitzumachen bereit sei, wenn sie einen Weg fänden, der es Adam erlauben würde, sie ständig zu beobachten, ohne dass er gesehen würde.

„Das ist einfach", sagte William. „Wir verkleiden ihn als Frau. Ich habe den Feind noch nicht erlebt, der Frauen mittleren Alters oder alte Frauen beachtet. Adam würde entscheiden müssen, ob er eine weiße Perücke tragen möchte oder eine … rote."

Sie konnte sich nicht vorstellen, dass Adam sich von irgendetwas würde überzeugen lassen, sich als Frau zu verkleiden.

„Aber du bist viel kleiner als Adam",

protestierte Nick. „Hast du je eine Frau gesehen, die größer als sechs Fuß ist?"

„Viele Male, obwohl, wie ich zugeben muss, in unserem Heimatland sind sie selten." William dachte einen Moment nach. „Er muss sitzen. Dann fällt seine Größe nicht so sehr auf. Auf einem Pferd sitzen oder einen Wagen fahren."

„Das hängt natürlich von der Zustimmung meines Mannes ab."

„Hoffentlich wird er eher einwilligen, nachdem du dazu bereit bist", sagte Nick.

Adam kam in den Empfangsbereich und begrüßte seine Brüder. „Habt ihr in den letzten vier Tagen nicht genug von mir gesehen?"

„Wir hatten etwas Wichtiges mit deiner Frau zu besprechen." Nick musterte die Tür zum Büro seines Bruders. „Erlaube uns, dies privat zu besprechen."

Als sie im Büro waren, sprach Emma. „Ich glaube, deine Brüder haben einen genialen Plan, um Ashburnham zu fangen."

Adam sah William böse an. „Wenn es derselbe ist, den sie vor zwei Tagen vorgelegt haben, will ich nichts damit zu tun haben."

„Aber ich schon", sagte sie. „Ich habe nichts dagegen, den Köder zu spielen - wenn ich weiß, dass mein Mann (nebst verkleideten Söldnern der Birminghams) mich die ganze Zeit im Auge haben wird."

Adam schaute immer noch böse drein, als er William fragte: „Wie denkst du es dir, dass ich sie beobachten kann, ohne dass jemand mich sieht?"

„Du wirst es so machen wie ich es sehr oft gemacht habe, wenn ich in einer gefährlichen Situation war."

„Und das wäre?", fragte Adam.

„Du verkleidest dich als Frau."

Adam erstarrte. Kein Wort fiel.

Sie warteten auf seine Antwort.

Emma war sicher, dass er niemals einverstanden sein würde. Zuerst, weil er viel zu abgeneigt war, sie allein zu lassen. Zweitens, weil sein männlicher Stolz ihm nicht erlauben würde, sich wie eine Frau anzuziehen.

Schließlich wandte er sich an William. „Es ist deine Aufgabe, Perücken und altmodische Kleidung für eine sehr große Frau zu besorgen."

Kapitel 22

Am nächsten Tag tauchte William mit einem großen Sack in der Curzon Street auf.

„Was zum Teufel bringst du da?", fragte Adam.

„Eine Auswahl von Frauenperücken in Farben von weiß bis rot. Du kannst nicht darauf zählen, dass der Plan bereits am ersten Tag funktioniert. Du wirst jeden Tag ein anderes Aussehen brauchen, um keine Aufmerksamkeit zu erregen." Er holte sie aus dem Sack, eine nach der anderen.

Als er begann, die gebrauchten Kleider auszupacken, stöhnte Adam und sah seine Frau an. „Das würde ich für niemand anderen tun."

Sie näherte sich ihm und legte ihren Arm um seine Taille. „Ich weiß es sehr zu schätzen."

Selbst im hellen Tageslicht und in Gegenwart seines Bruders übte ihre Berührung noch eine große Wirkung auf ihn aus. Er fragte sich, ob es je alltäglich werden würde, mit ihr zusammen zu sein. Er hoffte zu Gott, dass sie in ihm immer diese Gefühle erwecken würde wie heute. Geistesabwesend küsste er sie auf ihren Kopf.

„Los", sagte William, „probiere die Kleidung an. Unten im Sack findest du einen Busen."

Emma begann zu kichern. „Verzeih mir, aber der Gedanke ist einfach so witzig."

Er warf ihr einen gespielt bösen Blick zu. „Du darfst nicht über mich lachen!"

„Tut mir leid", sagte sie.

Er beäugte seinen Bruder. „Muss ich einen

Busen haben?"

William und Emma nickten beide.

Er stieß einen tiefen Seufzer aus. „Ich werde versuchen, das anzuziehen, aber erwartet nicht, dass ich mich euch so zeige."

„Wie du willst", sagte William. „Wir müssen nur sicher sein, dass alles passt. Du musst zugeben, es gibt nicht viele Frauen, die so gebaut sind wie du."

Zehn Minuten später kam Adam mit einem Stirnrunzeln auf seinem Gesicht zurück. „Ich gebe eine scheußliche Frau ab."

„Solange du nur keine Aufmerksamkeit erregst", sagte William. „Wir bemühen uns, normal auszusehen."

Adam verdrehte die Augen. „Wie so eine durchschnittliche Frau, die sechs Fuß zwei Zoll groß ist."

„Du wirst entweder auf einem Pferd oder in einem Wagen sitzen", sagte William. „Niemand wird merken, wie groß du bist."

„Wie viele unserer Söldner werden außerdem meine Frau beobachten?", fragte Adam.

„Ein halbes Dutzend sollte reichen. Ist dir das recht?"

„Ja. Ich hasse es nur teuflisch, dass sie mich als Frau verkleidet sehen. Hast du wirklich darauf zurückgreifen müssen, Frauenkleider zu benutzen, wenn du für König und Krone gefährliche Aufträge erledigt hast?"

„Viele Male. Ein Mann würde alles tun, um am Leben zu bleiben." William musterte Emma. „Oder um das Leben seiner Frau zu beschützen."

„Ich glaube, ich werde natürlicher aussehen, wenn ich mit einem Mann in einem Wagen fahre."

William nickte. „Dann wird einer unserer

Männer den Wagen lenken. Das lässt dir die Hände frei, um hinter Emma her zu rennen, sollte es einen Entführungsversuch geben."

„Den Wagen können wir auch als unser Waffenlager verwenden", sagte Adam.

* * *

An diesem Nachmittag spazierte sie ganz alleine durch Hatchards Buchhandlung am Piccadilly. Da es in Adams Bibliothek keine Ausgabe der *Lyrischen Balladen* gab, hatte sie beschlossen, sie zu kaufen. Adam würde sie vermutlich später in Leder binden lassen wollen. Er ging zu einem speziellen Buchbinder, um dafür zu sorgen, dass seine Regale gleichmäßig aussahen.

Jeder Mann, der im Laden herumstand, erweckte ihren Verdacht. War einer von ihnen der Mann, den Ashburnham angestellt hatte, um sie zu fangen? Aber da sie keine Männer sah, die so schäbig angezogen waren wie der Mann mit der Augenklappe, dachte sie, dass vielleicht keiner von ihnen in Ashburnhams Diensten stand.

Bei den beiden Gelegenheiten, als sie James Ashburnham gesehen hatte, war ihr aufgefallen, dass er versuchte, sich wie ein gut gebildeter Gentleman zu kleiden, es aber nicht vermochte. Der schlechte Sitz seiner Kleidung sprach dafür, dass er sie wahrscheinlich aus zweiter Hand erworben hatte. Wenn er dann sprach, war offensichtlich, dass seine Stimme nicht die eines Gentlemans war. Daher stand zu vermuten, dass die Männer, die Ashburnham benutzte, aus der gleichen Klasse stammten wie er.

Sie fragte sich auf, welcher der Männer Angestellte der Birminghams waren. Adam würde dafür gesorgt haben, dass einer oder zwei der sogenannten Söldner *jede* Minute bei ihr waren.

Sie entschied, dass diese Söldner alle so groß sein würden wie ihr Mann - was den eher zierlich gebauten jungen Mann mittlerer Größe, der sie ständig anlächelte, ausschloss. Ihr Blick huschte heimlich zu jedem einzelnen Mann. Sie hätte Schwierigkeiten gehabt, einen von ihnen als Söldner der Birminghams zu identifizieren. Jeder Mann in diesem Laden sah aus wie ein Gentleman.

Aber William würde natürlich dafür sorgen, dass die Verkleidungen - selbst die eines wohlgekleideten Gentleman - echt waren.

Plötzlich fiel ihr auf, dass die ältere Frau, die in der Buchhandlung vor ihr von Tisch zu Tisch ging, keine ältere Frau war. Es war ihr Mann! Sie hatte ihn nicht gleich erkannt. Er hatte die weiße Perücke gewählt. „William hat recht", hatte Adam früher am Tag gesagt. „Niemand achtet auf ältere Frauen."

Sie und William hatten beide versprochen, dass sie nicht über ihn lachen würden. Als sie ihn jetzt vollständig als ältere Dame verkleidet sah, bewunderte sie ihn. Das letzte, was ihr in den Sinn kam, war zu lachen. Ihr Mann würde einen guten Schauspieler abgegeben haben. Aber Adam machte ja alles gut. Zitternd krümmte er sich, sein Rücken sah gebeugt aus, wie der einer älteren Frau. Niemand hätte ihn je für einen gutaussehenden, jungen Mann von sechs Fuß zwei Zoll gehalten.

Als Emma von Tisch zu Tisch schlenderte, um die Bücher bei Hatchards durchzusehen, fragte sie sich, ob Ashburnham überhaupt wusste, dass sie nach London zurückgekehrt war. Sein skrupelloser Mann war dauerhaft zum Schweigen gebracht worden. Würde Ashburnham überhaupt je vom Tod des Mannes erfahren, den er offensichtlich angeheuert hatte? Niemand in Wickley Glen war in der Lage gewesen, den toten Mann zu identifizieren.

Nachdem sie die Buchhandlung verlassen hatte, schlenderte sie zu Madame De Guerneys Geschäft. Sie würde sich erkundigen, wie weit die Arbeit an ihrem Kleid für die Vorstellung bei Hof war. Vielleicht war es schon weit genug für eine Anprobe.

Die Straßen schienen an diesem Tag außerordentlich überfüllt. Während viele der einzelnen Männer, die an ihr vorbeikamen, Gentlemen waren, gab es ebenso viele andere. Eine Reihe von ihnen kleidete sich wie Ashburnham in Sachen, die aus Läden mit gebrauchten Kleidungsstücken stammten. Jeder, der an ihr vorbeikam, ließ ein mulmiges Gefühl in ihr aufsteigen. *Ist er es?*, fragte sie sich.

Jedes Unbehagen, das sie gequält hatte, verging jedoch schnell, als sie sich daran erinnerte, dass ihr Mann in der Nähe war und sie beobachtete. Wie schlau er gewesen war, das Haus mehr als eine Stunde vor ihr zu verlassen. Er war zu William gegangen, wo er sich umgezogen hatte, als Frau herausgekommen war und zu einem festen Wagen geführt wurde, um sich neben eines der älteren Mitglieder der Birmingham-Truppe zu setzen. Sie war erschrocken gewesen zu erfahren, dass die Familie ihres Mannes so viele fähige, bewaffnete Wachen brauchte. Es war ja nicht so, als ob William noch immer mit Goldbarren handelte. Adam hatte ihr erklärt, dass sie immer noch große Summen Geld über den Kontinent versandten, ebenso wie auf den britischen Inseln.

Bei Madame De Guerney wurde sie von der Eigentümerin begeistert begrüßt. „Oh, Mrs. Birmingham, ich freue mich so, dass Sie gekommen sind. Ihr schönes Kleid ist für eine Anprobe bereit. Sie haben mir eine Fahrt in die Curzon Street erspart."

Woher wusste die Schneiderin, dass ihr Haus in der Curzon Street war? Emmas Herz wurde schwer. Hatte Maria dort gelebt? Hatte Madame De Guerney die Kleider für Adams Mätresse dorthin geliefert? An Maria zu denken, trübte Emmas Laune. Das erklärte, warum Adam ihr nicht gesagt hatte, dass er sie liebte. Hatte er nicht einmal gesagt, dass er Maria immer lieben würde?

Emma war überzeugt, dass Adam sie liebte - zuerst wie ein verlorenes Hündchen, oder eine geliebte Verwandte - vielleicht sogar als Geliebte.

Aber er *liebte* sie nicht in der gleichen Art, wie er seine langjährige Mätresse so quälend geliebt hatte.

Sie probierte ihr Kleid an und als sie in den Spiegel schaute, wurden ihre Augen feucht. *Ich werde der Königin vorgestellt werden.* Einen Monat zuvor hätte sie das nie geglaubt. Was für ein großartiges Abenteuer sie erlebte, seit sie nach London gekommen war.

Die Taille würde etwas enger gemacht werden müssen, dann würde Madame das Kleid bringen lassen. Da erinnerte sich Emma, dass Madames Personal all ihre schönen Kleider kurz nach ihrer Hochzeit geliefert hatte.

Vielleicht hatte die abscheuliche Maria nicht dort gelebt. Emma seufzte. Würde sie je den Mut haben, Adam zu fragen, ob Maria je in *ihrem* Haus gelebt hatte?

Als sie das Geschäft verließ, versuchte sie
mehrfach festzustellen, ob irgendjemand
Anzeichen machte, sich für sie zu interessieren
und ihr zu folgen. Sie hatte nicht den Eindruck.
Viele Menschen, Männer wie Frauen, drängten
sich auf beiden Seiten der viel befahrenen Straße
und so viele Gefährte rauschten ständig vorbei,
dass es sich als unmöglich erwies, auf die andere
Seite der Straßen zu sehen.

Der einzige Weg, um die Menschen hinter sich
sehen zu können, war anzuhalten und in die
Schaufenster der Geschäfte zu sehen, was sie oft
tat. Aber niemand schien sich für sie zu
interessieren. Wie schade, dass all diese
Birmingham-Söldner - und Adam, Gott segne ihn
- sich so viel Mühe gemacht hatten, um
Ashburnham und die üblen Kerle, mit denen er
zusammenarbeitete, zu erwischen, und es war
alles umsonst.

Ashburnham wartete vermutlich noch immer
auf den Mann mit der Augenklappe, der aus dem
Norden zurückkehren sollte - mit Emma. Wie
lange würde es dauern, bevor er auch nur
erkannte, dass sie davongekommen war, dass sein
Mann getötet worden war?

Sie hatte sorgfältig aufgepasst, als ihre Kutsche
früher am Tag von ihrem Haus fortgefahren war.
Keine Menschenseele schien ihr zu folgen.

Wie lange würden sie versuchen müssen,
Ashburnham zu erwischen? Wie lange würde es
dauern, bevor er bemerkte, dass sie sicher nach
London zurückgekehrt war? Wie lange würde sich
das alles hinziehen?

Als sie an der Straße entlangging, bewegte sie
ihren Kopf beiläufig zur Straße und versuchte,
einen Blick auf den Wagen zu erhaschen, in dem

Adam fuhr. Sie sah ihn nicht. Natürlich würde er ihr in einem vorsichtigen Abstand folgen. Sie könnte ihn sehen, wenn sie sich ganz umdrehte, aber das durfte sie nicht.

Selbst, wenn dies alles umsonst war.

An diesem Stück der Straße drängten sich die Fußgänger besonders dicht. Mehr als einmal wurde sie angerempelt. Angerempelt zu werden und einen fremden Mann zu bemerken, der fast an ihr zu hängen schien, waren zwei völlig verschiedene Dinge. Jetzt klebte der Mann ihr praktisch am Rücken. Sie ging schneller. Er auch. Sie wollte sich schon umdrehen und ihn für seine schlechten Manieren tadeln, als er in ihr Ohr sprach.

Mit tiefer Stimme sagte er: „Drehen Sie sich nicht um, Mrs. Birmingham."

Ein kalter Schauer lief ihr den Rücken hinunter.

„Wenn Ihnen das Leben Ihres Mannes lieb ist, tun Sie, was ich Ihnen sage. Biegen Sie links in die nächste Straße ein. Wenn Sie versuchen, sich umzudrehen, hat einer unserer Leute die Anweisung, Mr. Birmingham ein Messer in den Bauch zu stoßen."

Heftig zitternd nickte sie fast unmerklich. Sie wollte keine Bewegung machen, die Adams Leben gefährden könnte.

Sie glitt an der nächsten Kreuzung ruhig nach links. Es war eine sehr schmale Gasse, wo es kein Geschäft und keine Wohnung gab.

Eine einsame, verbeulte, geschlossene Kutsche versperrte ihr den Weg. Die Tür flog auf und der Mann hinter ihr hob sie hoch und warf sie nach drinnen, als wäre sie ein Sack voller Kartoffeln. Er stieg ein und setzte sich neben sie.

„Sie bringen mich zu James Ashburnham", sagte sie.

„Ich bringe Sie an einen Ort - einen sehr privaten und abgelegenen Ort - wo Mr. Ashburnham sich mit Ihnen treffen will."

Wenn er die Informationen hat, die er will, wird er mich umbringen.

Kapitel 23

Warum zum Teufel waren heute so viele Leute auf der Straße unterwegs? Adam hatte verdammte Schwierigkeiten, seine Frau zu sehen. Es war fast wie die Massen in Newmarket, die den Pferden zujubelten - nur ohne die Pferde und ohne den Jubel. Nur eine Menschenmasse.

Emmas Größe - oder besser, ihr Mangel daran - trug auch zu seinem Problem bei, sie im Auge zu behalten. Mehrere große Männer, die hinter ihr gingen, verdeckten sie vor seinem Blick. Er bedauerte, dass er beschlossen hatte, im Wagen in diskretem Abstand hinter ihr zu fahren. „Können wir nicht ein wenig vorfahren?", fragte er den Söldner, der den Wagen lenkte.

„Wenn Sie möchten." Der Fahrer schnippte mit den Zügeln und fuhr mehrere Fuß an den Fußgängern zu ihrer Rechten vorbei.

Als ihr Hermelinhäubchen in Sicht kam, seufzte er erleichtert auf, aber ihm gefiel nicht, wie der Mann hinter ihr sich so dicht an sie drückte. „Fahr in diesem Tempo weiter. Ich möchte sie im Blickfeld behalten."

Sie begann, sich nach links zu bewegen. Vermutlich wollte sie dem unverschämten Mann hinter sich ausweichen.

Adams Spannung stieg. Der verdammte Mann bewegte sich auch nach links!

Sie schlüpfte in eine Gasse.

Dieser Mann folgte ihr.

Angst setzte sich wie ein Knoten in seinem Bauch fest. Was zur Hölle tat sie? „Halt!"

Adam sprang von seinem Wagen. Er wurde von einem Pferd umgeworfen, das an seiner rechten Seite vorbeikam. „Passen Sie doch auf! Sie könnten getötet werden", schrie der Reiter.

Adam stand auf und versuchte, über die Straße zu dieser Gasse zu laufen. Sein verdammtes Knie schmerzte höllisch. Hinkend drängte er sich durch die Fußgänger und bog um die Ecke in die Gasse.

Sein Herz blieb stehen.

Eine heruntergekommene Kutsche raste die Gasse hinunter und bog um die Ecke in die nächste Straße.

Er rannte ihr nach, so schnell er konnte, ohne Rücksicht auf das verletzte Knie. Der Schmerz kümmerte ihn nicht. Alles, was zählte, war, zu ihr zu kommen.

Einer seiner Söldner überholte ihn. Als sie an dem Punkt anlangten, wo die Kutsche abgebogen war, hielt er an. Adam holte ihn ein.

Von der Kutsche war nichts zu sehen.

Seine Frau war entführt worden. Diesmal würde Ashburnham sie umbringen.

Adam musste sie retten.

* * *

Gerade, als Emmas Handgelenke zu heilen begonnen hatten, schnitt das grobe Seil, das ihre Hände band, wieder in die noch wunde Haut. Und wieder bedeckte ein dickes Tuch ihren Mund. Sie konnte nicht einmal fragen, wohin sie gebracht würde.

Eine Entführung im hellen Tageslicht bedeutete, dass Ashburnham verzweifelt war. Er würde sie töten.

Ich bin selbst schuld daran. Sie hatte angeboten, als Köder zu dienen. Wie konnte ein einfacher Schreiber all diese Birmingham-Söldner ebenso wie ihren Mann überlistet haben? Sie hatte zu viel Vertrauen in Adams Fähigkeiten gesetzt. Jetzt hatte sie die Folgen ihrer Naivität zu tragen.

Sie hatte ihren Mann mit allen bewundernswerten Eigenschaften ausgestattet, die ein Mann haben konnte. Nicht nur das, sie war überzeugt gewesen, dass er bei *allem* der beste in der Welt war. Nichts konnte ihr geschehen, wenn jemand so Perfektes wie Adam über sie wachte.

Wohin immer sie sie auch brachten, es war nicht in der Nähe von Piccadilly. Sie fuhren fast eine Stunde lang. Durch ein ausgefranstes Loch in dem Vorhang am Fenster der Kutsche konnte sie die schmalen Straßen sehen, durch die sie eilig fuhren, noch schmalere Gebäude in verschiedenen Stufen des Verfalls erblicken. Dies war ein Teil von London, den sie noch nicht gesehen hatte.

Sie mussten dichter an der Themse sein, denn die Nebelhörner klangen näher. Die baufälligen Häuser wichen riesigen Lagerhäusern. Sie brachten sie zu einem davon.

Die Kutsche kam zum Halten. Der brutale Kerl neben ihr stieß die Tür auf, stieg aus und zerrte sie nach draußen. Sie musterte ihre Umgebung. Keine Menschenseele war zu sehen. Auf der anderen Seite der Gasse stand ein verlassenes Gebäude, dessen Fenster entweder fehlten oder zerbrochen und Teile des Dachs eingestürzt waren. Das Gebäude vor ihnen schien auch verlassen zu sein.

Selbst wenn ihr Mund nicht zugebunden gewesen wäre, hätte sie nicht um Hilfe schreien können. An diesem einsamen Ort war niemand, der sie hätte hören können.

Hier waren nur sie, ihr Entführer und der Mann, der die Kutsche gefahren hatte. Beide Männer waren ziemlich jung und beide wirkten irgendwie vertraut. Sie brauchte einen Moment, bis ihr klar wurde, dass beide eine starke Ähnlichkeit mit James Ashburnham aufwiesen. Sie mussten seine Brüder sein. Verwandtschaft schaffte Loyalität. Sie konnte nicht hoffen, sie zu bestechen. Nicht einmal, wenn sie hätte sprechen können.

Jeder Bruder kam an eine ihrer Seiten, packte sie am Oberarm und zwang sie, in das Gebäude vor ihnen zu gehen. Am Boden waren Kisten der Ceylon-Tee-Gesellschaft gestapelt - eine Bestätigung, dass James Ashburnham für ihre Entführung verantwortlich war. Würde er auch ihr Mörder sein?

Sie gingen eine Treppe hinauf, vermieden dabei vorsichtig Stufen, wo das alte Holz durchgefault war.

„Halten Sie meinen Mann auch hier fest?"

Ihr Entführer lachte. „Wir haben Ihren Mann nicht. Das war nur ein Trick, um Sie zu entführen."

Hieß das, dass Hoffnung bestand, dass Adam sie doch finden könnte?

Am oberen Ende der Treppe wurde sie in ein kleines Zimmer gestoßen. Eine Maus huschte über den durchhängenden Boden und quetschte sich unter die Dielen. Die Männer knallten die Tür hinter ihr zu. Ein Schlüssel drehte sich im Schloss.

Als sie ihre Schritte die Stufen hinabsteigen hörte, war sie erleichtert, dass man sie alleine ließ.

Für einige Zeit.

Sie ging zu dem einzigen Fenster der muffigen Kammer. Obwohl es von jahrzehntealtem Staub und Schmutz verschmiert war, konnte sie Lastkähne und Schiffe erspähen, die auf dem Fluss unten entlangschwammen. Dieses Lager musste einmal zum Verschiffen benutzt worden sein.

Gab es einen Fluchtweg? Sie wandte sich um und betrachtete den zehn Quadratfuß großen Raum. Sein staubiger Holzfußboden zeigte Zeichen von Alter und Vernachlässigung. In der Kammer gab es nichts außer einer Handvoll Nägel. Sie ging zur Tür und versuchte, sie zu öffnen. Ihre Hände mochten gebunden sein, aber sie waren nicht nutzlos. Gleich, wie sehr sie jedoch versuchte, an der Tür zu rütteln, um sie zu öffnen, das Schloss hielt. Warum war das einzige Ding in diesem Gebäude, was noch ganz war, dieses verdammte Schloss? Es gab weder eine Möglichkeit, wie jemand sie hier jemals finden konnte, noch eine, wie sie jemals fliehen könnte.

* * *

Adam hatte sich noch nie so hilflos gefühlt. Oder hoffnungslos. Er hatte Emma im Stich gelassen.

„Keine Chance, diese Kutsche einzuholen", sagte der Söldner, Helmsworth, zu ihm.

„Ich weiß." Er erstarrte für einige Augenblicke, betäubt von Angst und gelähmt von seiner eigenen Machtlosigkeit.

Alles, was ihm einfiel, war, zu Ashburnham zu gehen, in der Hoffnung, dass dieser ihn zu Emma führen könnte.

„Holen Sie meinen Bruder William und sagen Sie ihm, dass ich zur Ceylon-Tee-Gesellschaft in Southwark gegangen bin. Ich schicke die anderen Söldner auch hin."

* * *

Er konnte sich nicht darauf verlassen, dass der Wagen, von einer Mähre gezogen, ihn schnell durch die Hauptstadt bringen würde. Sie fuhren ihn zu Nicks Haus am anderen Ende des Piccadilly. Da das Stadthaus seines Bruders das größte von London war, beherbergte es einen ansehnlichen Stall. Adam tauschte seine Mähre und den Wagen gegen eines von Nicks schnellfüßigen Tieren, ebenso machte das Paar der Söldner, die nicht zu Pferd gewesen waren, sich beritten. Während sein Tier gesattelt wurde, raste er in das Haus seines Bruders, warf die Frauenperücke und den Schal ab, während er in Nicks Schlafzimmer rannte und - mit der Hilfe von Nicks Kammerdiener - sich in Männerhosen, Stiefel und Hemd kleidete. Er nahm sich nicht die Zeit, eine Krawatte umzubinden. Sie alle ritten in irrsinnigem Tempo durch die geschäftigen Straßen der Stadt.

Seine Zuversicht, dass sein Pferd sich schneller als jede Kutsche bewegen könnte, machte sich bezahlt. Nach nur Minuten zügelte er es vor der Teegesellschaft. Die gleiche Fahrt in einer Kutsche zu dieser Tageszeit hätte fast eine Stunde gedauert.

Er rannte nach oben und kam vor Ashburnhams leerem Schreibtisch zum Stehen. Dann erinnerte er sich daran, dass der Schreiber Simon Hastings altes Büro bezogen hatte. Die Tür stand offen, aber es gab kein Zeichen von

Ashburnham. Entgegen aller Hoffnung eilte Adam
in Faukes Büro und riss die Tür auf. „Wo ist
Ashburnham?"

„Er bekam gerade Nachricht, dass er anderswo
gebraucht würde und ging. Ich habe nicht gefragt,
wohin. Ich nahm an, dass es Probleme mit einem
unserer Kunden gäbe."

Adam fluchte. „Wo wohnt er?"

Faukes zuckte mit den Schultern. „Alles, was
ich weiß, ist, dass er in Southwark wohnt."

„Es muss doch etwas geben, worauf die Adresse
des Kerls steht!"

„Sie könnten die Leute beim Versand unten
fragen. Vielleicht weiß es einer von ihnen."

Unten befragte Adam jeden Mann. Einer nach
dem anderen schüttelte den Kopf. Als er beim
letzten der Arbeiter angekommen war, einem
bulligen jungen Mann, der noch nicht zwanzig
sein mochte, nickte dieser. „Ich bin noch nie in
Mr. Ashburnham Haus gewesen, aber ich habe
ihn viele Male dorthin gehen sehen. Es liegt auf
meinem eigenen Weg nach Hause."

„Kommen Sie. Zeigen Sie es mir."

Zu der Gruppe von Söldnern, die sich draußen
vor der Teegesellschaft gesammelt hatten, sagte
Adam: „Folgt uns!"

William kam auf seinem Hengst angaloppiert
und als sie durch Southwark ritten, versuchte
Adam - in kurzen Ausbrüchen - zu erklären, was
geschehen war.

Die Straße, wo Ashburnham lebte, war
ungefähr eine Meile von der Teegesellschaft
entfernt. Die Birmingham-Brüder stiegen ab und
gaben Befehl, das Gebäude einzukreisen.

Das äußerst schmale Haus war im Stil von
mindestens hundert Jahren früher gebaut. Nicht

unerwartet war die Straße sehr ruhig, da Leute, die in einem so bescheidenen Viertel lebten, für ihren Lebensunterhalt arbeiten mussten.

Adam verzichtete darauf, an die Tür zu klopfen. Er fasste an die Klinke. Die Tür war versperrt. Dann versuchte er, sich dagegen zu werfen. Sie hielt.

William trat zum einzigen Erdgeschossfenster des Hauses und schlug mit dem Griff seines Messers dagegen. Es zerbrach.

William räumte die Glasscherben beiseite, um es zu öffnen, kletterte hindurch und ließ seinen Bruder zur Haustür herein. Die beiden Männer gingen mit gezogenen Schwertern von Tür zu Tür, um nach Ashburnham zu suchen. Es gab unten und oben je zwei schäbige Zimmer. Aber keinen Ashburnham.

Der einzige Ort, wo er sich hätte verstecken können, war unter dem einsamen Bett, aber dort war nichts.

Wie würde er Emma je in einer so großen Stadt wie London finden können?

Kapitel 24

Schritte kamen die Treppe herauf. Eine Person. Ein Mann. Angst würgte sie Es muss Ashburnham sein. Wieviel Zeit blieb ihr, bis er sie umbringen würde?

Ihre Versuche, sich von dem fest verknoteten Seil um ihre Handgelenke zu befreien, waren fehlgeschlagen. Alles war fehlgeschlagen.

Und jetzt würde sie sterben.

Ein Schlüssel wurde ins Schloss gesteckt, die Klinke heruntergedrückt und die Tür ging auf. Im Türrahmen stand Ashburnham. Er war kein großer Mann, gar nicht massig, aber noch nie hatte jemand so bedrohlich ausgesehen. Höhnisches Grinsen verzog seinen Mund und er musterte sie mit spürbarem Hass. „Ich hätte Sie gleich in der ersten Woche umbringen lassen sollen."

Sie richtete sich auf. Sie wollte nicht wie eine wehrlose Frau wirken, obwohl sie genau das war. „Sie sind ein Narr, wenn Sie glauben, mein Mann würde meinen Tod nicht rächen. Haben Sie eine Ahnung, wie mächtig er ist?"

Er lachte freudlos. „Wenn ich Sie erwischen kann, kann ich ihn auch überlisten. Niemand weiß, was für ein Genie ich bin. Ich kann ihn ermorden - und damit durchkommen. Sie glauben, er habe Macht. Aber ich bin der Mächtige hier. Niemand kann James Ashburnham besiegen."

„Sie sind schon besiegt. Wir haben Beweise, dass Sie das Testament meines Onkels gefälscht haben. Wir haben Beweise, dass Sie die Nachricht von Mr. Faukes gefälscht haben. Wir werden bald auch den Beweis haben, dass mein Onkel vergiftet wurde. Man muss kein Genie sein, um die Verbrechen desjenigen nachzuvollziehen, der davon profitiert."

„Wenn Sie und Ihr Mann tot sind, wird niemand mehr da sein, der das Testament anfechten kann. Sie sind Simon Hastings letzte lebende Verwandte."

„Der Anwalt meines Mannes weiß alles, und seine Loyalität zu den Birminghams wird dafür sorgen, dass er Sie hängen sehen wird."

Ashburnham zuckte die Achseln. „Ein passender *Unfall* wird ihn zum Schweigen bringen."

„Sie sind ja wahnsinnig."

Er kam näher. „Sie haben mir alles gesagt, was ich wissen musste. Ihr Mann und Emmott werden auch zum Schweigen gebracht werden müssen." Er begann, mit zu Fäusten geballten Händen auf sie zu zu gehen.

„Es gibt noch mehr!"

Er hielt an. „Wer?"

„Das werde ich Ihnen nicht verraten."

Er bewegte sich auf sie zu und legte seine verschwitzten Hände um ihren Hals.

* * *

„Zurück zum Teegeschäft!", befahl Adam. Faukes könnte einen Ort kennen, wo Ashburnham Emma festhalten könnte. Da er noch keinen Penny von Hastings Geld erhalten hatte, war es unwahrscheinlich, dass Ashburnham die Mittel für einen anderen

Unterschlupf hatte auftreiben können. Er dürfte sehr knapp an Bargeld sein, vor allem angesichts der Tatsache, dass er Schurken anheuerte, um eine wehrlose Frau zu entführen.

Sie aller ritten, als ob ihnen eine Feuersbrunst auf den Fersen wäre, und erreichten Faukes Geschäft in weniger als zwei Minuten.

Er platzte in Faukes Büro. „Ashburnham hat meine Frau in der Gewalt. Wir müssen sie finden, bevor sie endet wie ihr Onkel!"

William trat vor und sprach Faukes an: „Gibt es ein Gebäude, das Sie kennen, einen Ort, an den er sie gebracht haben könnte? Ein Ort in einer unbewohnten Gegend?"

Faukes runzelte die Stirn und schüttelte dann ernst den Kopf.

Adam zuckte zusammen. Gott im Himmel, was sollte er tun? „Wir müssen unsere Leute in jede Ecke der Stadt schicken. Wir müssen sie finden." Er wusste, dass es weit einfacher gewesen wäre, eine Nadel in einem Heuhaufen zu finden.

Ihm war furchtbar übel, als er Faukes Büro verließ. Seine arme kleine Emma. Wie sehr wünschte er sich, mit ihr sterben zu dürfen, damit sie nicht alleine sein musste.

Er würde sie nie wiedersehen. Es machte ihn noch kränker sich klarzumachen, dass er ihr nie gesagt hatte, dass er sie liebte. Gott, aber er liebte sie! Sie war das Beste, was ihm je zugestoßen war.

„Warten Sie!", sagte Faukes.

Adam drehte sich um und erstarrte in tiefer Hoffnung.

„Wir hatten früher ein zusätzliches Lagerhaus am Hafen, aber wir haben es aufgegeben, weil das Dach undicht wurde und der Anleger nutzlos geworden war.

„Wo?", fragte Adam.
„Ich zeige es Ihnen."

Kapitel 25

Sie konnte nicht schreien. Sie konnte ihn nicht schlagen. Aber sie konnte sich bewegen. Sie würde sich nicht in eine Ecke drängen lassen.

Mit gefesselten Händen hob sie ihre Röcke, als er auf sie zu kam und mit jeder Unze Kraft ihres Körpers stieß sie ihm ihr Knie in seinen Unterleib.

Er kreischte wie eine Frau und fiel zu Boden.

Gott sei Dank hatte er die Tür offengelassen. Sie rannte darauf zu. Als sie gerade den Ausgang erreichte, packte seine Hand ihr Kleid und riss daran.

Sie fiel nur wenig weiter von der Stelle, an der er hingefallen war, zu Boden. Sie versuchte, zur offenen Tür zu kriechen, aber er wollte ihr Kleid nicht loslassen. Eine Kette abscheulicher Flüche kamen aus seinem schändlichen Mund. Zum Glück hinderten seine offenkundigen Schmerzen ihn daran, sich schnell zu bewegen.

Sowie seine Schmerzen nachließen, das war ihr klar, würde er seine Kräfte wiederfinden und sie zu Tode würgen. Sie trat nach ihm. Er packte ihren Fuß und fluchte noch lauter. Sie versuchte, ihn mit ihrem anderen Fuß zu treten, aber konnte ihn nicht ganz treffen. Wie konnte sie sich aus seinem tödlichen Griff befreien? Sie konnte es mit seiner Kraft nicht aufnehmen.

Minuten vergingen. Seine Flüche wurden weniger, als sein Schmerz abebbte. Ihr Herz dröhnte. *Jetzt wird er mich töten.*

Noch immer seine Finger in ihren Fuß bohrend, setzte er sich auf. Seine grünen Augen durchbohrten sie, als er sich auf sie zu bewegte. Dann tat er etwas sehr Seltsames. Er setzte sich auf sie wie auf ein Pferd.

Seine Hände schlossen sich um ihren Hals. „Sie werden mir jetzt sagen, wer noch davon weiß." Sein Griff wurde fester.

Sie hatte das Gefühl, als würde ihre Luftröhre brechen. „Das sage ich Ihnen nicht", krächzte sie.

Er drückte noch fester. „Das denke ich doch."

Es war, als könnte sie nicht atmen. Panik stieg in ihr auf. Sie schüttelte heftig den Kopf.

„Sag mir, wer noch davon weiß. Weiß der Bruder deines Mannes Bescheid? Der Kerl, der die Börse beherrscht?"

Nick. Sie hatte nichts zu verlieren. Er würde sie töten, wenn sie es ihm nicht sagte, und er würde sie töten, wenn sie es tat. Sie konnte vermutlich nicht antworten, weil ihre Kehle so zusammengepresst war, aber sie hatte auch nicht vor, es zu versuchen.

Ihr einziger Trost war das Wissen, dass die Birminghams ihn jagen würden wie einen räudigen Hund.

Sic warf ihm einen trotzigen Blick zu.

„Was, du ..." Seine Hände drückten härter zu.

Jetzt konnte sie wirklich nicht mehr atmen. Unwillkürlich schlossen sich ihre Augen, und sie hatte das Gefühl, in einen dunklen Brunnen zu fallen.

Von ferne hörte sie Adams Stimme. „Nehmen Sie ihre schmutzigen Hände von meiner Frau!"

* * *

Adam raste auf Ashburnham zu und trat ihm direkt ins Gesicht. Der Schreiber flog nach hinten und spuckte Fluchworte aus.

„Ich kümmere mich um ihn", schrie William. „Sieh nach Emma."

Ihre Augen waren geschlossen und sie sah aus, als wäre sie tot. Die Abdrücke von Ashburnham Fingern wurden blau auf dem Weiß ihres Halses. Blinde Wut erfüllte Adam. *Ich werde ihn umbringen.*

Tränen rannen aus seinen Augen, er hob sie auf seine Arme und wiegte sie weinend. „Bitte stirb nicht." Er küsste ihre Haare, ihre Wangen, und schließlich holte er keuchend Atem und drückte seinen Mund auf ihre blau angelaufenen Lippen.

Sie waren warm. Sie war nicht tot! „Mein Gott, Emma, ich darf dich nicht verlieren. Ich liebe dich!" Sein Atem stockte. „Ich liebe dich mit meinem ganzen, schmerzenden Herzen."

Ihre Lider flatterten. Sie murmelte: „Ich habe mich *zum Sterben* danach gesehnt, diese Worte zu hören."

Er hielt sie fester. Und weinte.

Epilog

Zwei Wochen später. . .
Die blutigen Ringe um ihre Handgelenke nässten nicht mehr. Die blauen Flecken um ihren Hals waren am Verblassen. James Ashburnham saß, des Mordes angeklagt, im Newgate-Gefängnis. Aber ihr Mann war noch immer nicht in seine Bank zurückgekehrt. Er weigerte sich, von ihrer Seite zu weichen.

Nicht, dass ihr das etwas ausgemacht hätte. Sie wurde es nie müde, an seiner Seite zu sein, von dem Mann umsorgt zu werden, den sie mehr liebte als ihr Leben.

Dies war der erste Tag, an dem er ihr erlaubt hatte, das Haus zu verlassen, seit James Ashburnham sie beinahe umgebracht hatte. Adams Fürsorge für sie wurde langsam anstrengend. So sehr sie seine Liebe genoss und so sehr sie ihr schönes Haus liebte, sie musste nach draußen, und er auch.

Sie saßen dicht beieinander in der Kutsche, beide berührten und küssten den anderen. Davon würde sie nie zu viel bekommen.

Während die Kutsche durch die geschäftigen Straßen der Hauptstadt rasselte, dachte sie an den schrecklichen Tag zurück, als James Ashburnham versucht hatte, sie zu ermorden. Sie war ziemlich sicher, dass sie fast tot gewesen war, als sie hörte, wie Adam ihr seine Liebe gestand. Da kam sie vom Rande des Todes mühsam zurück. Wegen Adam. Wegen seiner Liebe zu ihr.

„Ich muss dir etwas gestehen", sagte sie.

Er zog sie dichter an sich. „Und was könnte das sein?"

Sie holte tief Atem. „Ich liebe dich seit dem Tag, an dem ich dich geheiratet habe."

Er lächelte. „Das ist kaum ein Geständnis. Ein Geständnis ist eine Enthüllung von etwas Bösen." Er umarmte sie noch fester und knurrte: „Es sei denn, dass du gestehen willst, dass du immer schlimme Gedanken an mich hattest."

Sie gab ihm einen spielerischen Klaps. „Ich hatte keine Ahnung von so schlimmen Dingen, bis du sie mir gezeigt hast."

Er küsste sie hungrig und legte seine Hand über ihre Brust. „So etwa?"

Ihr Atem ging schneller. „Du bist wirklich schlimm."

„Ich muss auch etwas gestehen."

Sie hob die Brauen.

„Nick sagte mir, dass ich nie geheiratet hätte, weil ich DIE FRAU noch nicht gefunden hätte." Er machte eine Pause. Schluckte. „DU bist DIE FRAU für mich."

Mit feuchten Augen saß die frühere Miss Emma Hastings sprachlos da.

Er zog sie in seine Arme. „Wohin fahren wir heute, Liebes?"

„Das sage ich dir nicht, bevor wir nicht dort sind."

„Warum so geheimnisvoll?"

„Es ist nicht wirklich ein Geheimnis. Ich hatte nur befürchtet, dass du nicht dorthin fahren wollen würdest. Du könntest es zu düster finden, nach allem, was wir durchgemacht haben."

Ihre Kutsche kam zum Stehen. Sie spähte aus

dem Fenster der Kutsche und stellte fest, dass sie an ihrem Ziel angelangt waren.

Der Kutscher klappte die Stufen herunter und öffnete die Tür. Adam sah sich um. „Du hast mich auf einen verdammten Friedhof gebracht?"

Sie nickt leicht, als er ihr aus dem Wagen half. „Hier ist Onkel Simon begraben."

Er neigte seinen Kopf und setzte ein ernstes Gesicht auf.

„Du darfst nicht traurig sein", sagte sie. „Es tut mir sehr leid um seinen Tod, und es ist so schade, dass ich ihn nie kennengelernt habe, aber ich schulde ihm so viel."

Dann reichte der Kutscher ihr die Blumen, die sie zuvor ausgesucht hatte, um sie auf das Grab ihres Onkels zu legen. Adam und sie wanderten über den alten Friedhof, bis sie den Granitstein fanden. Ihr wurde feierlich zumute, als sie den Namen ihres Onkels und die Daten seiner Geburt und seines Todes las. Sie beugte sich über das Grab und lehnte den Blumenkranz an den Stein.

„Ich weiß, dass es dumm ist", sagte sie, „aber ich wollte Onkel Simon erzählen, dass ich das Geld, das er mir hinterlassen hat, benutzen möchte, um in London ein Waisenhaus zu eröffnen. Ich war eine glückliche Waise, da ich Tante Harriett und Onkel Simon hatte. Die meisten anderen, vor allem hier in London, haben nicht so viel Glück. Dank Onkel Simon werden in den nächsten Jahrzehnten Waisen ein Zuhause finden und Gelegenheit haben, aus ihrem Leben etwas zu machen."

Adam nickte zustimmend.

„Und Onkel Simon", sagte sie mit einem Blick auf den Grabstein, „ich möchte, dass du weißt, dass ich durch deinen Tod das große Glück hatte, den wundervollsten Ehemann der Welt zu bekommen. Das wäre nie passiert, wenn du nicht gestorben wärest." Sie erinnerte sich an die regnerische Nacht ihrer Ankunft in London, die Nacht, in der sie ihren Mann kennengelernt hatte. Was für sie katastrophal hätte enden können, hatte sich zu einem unvergleichlichen Glück entwickelt.

Adam stellte sich direkt hinter sie und zog sie an sich, legte seine Arme um sie. „Erlaube mir, deinem Onkel etwas zu sagen."

Freude blitzte in ihren Augen auf, sie nickte.

„Ich will Ihre Nichte lieben, bis die Sterne nicht mehr leuchten, bis ans Ende aller Zeit."

Sie drehte sich um und sah ihm ins Gesicht; in ihren Augen glitzerten Tränen. „Ich denke, Onkel Simon wäre einverstanden."

Er nahm sie in die Arme und küsste sie zärtlich.

ENDE

Cheryl Bolen Biografie

Cheryl Bolen ist eine New York Times- und USA Today-Bestsellerautorin und hat mehr als zwei Dutzend historischer Liebesromane geschrieben, von denen die meisten in der Regency-Zeit spielen. Ihre Bücher wurden in acht Sprachen übersetzt und erlangten Platzierungen in verschiedenen Schreibwettbewerben, so etwa auch im Daphne du Maurier Wettbewerb. 1999 wurde Cheryl als "Notable New Author" ausgezeichnet und gewann im Jahr 2006 die Holt Medallion in der Kategorie "Bester historischer Kurzroman". 2012 gewann sie den International Digital Award – eine Auszeichnung speziell für E-Bücher – im Bereich "Bester historischer Roman", und im Jahr darauf erzielte eine ihrer Novellen den ersten Platz in der Kategorie "Beste historische Novelle". Zahlreiche ihrer Bücher wurden zu Bestsellern bei Barnes & Noble und auf Amazon.

Sie ist eine ehemalige Journalistin mit einer Faszination für tote englische Damen und schreibt regelmäßig Beiträge für The Regency Plume, The Regency Reader und The Quizzing Glass. Viele ihrer Artikel kann man auch auf ihrer Webseite (www.CherylBolen.com) finden sowie auf ihrem Blog (www.CherylsRegencyRamblings.wordpress.com), wo sie ihre aktuellen Artikel einstellt. Leser sind an beiden Orten ganz herzlich willkommen.